唐宮二十朝演義

從李輔國專權至趙匡胤受禪

後宮政治鬥爭 × 官員陰謀算計 × 帝妃愛情故事

許嘯天 著

以唐代為背景，眾多歷史人物和事件為基礎
筆觸生動而細膩，彷彿身臨其境，感受唐宮的繁華與複雜——

目錄

輔國貪心竊奇寶　秋葵洩妒私俊男

這座萬佛山，是拿沉檀香木珠玉珍寶鑲嵌雕刻而成，漫山滿谷，塑著佛像。那佛身大的也有寸許，小的竟至二三分。佛之首，有細如黍米的，有大如赤豆的；頭部眉目口耳，螺髻毫相，無不俱備。又拿金銀精練成細絲，織成流蘇幡蓋，又製成菴羅葡萄等樹，用百寶堆積成樓閣臺殿，間架雖微小，那簷角窗垣，勢甚飛動。佛殿前排列著僧道，不知數千百人。山下有紫金鐘一座，徑闊三寸，人拿小槌子將鐘打一下，那山上萬餘僧人，都能俯首至地，做出膜拜的形狀來。

當眾僧人膜拜的時候，又有微微的一陣誦經唱佛號的聲兒，從鐘裡發出來。肅宗皇帝宮中原有一柄九光扇，映著燈光日光，便發出九色光彩來，每年四月初八浴佛之期，肅宗皇帝親率僧徒，數千人入內道場，繞著萬佛山禮佛。把九光扇插在山頂上，頓時發出九道奇光來，照耀得滿室燦爛，便稱為佛光。引動得京師地方的百姓，扶老攜幼的，都來看佛光。肅宗皇帝又在不空和尚處學得打坐，他在宮中，收拾起一間淨室，每日在屋子裡盤腿靜坐。

這一天，心中忽然想起那李輔國是朝廷中第一奸臣，只因有張皇后從中包庇著，肅宗看在夫妻份上，也在心中隱忍住；但肅宗每想起李輔國那種驕橫跋扈的行為，也是一肚子的氣憤。如今靜悄悄一個人靜坐著，不覺朦朧睡去；夢見高力士領著數百騎兵，各各手中拿著長戟追趕李輔國。

李輔國拍馬在前面逃去，高力士看看追上，便一戟擲去，正刺中李輔國的頭顱，那血和水一般地淌下來。那一隊騎兵，見李輔國已被殺，便人人歡呼，向北而去。肅宗見了，十分詫異，忙打發內侍上去問高力士：「為何殺李輔國？」

那高力士答辭：「是奉太上皇之命！」

正疑惑的時候，忽然醒來。內侍進來報說：「李輔國求見。」

這李輔國，原是在宮中出入慣的，當時便至淨室中朝見肅宗。李輔國奏稱：「如今春事正盛，三代后妃，皆親蠶桑之事；今張娘娘德被六宮，正可行親蠶之禮。」

肅宗因體弱畏縮，不願和李輔國多說話，便也答應了他。

這個李輔國得了皇帝聖旨，便大弄起來，在光順門搭起高大的綵樓，沿路錦帳宮燈，直到御花園中，十分繁盛。到了親蠶之期，所有文武官員的命婦，齊集在光順門迎接聖駕。只聽得三聲靜鞭響，那隊隊宮衛擁護著龍輿鳳輦，到光順門來。一班命婦都上前去朝見過了，跟著皇后的鳳輦，走到御花園中。

只見一片桑林，翠葉如蓋；中間搭起一座高臺，一時鼓樂齊奏，贊禮官宣讀文書。皇后盛服上臺，祭過天地，拜過蠶神；便有丞相李揆的夫人捧過蠶筐來。皇后手執桑枝向筐中一拋，算是親蠶了。接著一陣笙歌，皇后下臺來，在迎暉殿中，賜夫人們領宴，文武大臣都在西偏殿領宴。飲酒中間，便由李輔國領頭兒，上皇帝尊號，又上皇后尊號，稱為翊聖皇后。

這原是皇后私地裡囑咐李輔國上自己尊號，原來唐室裡的故事：皇太后和皇后上尊號的，每加一字，便每月加俸十萬兩。張皇后是十分貪財的，便囑咐李輔國上自己的尊字；一來可以誇耀六宮，二來也是欲多得錢財的意思。誰知肅宗皇帝看了這本奏章，適值丞相李揆進宮來，肅宗問李揆：「張皇后可加尊號否？」

李揆再三諫勸說：「皇后未有盛德，前吳皇后未上尊號，張皇后豈可獨上尊號？」

肅宗聽了李丞相的一番話，便把李輔國的奏章擱了起來，不提上皇后尊號之事。過了幾天，張皇后見皇帝尚無動靜，便忍不住去面問皇帝。肅宗是一個最沒有擔當的人，見皇后來責問他，他便向李丞相身上一推。張皇后是一個剛愎的女子，聽了皇帝的話，如何肯依，當時大怒，便和肅宗大吵大鬧起來。足足鬧了一夜，帝后二人都不得安睡，到最後還是肅宗皇帝答應她明日下旨上皇后尊號，才罷。

皇帝一夜不得安眠，第二天便睡了足足一日，起來時已日落西山，早已過午朝時候，也不及下諭了。誰知到第二夜，那天上忽然月蝕；正是月望的時期，那滿滿一輪明月，遮沒得黯淡無光。滿院子漆黑，六宮中頓時驚慌起來。這月蝕，原來是皇后的責任；必是皇后有缺德，才使上天垂象。月蝕以後，皇后必得奇禍。張皇后看了，也不覺慌張起來；在宮中率領六宮妃嬪，排設香案，跪拜求天。直忙了大半夜，那月輪才慢慢地吐出光來。

第二天，張皇后上一本表章，自己認罪。這一鬧，把個皇后上尊號的事打消了。但從此張皇后便把個李丞相恨入骨髓，蓄意要謀害他。便有李揆的心腹，報與李丞相知道。李丞相便當夜邀了一班心腹同僚，計議皇后的事。眾人的意思，都說張皇后弄權，都依著李輔國為爪牙。如今欲防止皇后的謀害，非先去說動李輔國，勸他脫離皇后不可。皇后失了李輔國，便如拔去爪牙，無能為力。在座幾位官員，聽了這個話，便說：「計原是一條好計，只是那李輔國是當朝的一個大奸臣，他與張皇后同流合汙，為日已久，怕不肯輕易跟我等聯合。」

李揆便說道：「我只須以正理去勸服李輔國，又以利害曉之，便不慮他不歸我等也。」

過了幾天，李揆果然折簡邀請李輔國到府中來，大開筵宴，又邀請百僚作陪。這一席酒，卻備得十分豐盛，又備下女樂，在當筵歌舞著。從來說的，酒落歡腸，李輔國一歡喜，那酒便不覺喝得多了，直至夜半，酒罷歌歇，李揆便把李輔國邀到書齋中去清談。這時左右無人，只有李輔國和李揆二人，面面相對。李揆便說道：「大將軍功高望重，位極人臣，下官不勝欽敬！」

這李輔國生平最愛別人給他戴高帽子，三句好話一說，樂得他手舞足蹈。何況這位李丞相素稱剛直，平日李輔國見了他，還要畏懼三分；今日居然當面奉承他，叫李輔國怎麼不要喜出望外，忙謙讓著道：「下官出身閹宦，怎及得大人簪纓世家，宰輔門第。位在一人之下，萬人之上，不由老夫不欽敬也。」

接著，李揆便促膝低聲說道：「從來說的，持盈保泰。大將軍一生榮寵，須防人背後暗算。」一句話說得李輔國陡地變了顏色，忙站起身來，向李揆兜頭一揖道：「不知有誰人暗算下官來，還求丞相指教？」

說著他二人的聲音更是放低了。李揆當時不慌不忙，微笑著說道：「如大將軍的勢力，還有誰敢暗算？只是聽得道路傳聞，張皇后因迎涼草和鳳首木之事，頗不滿意於將軍。」

李輔國聽了這幾句話，愈覺事情坐實了，便不由他不信。

原來那迎涼草和鳳首木，是兩樣稀世的珍寶。當時回紇國出兵助太子平史思明之亂，甚是有功。回紇葛勒可汗，便上書求婚。肅宗皇帝念他出兵助戰的份上，又因回紇國可汗長得品貌不凡，又與自己太子約為兄弟，便把幼女寧國公主遣嫁到回紇國去。在下嫁的時候，肅宗皇帝親自護送到咸陽地方。父女二人，自有一番惜別。肅宗再三勸慰，公主流著淚道：「國家多難，以女和蕃，死且不恨！」

那寧國公主到了回紇，夫婦二人，卻是十分恩愛，便尊為可敦。當時葛勒可汗，便打點了五百匹名馬，貂裘五百件，白氈一千條，來獻與肅宗皇帝，算是謝禮。肅宗皇帝又下詔冊封葛勒為英武威遠毗伽可汗。從此兩國密使往來，十分親暱。後來回紇可汗得了這迎涼草和鳳首木兩樣奇珍異寶，不敢自用，便特意打發使臣到唐朝來進貢。這時李輔國權侵中外，凡是外國進貢來的，都要先投到大將軍府中，請李輔國檢驗。

那李輔國一見了這兩樣寶貝，心中甚是歡喜；恰巧這幾天肅宗皇帝抱病在宮中，連日不坐朝。他一面打發回紇國的使臣去後，便也不奏明皇帝，把這兩件寶物，悄悄地吞沒下來，陳設在自己府中，推說是回紇國使臣特意拿來孝敬他的。每到夏天，大將軍府中舉行盛大的宴會；李輔國便把迎涼草拿出來，陳設在座中。

那迎涼草的模樣，幹如苦竹，葉細如杉，枝葉全帶翠綠色，雖終年形如乾枯，但從不見有一葉凋落。在盛暑的時候，把這迎涼草陳列在窗戶間，便有陣陣涼風，吹入屋中，滿屋生涼。鳳首木高一尺，雕成雙鳳的形狀，雖以枯槁，但毛羽脫落不盡。

每到嚴冬大寒的天氣，把這鳳首木陳列在高堂大廈之間，卻有暖氣蒸發出來，滿室和煦，恍如二三月天氣。又名為常春木。

雖以烈火燒之，不見焦灼痕跡。

這兩樣寶物，藏在李輔國府中，已是多日了。後來不知什麼人多嘴，把這情形去悄悄地告與張皇后知道。張皇后聽了，不覺大怒。原來張皇后與李輔國私地裡約定的，不論外間收有賄賂寶物，先須報與皇后知道，然後內外平分。如今李輔國得了這兩樣寶物，他瞞著皇帝情有可恕，如今竟瞞起皇后來了，這豈不是令人可恨。當時李輔國進宮去，張皇后便向他索取這兩件寶物。

李輔國推說是回紇可汗孝敬自己的，竟說與皇后不相干。那皇后如何肯幹休，便大聲怒罵起來。李輔國因自己的私事，都在張皇后肚子裡，倘被皇后一聲張出來，便是欺君大罪。當下見皇后動怒，只得忍著氣，自己認錯，又說願把此寶物送進宮來，孝敬皇后。看看隔了多日，依舊不見寶物送進宮來。張皇后也曾暗地裡催問過幾次，李輔國如何肯捨得這兩樣寶物，便一味地支吾著。

後來李夫人住在宮中，李輔國幾次求著皇后要接李夫人出宮去，不料這時李夫人已悄悄地逃出宮去，跟著太子在西京行宮裡，一雙兩好地度著恩愛光陰。叫張皇后如何還得出這個李夫人？因此，一面索夫人索得緊；一面索寶物也索得勤，成了一個騎虎之勢。後來張皇后索性對李輔國說：「獻了寶物，再還你夫人。」

這原是張皇后見走失了李夫人，無可奈何，一時緩兵之計。在李輔國一面見張皇后要挾得如此厲害，便不覺老羞成怒，拼著他這個夫人不要了，誓不肯把這兩件寶物送進宮去。在當時滿朝中人，都認作李輔國是張皇后的心腹爪牙，卻不知道他二人已各把性子鬧左了，一時愈鬧愈壞。從來說的，小人以共利為朋，利盡則交疏。如今張皇后和李輔國二人，不但不是心腹，竟已變成了仇家。在張皇后心中，卻處處防備著李輔國；在李輔國心中，也時時想推翻張皇后，滅去了口，免得把一生的私事暴露出來。

只有李丞相獨打聽得明白，當時便用話去打動他。李輔國懷著一肚子牢騷，正無處發洩；聽李揆這樣說了，便也把張皇后如何欺弄聖上，如何謀廢太子的話說了。李揆便乘此說願約為父子，共防張皇后，共護太子。李輔國大喜，急起立向李揆一揖至地，說道：「所不如公言者，有如此燭！」

當下他二人對燭拜認了父子，李揆稱李輔國為五父。輔國欣欣得意地辭別回府去。

李輔國有一個極知己的同寅官，名程元振；原也是太監出身，現任飛龍廄內使之職。權位雖在李輔國之下，而凶狠又過之。滿朝文武，都稱他做十郎。第二天，李輔國在府中酒醉醒來，想起昨夜李揆拜認父子的事體，便去把程元振請來，商議大事。元振也竭力勸說，以與李丞相結合為是。如今太子掌兵在外，立功不小，張皇后雖握宮廷重權，但聖上身體衰弱，不久便權屬太子。我們做大臣的，總當順勢識時。幾句話說得李輔國連聲道妙。

從此以後，李輔國、程元振二人，便與李丞相相聯合起來，竭力與張皇后作對。張皇后看看自己孤立了，便慌張起來，天天在肅宗皇帝跟前訴說李輔國的壞處，說李輔國如何貪贓枉法，如何欺君罔上。肅宗皇帝原知道李輔國是個大奸臣；在當初逼遷上皇的時候，便已十分可惡，無如他大權在握，羽翼已成，一時也無法翦除他。如今聽張皇后說了許多話，也覺得這李輔國奸惡日甚；但此時肅宗每天病倒在床上，終日服藥調治，也忙不過來。看看肅宗皇帝的病勢，一天沉重似一天。太子這時領兵在外，朝內一切大事，全交給了李輔國、李揆二人。張皇后心中十分焦急，便悄悄地打發人去通報越王係。

這越王係，是肅宗的次子。據當時傳說，越王係和張皇后同避難在靈武的時候，也曾結下一段風流孽緣。後來張皇后隨著肅宗皇帝進京，便把越王封在南陽地方，兩下不能見面，這相思真是苦人。但此時張皇后權位一天高似一天，時時刻刻想謀害太子，把自己的親生兒子名佋的立為太子，不幸佋一病而死，張皇后雖還有一個親生兒子名侗，但因年紀太小，便是立了，張皇后也得不到他的幫助。

如今見肅宗皇帝病勢一天重似一天，那李輔國的勢力也一天逼迫一天。張皇后便想起他昔日同心合意的越王係，悄悄地打發人去催越王進京來，又許他到京之日，便立他為太子，將來同居深宮，共享快樂。越王得了這個訊息，既可得皇帝位，又可與心愛的張皇后聚首，他如何不願意。當即星夜起程，從南陽城趕向京師來。

那太子在西京地方，一面與李夫人恩愛相守，一面監督兵馬，征討史思明。正十分勝利的時候，忽然接到李輔國和李揆二人送來的表文，說聖上病將垂危，請太子趕速回京，主持朝政。這太子是十分孝順父皇的，一聽說父皇病危，便把兵權交與郭子儀，自己帶了李夫人星夜趕回京師。太子進宮之日，那越王還不曾到京師。張皇后見太子先到，便和顏悅色地迎接著太子，與從前那副驕傲神氣，大不相同。太子也沒有心思去對付張皇后，只問：「父皇病情如何？」

張皇后領著太子到寢宮裡去一看，那肅宗皇帝緊閉著雙眼，睡在床上；太子上前連喚幾聲，肅宗已開不得口了，只是微微點著頭兒。太子一陣心酸，幾乎要哭出聲來。

張皇后邀太子到一間密室裡去，悄悄地訴說近日李輔國如何跋扈；他久掌禁兵，朝廷制敕，皆從彼出；往日擅自逼遷上皇，為罪尤大。他心中所忌，只有我與太子二人；如今主上病勢危急，李輔國接連他的死黨程元振一班奸臣，陰謀作亂。太子為將來自身威權計，不可不速將李輔國奸賊拿下殺死。太子這時見父皇病勢危急，五心已亂；聽了張皇后這一番話，更急得流下淚來道：「如今父皇抱病甚劇，不便把此事入告；若驟殺李輔國，萬一事機不密，必至震驚宮廷，此事只得從緩商議。」

正說話的時候，忽見一個心腹宮女，進室中來向張皇后耳邊低低地訴說了幾句，張皇后聽了面帶微笑。太子見了，正是莫名其妙，只見張皇后忽然變了一種懶懶的神情，對太子說道：「太子遠路奔波，想已疲倦，且回東宮，待以後再商量。」

太子聽了，也只得告辭出來。

這邊太子前腳才出得宮門，那後腳越王便鑽進這密室裡來了。當時越王見了這張皇后久別重逢，自有一番迷戀；他二人明欺著肅宗皇帝在昏沉的時候，便盡情風流了一回。事過以後，張皇后便說起李輔國謀反的事體；又說太子生性軟弱，不能誅賊臣。汝若能行大事，不愁大位不落汝手。這時越王一心只迷戀著張皇后，凡事也不計利害，便拍著自己的胸脯，滿口答應了下來。

越王在京的時候，與內監總管段恆俊甚是親近；那段恆俊，原也是一個有大志的人，他見李輔國的權威一天大似一天，心中原也有些不甘。如今見越王回京，他知道越王是和張皇后是聯通一氣的，自己可得一個大大的幫手。當即連夜去拜見越王，告以李輔國謀變之事；越王在日間張皇后跟前誇下海口，但一時還想不出一個辦法來。如今見段恆俊說了一大套話，又見他滿臉憤怒之色；自己往日也與他很有交情，便想把這樁大事託付在段恆俊身上。當下他二人計議了半夜，段恆俊便擔承回宮去，挑選二百名精壯太監，授以兵器，埋伏在後殿。一面矯詔把太子、李輔國二人召進宮來，乘其不備，伏兵齊起，把二人殺死，豈不乾淨。

越王和段恆俊二人計議的時候，左右只有一個俊俏婢女，在一旁伺候茶湯。這婢女小名秋葵，面貌長得絕頂美麗；越王愛上了她，私地裡和她勾搭上手。從此行坐不能離她，越王早願把秋葵封做第十二王妃，但這婢女，卻有特異的心思。他與越王約定，眼前甘願做一個貼身婢女；一旦第一王妃去世，便須把她升做第一王妃。若第一王妃一輩子不死，她便甘心守著一輩子不受封號。她又與越王私地裡設下一個密誓，須終身安於王位，不做篡逆之事，更不得再與張皇后發生曖昧情事。

這女孩兒智慮原是十分周密的，他怕越王篡得了帝位，自己便無皇后之分；又越王若再與張皇后重拾了舊歡，自己的勢力決敵不過張皇后，難免不把自己的寵愛奪了去。當時越王迷戀了秋葵的姿色，一一答應著。到後來事過景遷，越王肚子裡早已把秋葵的說話忘了，盡和段恆俊商量謀害太子的事體。秋葵婢女在左右伺候著，聽在耳中，叫她如何忍耐得住；她又從小廝嘴裡打聽出越王進宮去，又與張皇后做了曖昧事情。從來女子的妒念最毒，她聽了這個話氣得把個越王恨入心骨。

卻巧這個小廝也長得眉清目秀，知情識趣。他心目中早已看上了這秋葵，只因秋葵已攀上了高枝兒，幾次向她調戲，秋葵只是不從；如今這小廝在屋外，秋葵在屋內，兩人伺候著主人。到夜靜更深，秋葵偶然到屋外來坐著歇歇力，那小廝又上來向她糾纏；秋葵這時聽了越王密議的話，已變了心，見小廝的面貌也長得不錯，年紀又輕，便也甘心情願地把這個小廝多年的相思醫好了。事過之後，便勸他早圖個出身之計。悄悄地唆使他到李輔國府中去告密，說越王和段恆俊如何勾通，欲謀殺太子和李輔國、程元振一干人，保你可得了富貴，可是得了富貴以後，卻莫忘記俺二人今日的恩愛。那小廝聽了，便指天立誓。當夜悄悄地偷出了越王府，奔向李輔國府第中告密去了。

那李輔國正欲就寢，忽家人進來報說：「府門口來了一個告密的人。」

李輔國吩咐傳進來回話，那小廝便把秋葵教唆他的話，一五一十地告訴了出來。李輔國聽了不覺大驚；連夜去把程元振、李揆二人邀進府來，密議對付的方法。還是李揆說道：「此事俺們雖不可不信，卻也不可全信；明日俺們不如派少數飛龍廄兵役，到凌霄門口去探聽虛實。」

隨後由程元振帶領大隊人馬在後接應。欲知後事如何，且聽下回分解。

李輔國行凶殺國母　程元振設計除奸雄

段恆俊辭別越王回宮，便如法炮製；在越王以為事計做得十分機密，此番不怕李輔國和太子二人飛上天去了。當時進宮去，把越王定的計策，對張皇后說知了；張皇后也稱妙計，一面由段恆俊去挑選二百名精士的太監，各給短刀一柄，使他埋伏在後殿門口。一面由張皇后乘著肅宗皇帝精神昏迷的時候，把玉璽偷盜出來，在假聖旨上蓋了印。那假聖旨派兩個幹練內監，分頭送與東宮和李輔國兩處，意欲候太子、李輔國二人進宮來的時候，伏兵齊起，亂刀殺死。

誰知那兩個送聖旨的太監，剛走出宮門，便被程元振派兵捉住，送去空屋裡鎖閉起來。停了一會，李輔國也帶了家將們到來，看事機緊迫，便帶領眾兵士直入凌霄門，探聽宮中虛實。

一面分派兵士，把各處宮門把守起來，不許放一人出入。時已天明，太子到來，李輔國便上前攔住，說道：「宮中有變，殿下斷不可輕入！」

太子驚詫道：「宮中好好的有什麼事變？」

李輔國便把張皇后矯旨和段恆俊伏兵謀變的情形說了。太子聽了不覺流下淚來說道：「我昨日進宮時，見萬歲病勢十分沉重，我出宮來，心中十分記念。昨夜一夜無眠，今日清朝起來，意欲進宮去探聽訊息。父皇病勢危急，我做人子的，難道因怕死，便不進宮去嗎？」

程元振也從一旁勸道：「社稷事大，殿下還須慎重為是。」

李輔國再三勸著，這太子只因心中掛念父皇的病情，決意要進宮去探視；程元振看攔不住太子，心中萬分焦急，他便向兵士們舉一舉手，兵士們會意，便蜂擁上前，把太子團團圍住，也不由分說，半推半讓地推進了飛龍殿，派一隊兵士看守殿門，不放太子出來。李輔國又逼著太子下一道手諭，給禁兵監。

李輔國便帶領禁兵，闖入中宮。劈面便遇見段恆俊帶著他二百名內監，攔住路口。兩面人馬，便在丹墀下吆喝著廝殺起來。可憐這二百名太監，平日既不曾教練過，臨時又欲以少敵眾，卻如何抵擋得住？看看太監已死了一半，其餘各丟下刀棍，四散逃命。這裡禁兵一聲大喊，和潮水一般湧上殿去，把越王和段恆俊二人，活活捉住。程元振見了段恆俊，恨得他牙癢癢的，拔下佩刀便砍，還是李輔國攔住說道：「且慢殺這廝，俺們還有大事未了。」

便吩咐把越王和段恆俊二人打入大牢去，他一轉身，手執著寶劍，向內宮直衝。回頭對程元振大聲說道：「跟我來！」

程元振見捉了越王和段恆俊二人，便想就此罷手。

今見李輔國竟大膽仗劍衝進內宮去，卻不覺遲疑起來；李輔國見程元振不敢進去，便獨自一人，率領一隊禁兵，大腳步向內宮進來。這內宮地方，李輔國原是平日走熟的路，這時張皇后正在宮內坐著等候訊息，聽見內侍進來報說：「李輔國已殺進宮來，越王和段恆俊已被捕。」

張皇后知道大勢已去，不覺慌張起來；正窘急的時候，忽聽得內宮門外一陣一陣吶喊的聲音，愈傳愈近。張皇后知道存身不住了，便起身向皇帝的寢宮中逃去。張皇后躲避得慢，李輔國追尋得快，便也追蹤趕進寢宮來；張皇后一時情急，見無有可躲避之處，便去隱身在肅宗皇帝的龍床背後。

肅宗皇帝病勢雖十分沉重，但他心神卻還清明，睡在床上，不住地喘氣。耳中聽得宮門外喊殺連天，已覺得十分驚慌，只苦於身體不能轉動，口中不能言語，只睜大了兩眼看著窗外。

看看跟前走得一個人也不見，心中甚是惱怒。忽見那張皇后慌慌張張的從外面逃進屋子裡來，向龍床後面躲去，便知道大事不妙，急得要喝問時，卻苦於已開不得口了。只見那李輔國仗劍追進屋子來，李輔國雖說是一個奸雄，但他見皇帝躺在龍床上，心中卻還有幾分懼憚；忙把手中的劍藏入衣袖中，爬下地去，口稱：「臣李輔國參見，願吾皇萬歲！」

站起身來看時，見肅宗皇帝撐大了嘴，正喘不過氣來。李輔國知道皇帝快要死了，便把膽放大了；心想我如今已做出這叛逆的事來了，一不做，二不休，非把這張皇后殺死不可！他明欺肅宗皇帝開不得口了，便又大著膽子向龍床後追去。那張皇后見李輔國追來，急倒身欲向龍床下鑽進去。李輔國一手仗著劍，騰出手來，上去一把握住張皇后的手，便往外拽，慌得張皇后只爬在地下，磕著頭求饒。

李輔國見拖她不動，他便橫了心，發一個狠，把一柄劍咬在口內，伸出兩手，抓住張皇后的兩臂；那張皇后哭著嚷著，把全個身兒倒在地面上不肯走。李輔國也顧不得了，只把個皇后著地拖出來；，拖過龍床面前，張皇后一摔手，攀住那龍床的柱子，口中大聲嚷道：「萬歲爺快救我！求萬歲爺看在俺十多年夫妻的份上，替我向李將軍討個保兒！李將軍如今要殺我呢！」

可憐這肅宗皇帝病勢已到了九分九，眼看著李輔國如此橫暴的情形，早氣得暈絕過去了。任憑張皇后一聲一聲的萬歲地喚著，那萬歲爺只躺在龍床上不做聲兒。究竟婦女的氣力，如何敵得過男子的氣力？張皇后攀住床柱上的那隻手，被李輔國奪了下來，直拖出寢宮門外去。

一到了門外，自有那班如狼虎的禁衛兵，上前去接住。拿一條白汗巾，把張皇后的身體捆綁起來。李輔國領著頭，到各處後宮去搜查。在李輔國的心意，原是要搜尋他的夫人李氏；誰知全把個後宮搜尋遍，也找不見他的妻子。問各宮人時大家都說不知。李輔國也沒法，只得退出宮來，一面請令，暫把張皇后打入冷宮。他和程元振合兵在一處，正要到飛龍殿去見太子。忽然見肅宗的六皇子兗王倜帶領了幾十個王府家將，闖進宮來，劈頭遇到李輔國、程元振二人，便大聲喝問：「李輔國為何帶劍入宮？」

李輔國昂著頭，向天冷冷地說道：「多因皇后謀逆，本大將軍奉東宮太子之命，進宮來保護我萬歲。」

兗王又問：「如今皇后何在？」

李輔國答稱：「已被俺拿下，打入冷宮去了！」

那兗王平日雖也和張皇后不對，但如今見李輔國這樣跋扈的形狀，不由得心中惱怒；便拔下佩刀，迎頭砍去。

程元振在一旁喝一聲：「擒下！」

左右趕過來兩隊禁兵，把兗王帶進宮來的家將一齊捆下。兗王看著不是路，忙撇下李輔國，向內宮逃去。程元振帶領一隊禁兵，重複趕進內宮去；看著趕到肅宗寢宮外，那兗王也顧不得了，只得逃進寢宮去躲避。一眼見父皇直挺挺地躺在龍床上，雙目緊閉，兗王搶步到床前，雙膝跪倒，口中連連喚：「父皇！快救孩兒的性命！」

喚了半晌，也不見皇帝動靜；急伸手去探著皇帝的鼻息，這肅宗不知什麼時候早已去世了。兗王見死了父親，便不禁嚎啕大哭起來。

後面程元振追進寢宮，把兗王捉住，一齊打入大牢裡去。

這時李輔國見皇帝已死，他的膽愈大了；便親自趕到冷宮裡去，看那皇后的身體，被那汗巾捆住好似一隻死蝦一般，倒在地下。那張皇后見李輔國進來，便沒嘴的討饒，連連喊著：「五公公！五爺爺！」又說，「饒了婢子一條賤命吧！」

李輔國也不去理會她，只吩咐四個禁兵，上去把皇后的綁鬆了，解下那條汗巾來，向張皇后的脖子上一套；四個禁兵一齊用力，活活把個張皇后勒死。這張皇后生前原有幾分姿色的，如今死得十分慘苦。李輔國見結果了張皇后，轉身出來，又從大牢提出越王係、兗王僩和段恆俊一班人來，一個個給他們腦袋搬家。

把一座莊嚴的宮殿，殺得屍橫遍地，血汙滿階。

李輔國知道張皇后尚生一幼子，年只三歲，取名為侗。肅皇在日，已封為定王。這是張皇后的親骨血，必須斬草除根，方免後患。便吩咐手下兵士，重複入宮去搜尋定王。那定王在宮中，原有乳母保母看養著；又是張皇后的親生兒子，平日何等保養寵愛。如今那班乳母保母，一聽說李將軍三次來搜宮，大家把這三歲的小王爺，拋在床上，各自逃生要緊。只留一個姓趙的老宮人，她見小王爺被眾人拋棄了，睡在床上，手足亂舞，力竭聲嘶地哭著。她心中不忍，便去抱在懷中向後殿躲去，那後殿一帶空屋，樓上只堆些簾幕幃帳之類。

這趙宮人抱了小王爺，走上樓去，見屋中堆著和山一般高的簾幃，趙宮人一時無可藏躲，便把這個小王爺的身軀抱去，藏在簾幃下面。那小王爺卻也知道，便也不哭嚷了。趙宮人退身走下樓來，便蹲身坐在樓梯口守著。這時李輔國帶領禁兵，已在後宮一帶搜尋得家翻宅亂，卻尋不到這定王的蹤跡；心中正十分焦急，退出宮來，走過後殿門口，見一個宮女，在那門裡探頭。

原來這趙宮女在樓梯上守候了半天，不聽得外面的動靜；他認定李輔國已出宮去了，便走出殿門口來探看動靜。誰知事有湊巧，正遇到李輔國退出宮來，見這宮女探頭探腦，形跡可疑，便喝令禁軍上去，一把揪住。李輔國把劍鋒貼著宮女的脖子上，逼她說出實話來。那宮女卻是面不改色，一句話也不肯說。李輔國說了一個搜字，那兵士便分頭向後殿搜去，直搜到後殿樓上；見那定王已被一大堆簾幃壓住，早已氣閉死了。

李輔國見這小王爺已死了，便也放心，隨手拿劍鋒向趙宮人脖子上一抹，可憐她一縷忠魂，也隨著小王爺去了！這裡李輔國看著諸事都已辦妥，便與程元振二人，同入飛龍殿，把這位太子請出來；說明皇上已崩，皇后已死等情。太子想起父親死得可憐，便大哭了一場；換上素服，出九仙門，與滿朝文武相見，傳布肅宗皇帝晏駕的事。立李揆為首相，扶太子至兩儀殿，祭肅宗喪，太子即位柩前。越四日，始御內殿聽政，便稱為代宗皇帝。

那時滿朝中只有一個苗晉卿，是正直大臣。但他年已七十，素來膽小，不能有為。新任同平章事元載，由度支郎中升任；專知剝削百姓，趨奉權要，當然不敢說話；微此唯唯諾諾，一聽輔國處置國事。輔國竟自命為定策功臣，越加專恣起來。一日，退朝，左右無人，李輔國向代宗奏稱道：「大家但居禁中可矣，外事自有老奴處分！」

代宗聽了此話，心中十分不樂；只因此時輔國手握兵權，不便指斥，只得陽示尊重，呼輔國為尚父，事無大小，俱由尚父作主。便是群臣出入，亦必先到輔國府中請託過以後，才敢去朝見代宗皇帝。李輔國侈然自大，他對百官呼叱任意。代宗只因李輔國盤查得宮廷很嚴，他心中有一個李夫人，不能夠接她進宮來，心中十分掛念。這時代宗已追封生母吳氏為章敬皇太后，廢張皇后和越王係、兗王僩皆為庶人。立長子適為魯王，次子邈為鄭王，三子回為韓王。

這長子適，原是代宗侍女沈氏所生。說起這位沈氏，代宗皇帝也和她有一段情史；讀唐宮歷史的人，不可不知。原來章敬皇太后身體素弱，生下代宗來，年只十六歲，不能乳養孩兒；宮中原有乳母保母十六人，輪流管養著皇子的。這代宗皇帝，是肅宗的長子，又是玄宗太上皇最心愛的長孫，如何不小心看養。當時有一位姓沈的乳母，原是士人的妻子；只因家境貧寒，不得已進宮來充當乳母。她家中卻拋下一個和代宗同年的女孩兒，小名珍珍。

這乳母進宮來，卻日夜想念她家中的女兒，在諸位乳母中，卻算這姓沈的長得最是年輕美貌。章敬皇后性情，原是很仁慈的，見這沈乳母在宮中時時愁眉不展，問起情由，原來她家中有一個小女兒，時時在心中掛念。是章敬皇后的主意，命沈乳母把這個小女兒抱進宮來，一塊兒乳著，將來也可以與皇子做一個伴兒。那珍珍面貌美麗得更勝過她母親，真是雪膚花貌，我見猶憐。

這代宗皇帝自幼兒便和珍珍性情相投，寢食與共。章敬皇后到十八歲上，便短命而死；臨死的時候，便把代宗託給沈乳母。這時肅宗皇帝愛上了張良娣，便也不把代宗放在心裡，只有張良娣生的兩個兒子，一個名佋，一個名侗的，肅宗皇帝常常抱在手中把玩。這時代宗皇帝孤苦零丁，養在後宮；一切飢飽冷暖，全仗沈乳母照看。

那珍珍年紀慢慢地大起來，竟出落得天仙一般。代宗和她母女二人早晚做著伴兒，不離左右。兩小無猜，漸漸地有了私情。這珍珍十七歲上，便替代宗皇帝生下這個長子適來。在代宗的意思，早願立珍珍為妃；只因這珍珍名義上是個侍女，她雖生了一個皇子，但這是私情，不好對父皇說知的。直到安祿山攻入長安，這珍珍不及出奔，被亂兵擄至東京。後來代宗親自統兵攻入東京，在民間尋覓得珍珍，二人始得見面。代宗把她接進宮來住下，二人相守著，不多幾天，那東京又被史思明攻破了。代宗皇帝倉皇出走，不及救得珍珍，這珍珍竟無下落。

代宗皇帝也曾派人四處找尋過，終於不得蹤跡。代宗為想念珍珍，幾至廢寢忘食。後來幸得遇到這李夫人，總算把他一段痴情，有了一個著落。

如今代宗即了皇帝位，滿朝文武大臣，齊上奏章，勸皇上早立正宮；無奈這代宗心中藏著一段私情，不好對眾人說。他私意頗欲把李夫人升位正宮，只因有李輔國在朝，不好意思強占人妻。當時推說因長皇子適的母親遭安史之亂，查無下落。

把這後位虛留著，當時只冊立韓王回的母親獨孤氏為貴妃。朝廷一切大事，聽之於李輔國一人；所有前朝舊臣，和李輔國不相投的，到此時李輔國都要藉著事故，把他們一齊排擠出去。

不到一年時候，如知內省事朱光輝，內常侍啖庭瑤，及山人李唐一班三十多人，均被他藉著聖旨，遠遠地發配到黔中去。李輔國平日最恨的是禮部尚書蕭華，便也借事貶蕭華為峽州司馬。那程元振因擁立有功，威權也一天一天地大起來。元振最忌的是左僕射裴冕，便在代宗皇帝跟前彈劾了一本，貶裴冕為施州刺史。那時全朝廷的文武官員，只知有李、程二大臣，卻不知有代宗。

從來說的，兩虎不併立，這朝中既有李輔國，又有程元振；他兩人都是奸雄小人，終日爭權奪利，置國家大事於不顧。程元振入宮密奏代宗，說李輔國有謀反之意；代宗驚慌起來，說：「兵權俱在輔國手中，當以何法除之？」

程元振奏說：「不妨。李輔國手下有一大將，名彭體盈，久已怨恨輔國專橫；只須陛下假以辭色，不愁彭體盈不為陛下用也。」

代宗連夜傳彭將軍進宮，用好話安慰他說：「汝能聯繫李輔國手下兵士，便當拜汝為大將軍。」彭體盈奉詔大喜，便暗暗地去結合一班禁軍將領，又許他們權利，令他們背叛李輔國。諸事停妥，代宗便下旨，解李輔國行軍司馬，及兵部尚書兼職。又下旨以左武衛大將軍彭體盈代為閑廄群牧苑內營田五坊等使，以右武衛大將軍藥子昂代判元帥行軍司馬。李輔國得旨大怒，急親自進宮去，欲面見代宗皇帝。那朝門口已由彭體盈派兵守衛著，見李輔國進宮來，便上前去攔住，說道：「尚父已罷官，不當再入宮。」

李輔國見手下的人都背叛自己，不覺一時氣壅，雙目緊閉，暈倒在地。左右上前扶起，李輔國氣急敗壞地說道：「老奴死罪！事郎君不了，請赴地下事先帝矣！」

停了一會，裡面傳出諭旨來，賜李輔國大第在京城外。滿朝文武，聞知李輔國失勢解官，便故意趕到城門口拜賀；把個李輔國氣得一句話也說不出來，急回府中，寫表求解官職。第二天，聖旨下來，進封博陸郡王，仍拜為司空尚父，許朔望入朝。李輔國當堂謝過恩，便收拾家具，遷至城外賜第中去住。他原是一朝權貴，如今削職回家，只落得門庭冷落，車馬稀少。

從來說的，福無雙至，禍不單行。李輔國遷居城外，不多幾天，便來了一個刺客，在半夜時候，跳進屋子裡來，李輔國正左擁右抱，摟住兩個侍女安睡著，一柄鋼刀下去，人頭落地；那兩個侍女，從夢中驚醒過來，只見一片血跡，李郡王脖子上不見了一個人頭。再看時，那右臂也砍去了。這兩個侍女，被李輔國臨睡的時候剝去上下衣服，一時穿衣也來不及，只得縮在被窩裡，滿口喊著：「皇天爺爺！」

府中人役聽得了趕進來看，知道郡王爺被刺，闔府中上下點起燈籠火把來，四處照尋人頭。直照到毛廁中，得到了李輔國的頭，卻已被快刀割去了面皮，一片模糊，認不出眉目來。府中人無法，只得命精巧匠人，另雕一個人頭埋葬。聖旨下來，還贈他做太傅官，一面行文各處，捉捕凶手。

這凶手原是代宗皇帝指使出來的，叫地方官向何處去捉捕。外面搜捕凶手的文書，雪片也似飛著。這真正的凶手，卻安居在程元振府中。原是這凶手姓杜名濟，原系程元振府中一名武士；今因刺死李輔國有功，便升做了梓州刺史官。元振自謀死了李輔國以後，又升任了驃騎大將軍，獨攬政權；只因郭子儀是一個忠正大臣，且手握重兵，諸事頗覺不便。

他便矯皇帝召，召子儀入京，郭子儀正和史朝義交戰，連獲勝仗；一聞朝命，急急趕回京師來，欲朝見天子。那程元振便百方攔阻，宮門口滿布著元振的兵士，總不放郭子儀進去。那郭子儀回京十日，還不得朝見天子，心下鬱鬱不樂，後來方明白是程元振的詭計。郭子儀十分憤怒，立刻拜表，請自撤副元帥及節度使職銜；有旨准奏。便徙封魯王適為雍王，特授天下兵馬大元帥，令統兵征討史朝義。程元振怕雍王大兵在握，不易駕馭，便奏請以中使劉清潭為監軍。

劉清潭是程元振的心腹，他便另帶一支兵馬向回紇去徵兵，令回紇國出兵助戰。那雍王適卻是天生的一員戰將，他行軍至東京，與史朝義相遇，一連廝殺了幾陣；史朝義傷折了許多人馬，看看抵敵不住，便退進東京城去，閉關死守。又打聽得劉清潭到回紇去請兵，史朝義便想得了一條反間之計，也遣發人到回紇可汗跟前去謊報。說唐室兩遇大喪，中原無主，請回紇可汗遣派人馬入關，收取府庫，可得金帛子女無數。此時回紇國葛勒可汗已死，傳位與牟羽可汗；這牟羽可汗，原是肅宗幼女寧國公主下嫁時所出。回紇國風俗，父親死後，兒子可娶母親為妻。欲知後事如何，且聽下回分解。

牟羽可汗涎母色　代宗皇帝戀舊情

寧國公主在回紇國中，有美人之目，如今文君新寡，徐娘半老，她的親生兒子牟羽可汗登位以後，忽戀親母風韻，欲娶母親為後。這以子妻母，在回紇國原是平常事情；但叫這寧國公主如何好意思抱子為夫，只得辭回大唐。牟羽可汗實因愛中國女子，見母親不肯嫁他，便也打發大臣到唐朝來求婚；代宗因情面上推卻不過，便指僕固懷恩之女，嫁與牟羽可汗為妻。

那僕固懷恩之女，雖也是年少貌美，但在牟羽可汗眼中看去，總不及寧國公主的風韻動人；因此夫妻二人，過不上一年光景，便時反目。在牟羽可汗的意思，仍欲到中國來，把他母親接去，配作妻子；屢次派使臣到唐朝來，假問公主起居為名，請公主回國去。

這寧國公主是一個貞靜自愛的婦人，如何肯做這亂倫的事情？便堅辭不去。那時惱動了這位牟羽可汗，他便想親自帶兵，打進唐室京師來，搶劫他母親回國去，硬做成親。恰巧有史朝義謊報說，中原無主，牟羽可汗便帶領回紇大兵長驅入關，見沿途州縣空虛，人民流亡，他便乘機劫奪田地，擄掠人畜，一連失陷了十幾座城池。

急報到了深宮，代宗也覺驚慌；急遣僕固懷恩前往撫慰，又命長子雍王適，統兵到陝州去，仰勞牟羽可汗的駕。那時回紇國的兵，列營在河北；雍王與御史中丞藥子昂，兵馬使魏琚，元帥府判官韋少華，行軍司馬李進，一行人共赴回紇營中，與牟羽可汗想見。那牟羽可汗，高坐胡床，逼令雍王跪拜；藥子昂在一旁看了大憤，趨前高聲說道：「雍王是大唐天子長子，兩宮在殯，禮不當拜！」

牟羽可汗不言，大將車鼻在一旁代答道：「唐天子與可汗曾約為兄弟，雍王見我可汗，如子侄之見叔伯，禮應跪拜。」

魏琚也在一旁抗聲說道：「雍王為大唐太子，他日即為華夷共主，豈能屈節拜汝外國可汗？」

牟羽可汗聽了大怒，便以目視車鼻，揮兵直上，捉住藥子昂等四人，即按在地下，各鞭背三百。雍王滿面羞慚，退出營來。當晚韋少華與魏琚二人，因傷勢太重而死。雍王十分憤怒，意欲進兵攻打回紇營，替二人報仇。諸路節度使，亦調兵相助。藥子昂便竭力勸阻，說：「賊尚未滅，不應輕啟釁端。」

僕固懷恩與牟羽可汗，有翁婿之誼，便從中調處。令牟羽可汗帶領回紇兵士為前驅，與各路兵馬齊向東京出發，圍攻史朝義。雍王在陝中留守。史朝義領兵十萬，與唐朝諸將對陣。諸路節度使中，唯有鎮西節度使馬璘，最是勇敢，領眾軍直殺入敵陣，銳不可當。

史朝義被官兵殺得棄甲拋盔，自相踐踏，屍滿山谷，斬首至六萬級，捕擄二萬人。朝義退走鄭州，僕固懷恩乘勝奪回東京城；可恨那回紇兵，自河陽入東京，肆行殺掠，搶劫姦淫，東京百姓，一再遭殃。待搶劫完畢，回紇兵便一把火，把一座東京城竟燒去了半座。諸路兵馬，皆因追殺朝義，亦無暇顧及。那史朝義被各路兵馬，追趕得無路可走，便去投奔契丹部，又被范陽留守李懷仙，追殺回來；看看部下七零八落，只剩得十餘騎，史朝義料難保全，便縊死在醫閭廟門口。唐朝安祿山、史思明兩次大亂，直鬧了四年，到此時，才得太平。

但史朝義雖打平，而回紇卻在各州縣縱兵淫掠，人民逃散，城郭荒涼。代宗皇帝沒奈何，一面令趙城尉馬燧私贈賄賂，給回紇兵各將帥，勸阻他們的強暴行為，一面又下旨，特冊立回紇可汗為英義建功毗伽可汗。自可汗至宰相，共賜實封二萬戶，又進僕固懷恩為尚書左僕射，兼中書令，坐鎮朔方。令護送回紇可汗歸國。

那牟羽可汗，見唐室天子如此優待，便也不好意思再胡鬧了。只是臨走的時候，還不能忘情於寧國公主，便請公主同返回紇國去；寧國公主知道牟羽可汗淫心未死，便願選宮女四人，贈與牟羽可汗。牟羽可汗得了唐朝宮女四人，也是歡喜；帶回宮去，晝夜淫樂。這且不在話下。

但這寧國公主真是紅顏薄命，不知怎麼的，因牟羽可汗如此一鬧，她這美人的名兒，直傳到吐蕃可汗的耳中。那吐蕃可汗，原也久已羨慕中國的女色。如今打聽得唐朝有一位絕色的寧國公主，又是文君新寡，便也十分羨慕，即打發使臣到唐朝來，指名要求娶寧國公主。堂堂一位公主，豈肯做再蘸婦人？

代宗皇帝便也嚴辭拒絕了。誰知那吐蕃可汗，竟羞惱成怒，頓時邀同吐谷渾、黨項、氐、羌各部落蕃兵，二十萬人馬，長驅東入；前鋒衝關陷州，轉眼已逼近邠州地界了。邠州節度使火急報與朝廷。那邠州地方，與京師相距不遠，代宗得了警報，不覺大駭，當即召叢集臣商量退兵之計。那長安地方，離邠州只數百里遠近，叫代宗皇帝如何不焦急？但當時在朝的，都是文官，得了這個訊息，彼此面面相覷，也想不出一條禦敵的計策來。

當初唐朝金城公主，嫁與吐蕃可汗，與吐蕃在赤嶺下，立定界碑，仗著金城公主與吐蕃可汗以恩義結合，總算保得幾年太平。待金城公主去世以後，吐蕃又與唐朝失和，屢次覬覦唐室邊界。當時幸得河隴一帶節度使如王忠嗣、哥舒翰、高仙芝一班將帥，守禦有方，尚無大患。至安史作亂，所有邊界守兵，俱徵召入東西兩京，四境空虛。

在肅宗初年，吐蕃可汗娑悉籠獵贊，乘唐室內亂，便攻取威武河源等軍，並陷廓、霸、岷諸州。代宗即位時候，又攻入臨洮。那時郭子儀雖力平安史之亂，但也頗憂慮吐蕃之禍，在前一年，便上奏勸代宗須慎防吐蕃。

這時朝廷內程元振專權，得了外人賄賂，私通吐蕃；郭子儀奏章入朝，俱被程元振扣留住。到這年春天，吐蕃又大舉入寇，攻破大震關，連陷蘭州、廓州、河州、鄯州、洮洲、岷州、秦州、成州、渭州一帶地方，盡占了河西隴右地方。那邊關告急文書，和雪片似地送進朝廷來，俱被程元振一人藏匿著，不使上聞。到此時，吐蕃可汗打聽得寧國公主是中原第一個美人，便遣使來京求婚；若答應他的婚姻，他便願退兵出關，永遠稱臣。

無奈這寧國公主貞節自守，誓死也不肯做失節婦人。吐蕃可汗誓欲得此美人，便長驅直入，到涇州地方；那涇州刺史高暉，原是程元振的羽黨，早與吐蕃可汗暗通聲氣。一見吐蕃兵到，便開城迎接，把城也獻了；一面自願充蕃人的嚮導，又攻入鄰州。鄰州刺史官逃進京師來，報告吐蕃凶橫情形，代宗才得聞知。沒奈何只得令郭子儀前去救應。

那郭子儀救兵未至，吐蕃兵已浩浩蕩蕩，殺奔奉天武功，橫渡渭水而來。那時雍王適，使判王延昌，星夜趕進京師來，請求救兵；又被程元振攔阻，不得入見。那時渭河北面守將呂月，率精銳二千人，與吐蕃兵奮勇搏戰；那吐蕃兵漫山遍野而來，呂月終至戰敗被擒；吐蕃兵直衝過便橋，攻至京師城下。

滿朝文武，俱各張皇逃命，宮廷大震；那班妃嬪，都圍住代宗痛哭。代宗見勢已危急，只得帶領一班妃嬪，由雍王適率領一小隊人馬保護著，出奔陝州。

郭子儀聞得京師危急，忙從咸陽領兵趕回；一入京師，只見百官逃散，人民流離。打聽得皇帝已出亡在外，便急急追蹤出城。才到開遠門口，遠遠見將軍王獻忠，帶領著騎士五百人，擁了豐王珙，後面跟著幾個官員；又另備花車一輛，車中卻是空的，前面一對紅旗，伕役百餘人，各各扛抬著豬羊牲口，臉上各有得意之聲，洋洋而來。郭子儀一看，知是投順吐蕃去的。

便橫刀躍馬，趕上前去，攔住去路，大聲喝問：「汝等欲何往？」

王獻忠見是郭子儀，先有幾分膽寒，忙下馬躬身說道：「今主上東遷，社稷無主；公身為元帥，何不行廢君立君之事，以副民望？」

獻忠話未說完，那豐王珙也上前來說道：「元帥為國家重臣，今日之事，只須公一言便定。公奈何不言？」

郭子儀大聲說道：「朋友尚不可乘人之危，況殿下與聖上系叔侄之親，豈可骨肉相殘？今日之事，下官只知有天子，不知有他！」

說著，便怒目而視。幾句話，說得人人驚慌，個個羞慚。郭子儀又喝著王獻忠道：「今日獻城降虜之計，必出於汝！豈不畏國法耶？」

說得眾人啞口無言。郭子儀便令諸人隨著自己，出了京城，向東而行，沿路招撫散兵，前往陝州，保護代宗。

這京師只成了一座空城，那吐蕃可汗，到京城，見宮殿巍峨，卻不敢徑入；當有唐朝降將高暉，首先馳入。那吐蕃可汗，隨後進了後宮。這時六宮妃嬪，俱已逃散，只留那些老病的宮女，給吐蕃人見了，已視為天仙美女，各各搶占了去。只有這吐蕃可汗，一入宮門，便搜尋那寧國公主；這寧國公主，看看城郭破碎，帝后遠走，自嘆命薄，早已投入太液池中，自己淹死了。

可憐這吐蕃可汗，千辛萬苦地殺進京師來，只撲了一個空，心中大失所望；便令他手下大將馬重英等，在京師地方，焚掠淫殺，把一座錦繡的長安城，鬧得十室九空。吐蕃又從民間去搜出一位唐朝的子孫廣武王承宏，便立他為帝。又令前翰林學士於可封為相。打聽苗晉卿是唐朝一位賢臣，便把他從家裡拖出來，拜他做太宰官。那苗晉卿站在朝堂上，卻是閉口不說一語；吐蕃可汗，卻高坐殿頭，呼叱百官。自有一班貪戀祿位的無恥官員，聽這外國王的叱吒。

這時郭子儀手下軍士甚少，到御宿川地方，紮住人馬；一面令判官王延昌，到商州去招撫舊部。那各路軍馬，得了郭子儀的號令，齊奔赴咸陽來。郭子儀對各將帥哭說一番，求大家同心協力，收復京城；眾軍官都感激涕零，誓遵號令。郭子儀一人先至行宮，朝見代宗皇帝；代宗怕吐蕃兵馬趕出潼關來，欲留子儀護駕。子儀奏稱：「臣不收復京師，無以對先帝；我若出兵藍田，虜必不敢東來，請陛下勿憂。」

代宗准奏。郭子儀便派左羽林大將軍長孫全緒，率二百騎出藍田，授以密計。

並令第五琦為京兆尹，與全緒同行。且調寶應軍使張知節，統兵千人，作為後應。全緒軍駐在韓公堆，白日打鼓，夜間放火，作為疑兵。另選騎兵二百人，渡過滬水，遊弋長安。吐蕃兵此時，已飽掠，正欲滿載而歸。忽聽得城中百姓，彼此歡呼道：「郭令公從商州調集大軍來攻長安矣！」

吐蕃可汗令探馬出城去探聽，回來報稱：「郭公確有大隊官軍，即日前來圍攻京師。」

吐蕃大將馬重英，聽了這訊息，不由得惶恐起來；在半夜人靜時候，京師四城鼓聲驟起，接著一片喧嚷，隱約聽得「郭令公」三字。郭令公，便是郭子儀，因前封代國公，後封汾陽王，京師百姓，都稱他郭令公。那高暉聽了這喊聲，先已嚇得驚魂失魄，連夜出城逃走。那吐蕃可汗亦站不住腳了，即帶領眾蕃兵向北退去。

其實此時郭子儀尚在咸陽地方，皆由長孫全緒打發手下部將王甫潛入城中，陰結少年數百人，乘夜在城中鼓譟。可笑吐蕃一二十萬將士，竟被「郭令公」只三字嚇退了。這全是郭子儀之妙計。吐蕃兵退，捷報到了咸陽，子儀轉奏行在，請代宗迴鑾。代宗正巡閱潼關，查出豐王珙等在京師做的反叛事體，便勃然大怒，傳旨賜豐王自盡，一面返駕京師。代宗尋覓得寧國公主的屍骨，從豐埋葬。

此番吐蕃作亂，皇帝出奔，全是程元振一人從中作祟；他在暗地裡勾通了外國，滿想藉著吐蕃的兵力，滅去唐朝，平分天下。如今被郭子儀一番計謀，依舊保住了唐家天下，他心中萬分惱悶，把個郭子儀恨入骨髓了。如今皇帝迴鑾，在程元振也只得裝做沒事人兒一般，也隨駕回朝。當時只有一位太常博士柳伉，上奏彈劾程元振。

他那表章上說道：「犬戎犯關度隴，不血刃而入京師；劫宮闕，焚陵寢，武士無一力戰者，此將帥叛陛下也。陛下疏元功，委近習，日引月長，以成大禍；群臣在廷，無一人犯顏回慮者，此公卿叛陛下也。陛下始出都，百姓填然奪府庫，相殺戮，此三輔叛陛下也。自十月朔召諸道兵，盡四十日，無只輪入關，此四方叛陛下也。陛下必欲存宗廟，定社稷，獨斬程元振首，馳告天下；悉出內使，隸諸州，持神策兵，付大臣。然後削尊號，下詔引咎。如此而兵不至，人不感，天下不服，臣願闔門寸斬以謝陛下！」

他這疏中，說得何等痛切？當時諸路節度使，只因痛恨程元振一人，所以代宗屢發詔徵諸道兵，卻無一應召的；到此時，代宗讀了柳伉的奏章，心中方有感動。只因當初程元振有護駕之功，便也不忍取他的性命；只削奪官爵，放回田裡。那程元振得了詔書，還是說皇上不念舊情，十分怨恨。

代宗回朝的第三日，便在兩儀殿賜郭子儀宴，文武百官陪宴；當殿又賜郭子儀鐵券，畫像在凌煙閣上，算是唐室極大的忠臣。到此時，復得安享太平。

代宗在危急出奔的時候，還不忘情於李夫人，帶著李夫人，一同至陝州避亂，如今又帶著李夫人回宮來。李輔國早已去世，一無顧忌；代宗便下旨，冊立李夫人為正宮皇后，立雍王適為皇太子。代宗和李夫人二人的心願，到此才得償了。帝后二人在宮中，形影不離，言笑相親，十分恩愛；所有六宮妃嬪，都不得望見天子顏色。代宗欲掩去皇后從前的事跡，特令皇后冒姓獨孤氏，宮中都稱她為獨孤娘娘。

這獨孤皇后，隨身帶著一架短琴，每一彈奏，空中宛似有鬼神吟唱的聲音。代宗皇帝問：「此琴何以有如此神異？」

獨孤皇后奏答：「此琴原為東海彌羅國所獻，同時尚有一鞭，鞭稱軟玉鞭，琴稱軟玉琴。當時李輔國得了外國貢物，往往沒收入自己府庫中；宮中帝后，一無聞知。軟玉鞭，李輔國已送入宮中，張皇后收藏著，獨有此軟玉琴，沒在李輔國府庫中。皇后在李輔國家中時，獨愛此琴，因此隨帶在身旁。此琴身繫平常桐木所制，原不足異；只因琴上的絃線，原是碧玉蠶所吐之絲。東海彌羅國，有一種桑樹，枝桿盤屈，覆地而生；大者連延十數頃，小者蔭亦數百畝。樹上有蠶，身長四寸，遍體金色，吐絲成碧綠色，亦稱謂金蠶絲。一尺長的絲，可以拉成一丈長，搓成絃索，裡外透明，雖合十夫之力挽之，亦不能斷。製成弩弦，箭發可達一千步遠；製成弓弦，箭發可達五百步遠。那軟玉鞭光可鑒物，雖藍田美玉，不能勝之。屈之首尾相接，舒之則勁直如繩。雖以斧鎖鍛斫，終不能傷缺。」

代宗聽了皇后這一番話，便在滿宮中找尋這軟玉鞭；後來代宗遊幸興慶宮，在夾牆內，尋得一個寶匣，匣中藏著一支玉鞭，那柄上刻著「軟玉鞭」三字，與皇后那張軟玉琴，配成對兒。獨孤皇后，是不會騎馬的；代宗又每日退了早朝回宮來，親自挽著一匹青鬃小駒，扶皇后跨上雕鞍。在興慶宮四面走廊下，教皇后學著騎馬。

柳腰親扶，玉肩軟貼，笑語相親，馳驅如意；宮廷之間，自有許多樂事。

代宗每日只愛與皇后親暱，所有國家大事，一齊託付與丞相元載。六宮中妃嬪，見萬歲性情和順，便終日追隨著遊玩；便是代宗皇帝，要得皇后的歡喜，也令那班妃嬪們陪著飲酒歌舞。許多妃嬪，誰不要討皇帝的好，便個個打扮得花枝招展似的，在萬歲和娘娘跟前跳著唱著。可憐她們獻盡狐媚，滿心想得萬歲的憐愛，得皇帝的臨幸；誰知這代宗一心在皇后身上，一到宮燈明亮，那皇帝便和皇后二人，雙雙攜手，回正宮自尋歡愛去了。只丟得六宮粉黛，冷落枕衾。這位娘娘未入宮以前，已和皇帝私地裡生了一個皇子，取名一個回字，現已封為韓王；入宮以後，接著又生一個女兒，便是華陽公主，長得和母親一般美麗，代宗十分歡喜，常常抱在懷中，逗著她玩笑。

一日，萬歲和娘娘遊幸，至寶庫門前；遠望屋頂上，透出一縷神光來，照射在空中，搖閃不定。代宗甚是詫異，忙傳掌庫大臣來問時，那大臣奏稱：「庫中有寶物，每夜發光，穿射屋頂。」

代宗便命開著寶庫門，進屋去看時，只見那神光是從寶櫥裡一個絳紗袋中發出來的。代宗伸手去把絳紗袋摘下來，開啟來看時，原來袋中藏著一粒潔白光明的大圓珠；那珠子託在掌中，光芒卻照射一室。代宗看了這珍珠，不覺嘆息著，對皇后說道：「此名上清珠，原是玄宗太上皇在時，罽賓國所獻。當時朕年甚幼，為太上皇所愛，常稱朕有異相，為吾家一有福天子。便以此上清珠賜朕，裹以絳紗囊，繫於朕頸上；直至太上皇升遐，才把此珠收入寶庫中，日久朕亦忘之。今見此珠，如重見祖父也！」

代宗說時，獨孤皇后，去把上清珠取在手中看時，見珠中隱約有仙人玉女雲鶴絳節之像；適值保母抱著華陽公主隨在身後，那公主見了寶珠，便伸著兩只玉雪似的小手來抓取，皇后便把上清珠連繩子替公主掛在頸子上。那小公主見得了珠子，便開口嘻嘻地笑著。代宗歡喜，便把珠子賞給公主。那保母聽了，忙抱著公主叩頭謝恩。

這時李輔國已死，他生前吞沒外國進貢來的珠寶，藏在府中的，有千餘件；到此時獨孤皇后對代宗皇帝說了，代宗便打發幾個內臣，往李輔國府中去查抄。所有府中藏著的奇珍異寶，盡數沒收入大內寶庫中。有香玉、闢邪二寶，每件高一尺五寸，已被李輔國在生前毀去。

那香玉的香氣可聞於數百步以外，上面雕成樓臺人物，十分工細；雖嚴鎖密封，藏在金箱石匱中，終不能掩其氣。人從玉房行過，或衣角拂拭，便香留襟袖，終年不散；便把衣服洗濯數回，亦不消失。李輔國生時，常將此二寶置在座旁。一日，李輔國正脫巾櫛沐，忽聞闢邪發聲大笑，那香玉中卻不住地發出悲哭聲來。李輔國大詫，忙向二寶呵喝。

誰知那大笑的，變而狂笑；悲哭的，卻又涕泗交流。李輔國心中惡之，隨手拿起一支鐵如意，把二寶打成碎粉；喝令婢子拿去，投入廁中。從此李輔國屋中時時聞得悲號之聲。那輔國所住的宅子四周，路人從他牆外走過，便聞得香風濃鬱，終年不散。第二年，李輔國便被刺而死。欲知後事如何，且聽下回分解。

落魄女子充故釧　多情天子憐新人

李輔國平日最寵愛的一個婢子，姓慕容的，原是肅宗的宮人，張皇后賞與輔國。輔國因李夫人久不回家，便十分寵愛這婢子，闔府中人，稱她慕容宮人。那時她見李輔國把此兩樣寶物打成粉屑，又喝令婢子拿去，投入廁中。這慕容宮人，仗著自己是相公寵愛的人，便暗暗地把這玉屑留下一半，收藏起來。

至此時，魚朝恩訪得慕容宮人藏有香屑二合，便願出錢三十萬，嚮慕容宮人買得。誰知這寶物終是禍胎，魚朝恩後來也因犯上作亂，天子大怒，將他捉去正法。在朝恩未死的前一年，那香屑忽然化為白蝶，四散飛去；一時京城地方，傳為奇事。這都是後話。

如今再說代宗皇帝，把李輔國府中的寶物，盡數抄沒入庫以後，挑選那獨孤皇后所心愛的，一齊搬來陳列在皇后寢宮裡。

帝后二人，早晚把玩著。這獨孤皇后，卻也生性賢德，她在宮中，如此得皇帝寵愛，但絲毫不肯攬權。代宗每遇朝廷有疑難大事，便與皇后商酌，皇后便再三避讓，說：「婦人見識淺短，不當參預國家大事。」

代宗皇帝要得皇后的歡心，便去訪尋後家的子侄輩，賜以官爵。那皇后知道了，便竭力辭謝，說：「妾父元擢，與李輔國同黨，原負罪於國家，得逃顯戮，已是萬幸，豈可使罪人之後，復得功名。」

代宗見皇后如此謙讓，更是歡喜。

這一年，六月，是皇后四十歲大慶，代宗皇帝因欲使皇后歡喜，便在御園中遍扎燈彩，令命婦夫人們，入宮陪伴皇后遊宴。三十六宮妃嬪媵嬙，個個濃裝淡抹，在各處遊玩不禁。入夜，燈光齊放，密如繁星，真是城開不夜，笙歌處處。這位多情天子，卻終日追隨皇后裙屐，言笑相親。這一晚，萬歲與娘娘在御園中，直遊玩到夜深月落，才回宮安寢。第二天，群臣上表，請加皇后尊號，代宗下旨，尊為貞懿皇后，皇后心中，也甚是歡喜。

只因那夜萬歲和娘娘在御園中遊玩，天上一輪皓月，人間滿地笙歌，代宗在月下花前，看貞懿皇后，愈覺美麗得和天仙一般，兩人又說起從前在東宮月下偷情的事體，看看左右無人，便情不自禁地在那白石欄邊親熱了一回。兩人到情濃的時候，只管迷戀著眼前風流，誰知這貞懿皇后嬌怯怯的身軀，受不住風露欺凌，過了三天，便病倒在床。

代宗皇帝如何捨得，便把坐朝也廢了，終日陪伴在皇后榻前，調弄湯藥，又用好話安慰著。但從來好事易破，這位皇后病了二十四天，竟是香消玉殞了。這代宗如何忍得，便抱住皇后的身體，嚎啕大哭起來。合宮中多少妃嬪宮女，圍著勸著，代宗總是涕泣不已，早哭到夜，夜哭到明，精神恍惚，好似害了瘋癲病的一般，終日抱著皇后的屍身，不肯放手。

直過了三天，經一班元老大臣，和妃嬪宮女跪求著，才把皇后的屍身收殮，靈柩停在內殿。代宗便伴臥在棺木一旁，晝夜不肯離開；想到悲傷的時候，便拍著棺木，大哭一場。每到上食時候，代宗便坐在柩前伴食。御園中名花開放，代宗便親自去採一枝來供養在靈座前；遇有大雷急雨，代宗便至柩前軟語安慰著，妃嬪們也去宿在內殿，伴著萬歲。

無奈這時代宗一心在已死的皇后身上，看著這六宮粉黛，好似糞土一般；看看這位萬歲爺形容憔悴，精神惝恍，快要成大病了。滿朝的文武大臣，人人憂慮徬徨，天天在朝房裡會集了許多官員，商議勸諫萬歲的話。內中有一位補闕官姚南仲，便上了一道奏章，力勸皇上養身節哀。又說：「皇上宜上體祖宗付託之重，下慰賢后九泉之心，亦不當自取暴殄。」

代宗讀了這幾句話，才覺恍然大悟；便下旨，於內宮園中治陵，以便朝夕望見。姚南仲又上奏力言不可，說歷來帝皇，無此體制；且卜葬宮廷，亦非所以安陰靈之道。又經群臣再三勸諫，乃下詔葬於莊陵。出殯這一天，儀仗十分隆盛；滿朝官員，俱步行送葬。代宗亦素衣白馬，緊隨在靈車後面。又令宰相常兗，代皇帝作哀冊，表天子燕婉之情，敘皇后賢淑之德。那文武百官，俱獻輓辭。代宗回宮去，擇那辭章淒惋的，令樂府製成喪歌，付妃嬪曼聲歌之；萬歲一聞歌聲，便哭不可抑。此時只有元載，常與皇帝想見，退出宮來，常與各大臣談及，萬歲哀毀不已，臣下應設法勸諫。但商量了半天，也想不出一個好方法來。

後來還是姚南仲，想得了一個解憂的方法。代宗在東宮未識皇后以前，曾私一沈氏宮婢，冊為太子妃；生一皇子，現已立為太子。後因東京變亂，倉皇出奔；沈氏陷入賊中，至今生死未卜。當時代宗與沈氏情愛亦甚篤，曾行文各州，訪尋沈氏下落，終不可得。

至此時，姚南仲忽得一計，只推說沈氏尚在民間，便奏報皇上，代宗愛戀沈氏，當初也與愛皇后一般；如今皇后已死，忽聽奏說沈氏尚在民間，不覺把已死的情懷，無端勾引了起來。接著又得中州太守報稱，沈氏現已在中州地方覓得；代宗不覺大喜，便下旨以睦王述為奉迎使，工部尚書喬琳為奉迎副使，又遣昇平公主同行，為侍起居使者。奉皇帝冊文，向中州出發。

那睦王到了中州行宮參拜，見上面坐著的，果然是一位沈氏貴妃。這睦王在宮中的時候，也曾見過沈妃的；今見那婦人面貌依然，只是更美麗了。那昇平公主雖不曾見過沈氏的面貌，但平日聽代宗皇帝常常說及沈妃，前侍萬歲住西京的時候，冬夜因割牛脯奉皇帝，傷及左手食指。

如今昇平公主在一旁侍奉，暗地留心看沈氏的左手時，果然有傷痕。在沈氏貼身，尚留一女官，名李真一；這李真一，原也曾侍奉過代宗皇帝的，昇平公主原認識她的。後避難在東京，史朝義賊兵打破城池，肅宗帶著代宗，逃出東京城；當時失散宮眷甚多，李真一也流落在民間，輾轉與沈氏相遇。被中州太守訪得，一齊收養在行宮裡。到此時，代宗皇帝派朝廷大臣，備著全副法駕，到中州去把沈氏迎接進宮來。

到京師，已是傍晚時分。代宗皇帝親御藝暉殿迎接，見了沈妃，對拉著手兒，不禁流下淚來。當即在殿上擺設盛筵，代宗與沈妃並坐在殿上飲酒，文武大臣，挨次兒上來參拜道賀。

代宗下旨，賜群臣就殿前飲酒，樂府獻上女樂，一時笙歌雜奏，舞影翩躚；代宗方轉悲為喜，開懷暢飲，大臣各獻喜詞。這一席筵宴，只飲到夜半，方撤席回宮。

那女官李真一送沈氏回宮，便退出來；在穹門口，遇到高力士之子高常春。這高常春當初與李真一在宮中，原是廝混慣的；今日想見，李真一便笑著迎上去。說：「高公！俺們多日不見了！」

誰知那高常春卻一言不發，劈手向李真一當胸揪住，大聲喝道：「俺今日問你個欺君之罪！」

那李真一不覺大驚，忙問：「俺有什麼欺君之罪？」

高常春冷笑著說道：「今日那個沈妃，分明是俺的妹妹；你如何拿她冒充沈妃，卻送進京來欺矇聖上？這欺君之罪，看你如何當得！」

李真一到此時，被高常春看出破綻來，方不敢抵賴，忙爬在地下，不住地叩頭，求常春替她包謊。說：「這是俺和你妹妹在中州地方流落，窮極無賴時候商量下的計策。」

原來高力士生前收養著一子一女，卻是同胞的兄妹；他哥哥高常春，高力士在日，便帶他進宮去，也充了一名內侍官。妹妹名彩雲，因兄妹情愛很深，彩雲便常進宮去，探望他哥哥，因與女官李真一相識。那時代宗皇帝，已立為太子，住在東宮。沈氏原是一個侍女，與太子結識上了私情，生了王子，便扶立為太子妃；當時在東宮諸妃中，算沈妃的面貌，長得最是美麗。

宮女們口中常常傳說，彩雲在暗地裡最是留意沈妃的神態，凡是沈妃的一言一笑，彩雲卻模仿得十分相似。說也奇怪，這彩雲的面貌，卻又與沈妃長得一模一樣的。更奇怪的，當年沈妃伴代宗皇帝在東宮的時候，因在夜靜的時候，代宗和沈妃二人，圍爐清談，那爐子上烤著肉脯，沈妃隨手拿著佩刀，割取肉脯，奉與代宗吃著消遣。代宗挨近沈妃坐著，見沈妃的粉腮兒映著燈光，嬌滴滴越顯紅白，忍不住伸手過去摸著沈妃的面龐；那沈妃佯羞躲避著，側過腰兒去，一不留心，那金刀兒割破了左手的食指，頓時血流如注。

慌得代宗皇帝，忙把沈妃摟在懷裡，把袖口上的綢兒扯下來，急急替沈妃包著傷痕，忙用好言撫慰著。恰巧那彩雲也因剖瓜割傷了左手食指。後來因安史之亂，彩雲和李真一二人，都被賊兵追趕，流落在民間。

那李真一遇到一個老年尼僧，收留在佛院中，苦度光陰。

那彩雲，卻還是一個處女，落在歹人手中，拿她去賣給一個員外，充當婢妾。這員外原有一位夫人的，一見彩雲進門，便和她丈夫大鬧，立逼著把彩雲趕出大門，因此便保全了彩雲的貞節。可憐彩雲被那夫人痛打一頓，趕出大門，真是無路可走的時候，倚定在一家大宅院門口，只是掩面悲泣。卻巧李真一從她身旁走過，兩人患難相逢，便忍不住拉著手痛哭，各訴別後的苦楚。李真一見彩雲無家可歸，便勸她一塊兒投到佛院院中去；那佛院中的老尼僧，生性甚是慈悲，見彩雲的身世可憐，便也一齊留下，好茶好飯看待她二人。

也是她二人的命中魔蠍未退，到第二年，那老尼僧圓寂了；佛院中只留下了幾個年輕女尼們，卻個個都是不守清規的。老尼在日，也瞞住了老尼，在外面偷偷地結識了許多浮頭少年；如今老尼過世了，那班年輕女尼，索性丟去了臉面，個個把那班浮滑少年，拉進佛院來，吃酒唱小曲。

到夜深的時候，便留在佛院中奸宿。李真一和高彩雲二人，看了這種不堪的形狀，便知道安身不住，但一時也沒有棲身之處。她二人每見有男子在屋中，便深深地去躲在後院，不敢向外面探頭兒；被那班惡少落在眼中，打聽說是宮裡逃出來的，引得那惡少個個好似餓死雄狗一般，搶著到後院去，百般勾引她二人。

到這時候，李真一和高彩雲二人，萬萬存不住身了；便在夜靜更深時候，二人偷偷地逃出了佛院。只因李真一偶然在惡少口中聽得，說萬歲正派奉迎使，到各路州縣尋訪沈貴妃。從來說的，人急智生；李真一平日把惡少的話，記在心中，今她二人從佛院中逃出來，苦於無路可奔，忽然記起那朝廷尋訪貴妃的一句話來，看看高彩雲的面貌，原也十分像沈貴妃的，最巧的是沈貴妃左手食指有刀傷痕跡，那高彩雲的左手食指上，也有刀傷的痕跡。便想把彩雲冒充做沈貴妃，去報到官裡，暫圖眼前溫飽；將來得到宮中，再把真情說出，也不算遲。當時便把這意思對彩雲說了。

彩雲原是個女孩兒，懂得什麼欺君之罪？又因自己長著一副花容月貌，一生飄泊，得不到一個如意郎君；今聽了李真一一番言語，不覺勾動了她的富貴之念。兩個女人，竟不知利害的，向中州太守堂上一報，那位太守，聽說是當今的貴妃到來，便嚇得他屁滾尿流，忙喚他夫人出來，把彩雲迎接進行宮裡去住下，一面又急急上奏朝廷。

代宗一聽說他心愛的沈妃，有了下落，便喜得他也不及細思，立派睦王和昇平公主二人，去把彩雲和李真一二人迎接進宮來。進宮的時候，已近黃昏，在燈光下面，只因彩雲的面貌，十分像沈妃的，原是一時也分辨不出來的。從來說的，新婚不如久別；代宗心中原與沈妃分別了，當時並肩兒傳杯遞盞。正快樂時候，便有幾分不似之處，也絕不料有欺冒之事。

當局者迷，旁觀者清；當時獨有那彩雲的哥哥高常春，在殿下伺候著，暗暗地留神看時，竟被他認清。那高坐在殿上的，絕是他妹妹，絕不是那沈氏貴妃。究竟他兄妹二人，自幼兒相伴到長大，有許多神韻之間，別人所看不出的，獨有高常春能看得出來。這高常春因走失了他妹妹，他兄妹之情甚深，也曾幾次在各州縣尋覓過，正苦於尋覓不到；如今見他妹妹，竟敢高坐殿上，和萬歲爺並肩促膝地淺斟低酌。那彩雲因得親近萬歲，心中正是說不出的快樂，他哥哥在殿下站著，心中卻又說不出的惶恐。

常春知道這欺君之罪，是要問斬的；他滿意趕上殿去，把這事喊破了，卻又沒有這個膽量。眼看著萬歲爺攜著他妹妹的手，進內宮去了；他一個人，只急得在穹門下打旋兒。

一眼見那女官退出宮來，他心知這件事，都是這李真一鬧的鬼；眼看著這件事，不能捱到天明，便要鬧破了。這欺君之罪，不獨他妹妹不能逃，便是他做哥哥的，也犯了勾結的嫌疑，不能免得一死。常春心中一急，便上去揪住那李真一不放。這李真一初意，只圖能夠回得宮來，她也不曾想到有欺君的大罪；如今被這高常春一說破，便也慌得眼淚直流，只是跪在地下，不住地磕頭，求高常春救她，想一條免禍之計。高常春說道：「這還有什麼法兒想的，欺君之罪，如今已坐定了；俺二人在此挨著，到天明砍腦袋便了！」

一句話，說得李真一渾身索索地抖，滿臉露出可憐的神色來。這高常春到此時，看李真一一副可憐的樣子，迴心想他二人的性命，總在早晚難逃的了，便不覺把心腸放軟下來了。這李真一，原也有幾分姿色的，高常春看著，心中不忍，便伸手去把李真一扶起來。他二人臉和臉兒偎著，高常春心中一股戀愛的熱念，不覺鼓動著，自告奮勇。

拍著胸脯道：「我的人兒！你莫愁憂吧，事到如今，湯裡火裡，都有我承當！倘這件事鬧破，萬歲爺查問下來，你只推說一概不知，有俺上去頂替。俺只自己招承，說全是俺想這李代桃僵之計，欺矇了聖上；當時只圖安慰聖上的悲念，卻不曾想到犯了欺君之罪。若有死罪，俺便一身去承當！」

說著，卻不由得李真一把全個身兒縱在高常春懷中，高常春趁勢摟抱住了，二人卻暫時得了樂趣。如今再說代宗皇帝滿心快樂，扶住這個假沈貴妃的肩頭，退回寢宮去；左右宮嬪，一齊退出。這個假貴妃手中揑著一把汗，服侍萬歲上龍床睡下，自己也把上下衣卸去，臨上床時候，不由得小鹿兒在心頭亂跳。這位多情天子，原是想得久了；見假貴妃鑽進綃衾來，忙伸過兩臂去，當胸一抱，騰身上去。卻不由得大喝一聲道：「何處賤婢？膽敢冒充宮眷！」

那假貴妃見詭計破了，慌得她赤條條地爬在枕邊，只是磕頭。口中連說：「婢子該死！」原是這個假貴妃，還是一個處女的身體，如何能瞞得皇上？代宗一近身去，便已知道是假冒的，不由得大怒，喝問著。如今見這女子長著一身白膩肌膚，跪在枕上，渾身打著顫，露出一副可憐的形狀來。從來美人越是可憐，便使人越覺可愛。這位代宗皇帝，又最是多情不過，最能憐惜女人的；見身旁跪著這一個渾身一絲不掛的美人，再細看她眉目身材，卻處處像那昔日的沈氏妃子，不覺把新歡舊愛，齊並在這彩雲一個人身上。立刻轉過和悅的臉色來，伸手把彩雲扶起，摟在懷中，問個仔細。

那彩雲到此時，才放大了膽，把在外如何流落，又如何用計，冒充做貴妃。由地方官送進宮來，一五一十地在枕上奏明瞭。這一夜的恩愛，鸞顛鳳倒，百事都有。第二天萬歲爺心中歡喜，立把彩雲封做良娣。又下旨，再著各處地方官，訪覓沈妃真身。又叮囑，雖有疑似者，亦可送入京師，由朕檢視。當時詔書上有兩句道：「吾寧受百罔，冀得一真。」

但這道詔書下去，頓時又引起了許多假充的沈妃來了。內中有幾個面容美麗的，代宗便將錯就錯地留在宮中；有立為貴嬪的，有立為昭儀的。代宗皇帝終日與這班美人尋樂，卻把朝廷大事，拋在腦後。

當時最掌廷大權的，便是那元載一人，紊亂朝綱，公行賄賂；如有內外官員，欲出入朝見的，非先將良金重寶，孝敬元載不可。元載的府第，廣大高敞，他因宮中有一座藝輝殿，便也在府第西邊建造了一座藝輝堂。藝草，原出于闐國；煎其汁，潔白如玉，入土不爛。舂成粉屑，塗在壁上，光照四座，香飛十里，所以稱做藝輝堂。堂中雕沉檀為樑柱，飾金銀為窗戶；室內陳設黎屏風，紫綃帳。此屏風，原是楊國忠府中的；屏上刻前代美人伎樂之形，外以玳瑁、水犀為押，又絡以真珠瑟瑟，精巧奇妙，非人工所能及。紫綃帳，得於南海溪洞之酋帥，是以鮫綃製成的，輕疏而薄，裡外通明，望之如無物；雖在凝冬，而風不能入；盛夏，則自生清涼，其色隱隱焉，有帳如無帳也。

其他服玩之奢，僭擬於帝王之家。藝輝堂外有一池，悉以文石砌其岸；中有蘋陽花，紅大如牡丹，其種不知從何處得來。又有碧芙蓉，香潔肥大，勝於平常。元載每至春夏花開之際，憑欄觀玩；忽聞歌聲清亮，若十四五歲女子唱著。聽其曲，便是《玉樹後庭花》。元載十分驚詫，再審聽之，歌聲出自芙蓉花中；近聽之，又聞喘息甚急。元載惡為不祥，即將花折下，以刀剖開花房，一無所得。闔府中傳為奇事。

元載臥床前，懸有一龍髯拂，色紫可長三尺，削水精為柄，刻紅玉為環鈕；每值風雨晦冥，將龍髯拂著雨點，便覺光彩動搖，奮然怒張。將此拂置之堂中，夜則蚊蚋不敢入；拂空中作嗚嗚響，雞犬牛馬聞之，無不驚竄。若將此拂浸入池潭，則鱗介之屬，番匍匐而至。引水於空中，則成瀑布，三五尺滔滔不絕。燒燕肉薰之，則焞焞焉若生雲霧。此物原是琉球國所貢，被元載隱沒入府，每值府中宴會，元載必將此龍髯拂遍示座客。

後有人言之於代宗，代宗亦甚愛之，屢向元載索看。元載百般推委，代宗大怒；不得已，始將此龍鬚拂進呈大內。

元載十分好色，凡府中婢僕，略有姿色些的，他便引誘成奸。元載好潔成癖，他每行淫之前，必令此女再三洗沐，裹以繡衾，裸體入床；每次被汙，必以珍物為之遮羞。暗令府中幹僕，在左近物色婦女，攜入府中，供相公淫樂。那婦女們貪得遮羞之物，便爭以身獻之。計前後所淫，不下五六百人。他又令府中姬妾，勾引官家內眷，暗與通情。元載臥處，分春夏秋冬四室；陳設華麗，衾枕精潔。每值內室筵宴，邀集官員內眷入府，往往因貪戀枕衾精潔而被汙的，彼此含忍不言。欲知後事如何，且聽下回分解。

元載納嬌妻身敗名裂　子儀綁愛子義正辭嚴

元載淫汙大臣眷屬，當時人人畏其勢焰，怒不敢言。然一般無知婦女，則貪戀其枕衾精美，爭相獻媚。曾有左拾遺林清，購得一姬人，獻入元載內宅，為生平所未經之美色，元載得之大喜。當初岐王，有一愛妾，名趙娟的；元載入宮時，一度想見，美絕人寰，只以為親貴內眷，不敢稍涉妄想。但事隔十年，常在元載心頭盤旋，依依不能釋。誰知如此美人，岐王竟不能銷受；次年，岐王身死，趙娟飄泊在民間，嫁與薛氏為妻。薛為長安大賈，家財百萬；自得趙娟，便百端寵愛，家中資財，任其揮霍。趙娟至薛家六月，便產一女，是為岐王遺種，取名瑤英，美麗更勝其母。瑤英在襁褓之中，因家中富有，趙娟便以香玉磨成粉屑，雜入乳中，使瑤英食之；故瑤英生而肌膚奇香。可憐薛氏一生經營，百萬家產，盡敗於趙娟一人之手。後薛氏去世，家已赤貧；唯薛瑤英長成如洛水神仙，姿容曼妙。

滿京師地方，人人都嚷著稱讚薛美人。這時趙娟貧困益甚，聞元載愛好婦女，凡婦女入府，薦寢的，皆給珍物遮羞；因賂幹僕，得入府，與元載相親。元載一見趙娟，得償宿願，固自歡喜；但相隔十年，不免有美人遲暮之嘆，欲兼得瑤英。趙娟索身價巨萬，門下有林清者，方有求於元載；便以萬金購得，獻入府中。

元載見此絕世佳人，不覺神魂飛越。當納瑤英為姬人，處以金絲之帳，卻塵之褥。卻塵，是獸名，不染半點塵土，因名卻塵。原出自高句麗國，取其毛為褥，貴重無比。高句麗國王，遣貢入朝，沒入元載府中；今以供美人寢臥，溫軟異常。其色深紅，光彩四射。元載又從海外得龍綃之衣一襲，只一二兩重，握之不滿一把。瑤英體態輕盈，不勝重衣，元載即以此衣賜之。

薛瑤英幼讀詩書，更善歌舞；仙姿玉質，元載對之，魂意都銷。從此寵擅專房，元載亦一心供奉，視他家婦女如糞土矣。薛瑤英輕歌妙舞，動人心魄，當時有賈至、楊公南二人，與元載交誼最厚，每值宴會，座中有賈、楊二公，便令瑤英出內室，歌舞勸酒。賈至贈詩云：

「舞怯銖衣重，笑疑桃臉開；方知漢武帝，虛築避風臺！」

楊公南贈長歌，中有句雲：

「雪面澹娥天上女，鳳簫鸞翅欲飛去；玉釵碧翠步無塵，楚腰如柳不勝春！」

當時滿堂賓客，盡為瑤英一人顛倒，爭獻珠衫玉盆，供瑤英一人享用。群贊為：「雖旋波搖光飛燕綠珠，古代美人不能勝也！」

瑤英又善為巧媚，迷人心志。元載為其所惑，不事家務。瑤英有兄名從義，是異姓母所生；此時入元載府，與趙娟通姦，內外把持，凡天下齎寶貨求大官職者，無不奔走於元載之門。而趙娟與從義二人，上下其手，納賄貪財，亦致鉅富。

當時滿朝官吏，大半是元載一人引進的；貪汙之聲，令人怨望。但代宗皇帝亦正溺於女色，無暇管理朝政；便是那僕固懷恩，亦因久戍邊關，已陰謀反叛。李抱真赴朝告密，代宗不省。

直至接到河東節度使辛雲京的急報，說懷恩已反，遣子瑒直寇太原，方才驚惶起來，即召老臣郭子儀入宮。代宗道：「懷恩父子，負朕實深；聞朔方將士思公，幾如大旱望雨。公為朕往撫河東，天下事不難定也。」

當即面授郭子儀為關內河東副元帥，兼河中節度使。郭子儀是先朝功臣，閒居家中已久；七子八婿，均屬親貴。天倫之樂，非他人所能及。今忽得代宗降旨，為國家大事，不得不行；甫至河中，已聞僕固瑒為下所殺，懷恩北走靈州，河東已解嚴了。

原來僕固懷恩之子瑒，素性剛暴，從太原敗後，轉撲榆次，又是旬日不下；瑒令裨將焦暉、白玉往祁縣發兵，暉與玉調得人馬趕到，瑒責他遲慢，幾欲加罪。兩人懼招不測，即於夜間，率眾兵攻瑒，瑒為亂兵所殺。懷恩在汾州，得了子死的訊息，不免悲痛。懷恩有老母，聞之，即出帳怒責懷恩道：「我囑汝勿反，國家待汝不薄，汝不聽我言，至有此變。我年已老，若因此受禍，問汝將有何面目對祖宗？」

懷恩被母責罵，無言可答，匆匆避出。母大怒，提刀出逐，大聲喝道：「我為國家殺此賊，剖取賊心以謝三軍。」

幸懷恩急走得免。當時懷恩部下的將士，聞大將郭子儀出鎮河中，營中各竊竊私語，謂無面目見汾陽王。懷恩竊聽得此語，自思眾叛親離，決難持久；乃竟將老母棄去，自率親兵三百騎渡河，走靈州，殺死朔方軍節度留後渾釋之，據州自固。當有沁州戍將張維嶽聞知，懷恩業已北走，即統兵馳至汾州，收撫懷恩餘眾，並殺死焦暉、白玉二人，割取僕固瑒首級，獻與郭子儀；將瑒首送至京師，群臣入賀。唯代宗不樂，諭群臣道：「朕信不及人，乃致功臣顛越，朕方自愧，何足稱賀？」

便傳旨送懷恩母至京師，給優膳養。

懷恩母至京師，因痛孫念子，一月，即歿。代宗詔封楚國太夫人，依禮厚葬。子儀大軍馳往汾州，懷恩匍匐馬下，涕泣迎謁，口稱：「犯臣誓不再叛！」

子儀代奏朝廷，得免前罪，仍令統兵，駐守汾州。郭子儀大兵奏凱回朝，代宗拜為太尉，兼朔方節度使。子儀辭太尉職，不拜。

誰知那僕固懷恩，反叛性成；見郭子儀回京，又用計引誘回紇、吐蕃兩外夷，同來入寇。當時有蕃兵十萬眾，邊關將吏，飛報入朝，代宗不禁大驚！急傳郭子儀入議大事。郭子儀見了代宗皇帝，便奏稱：「懷恩有勇少思，軍心不附，他麾下皆臣舊部，必不忍以鋒刃相向，臣料懷恩是無能為的了。」

代宗便命郭子儀出鎮奉天，郭子儀奉旨出守，即令其子郭晞與節度使白孝德防守邠州，自統兵至奉天嚴陣以待。那懷恩引導吐蕃兵已近奉天城，諸將俱踴躍請戰，子儀搖首說道：「賊眾遠來，利在速戰；我且堅壁以待，俟賊寇臨城，我自有計卻敵，敢言戰者斬。」

便傳命守城兵士，偃旗息鼓，待令後動。

不到一日，那懷恩果已引吐蕃兵直撲城下，見城上並無守兵，不覺疑慮起來，立刻躊躇多時。見天色已近黃昏，便退軍五里下寨；直候至黎明，始擊鼓進攻。忽得遠遠的一聲號炮，川鳴谷應，吐蕃軍士急登高瞭望，只見那奉天城外南面角上一座高山，已埋伏了許多官軍，擺成陣勢，非常嚴整，陣中豎起一張帥旗，風動處露出一個大「郭」字來，懷恩看了不覺驚詫道：「郭令公已到此城中麼？」

那吐蕃兵聽得郭令公大名，便個個變了神色，紛紛退走。懷恩沒奈何，獨領著部眾轉赴邠州，未到城下，已遠遠看見城中豎起一張大旗，旗上面又端端正正地寫著一個「郭」字。懷恩驚詫著道：「難道郭令公也到了此城中來麼？真是飛將軍矣！」

一句話未畢！城門忽然大開，見一個大將持矛躍馬，領兵衝出大呼道：「我奉郭大帥命令，只取反賊懷恩首級，餘眾皆無罪，不必交鋒。」

懷恩認識來將是節度使白孝德，正欲拍馬上去接戰，誰知他手下部眾，一齊投戈退散，只剩懷恩一人一騎，如何敵對，急撥轉馬頭退去。那白孝德驅兵追擊，郭晞又從斜路上殺出，逼得懷恩抱頭鼠竄，渡涇水而逃。看部下已散亡大半，忍不住流淚道：「身經百戰，有勝無敗，不料今日一敗至此，豈不可痛！」

不得已只得收拾殘軍，退向靈州去訖。只是吐蕃兵十分凶猛，既攻入涼州，又連奪維州、松州、保州三地。得郭子儀令，劍南節度使嚴武出奇兵截之，敗賊兵八萬眾，吐蕃兵始退去；郭子儀見大敵已去，也不窮追，即入朝覆命，代宗慰勞再三，加封尚書令，子儀即上表辭退；「只因從前太宗皇帝嘗任此官，所以後朝不復封拜。近唯皇太子為雍王時，平定關東，乃得兼此職，臣是何人，如何敢受此崇封，致壞國典；況自用兵以來，諸多僭賞，冒進無恥，褻瀆名器，今凶醜略平，正宜詳核賞罰，作法審官，請自臣始。」

代宗閱奏乃收回成命，另加優賞，隨命都統河南道節度行營還鎮河中。

此年有老臣李光弼，病死在徐州，年五十七，追封太保，賜謚武穆。光弼本是營州柳城人，父名楷洛，原是契丹酋長，武后時叩關入朝，留官都中，受封薊郡公，賜謚忠烈。光弼之母，雖是婦人，頷下卻長有鬚髯數十，長五寸許，生子二人：長名光弼，次名光進。

光弼累握軍符，戰功卓著，安史平定，進拜太尉，兼侍中，知河南、淮南、東西山南、東荊、南五道節度行營事，駐節泗州。尋又討平浙東賊袁晁晉，封臨淮王，賜給鐵券，圖形凌煙閣。只因程元振、魚朝恩用事，妒功忌能，為諸鎮所切齒；代宗奔陝，召李光弼入援，光弼亦遷延不赴。

及代宗回京，又命光弼為東都留守，光弼竟託詞收賦，轉往徐州。諸將田神功等，見光弼不受朝命，也不復稟承，光弼愧恨成疾，鬱鬱而終。光弼母留居河中，曾封韓國太夫人，代宗令子儀輦送人京，殁葬長安南原。當時郭李齊名，李光弼死後，郭子儀也十分傷感。

幸得天下暫時太平，代宗改廣德三年為永泰元年，命僕射裴冕、郭英等在集賢殿待制，欲效貞觀遺制，有坐朝問道的意思。當時有左拾遺獨孤及上疏道

：「陛下召冕等以備詢問，此盛德也，然恐陛下雖容其直，不錄其言；有容下之名，而無聽諫之實。則臣之所恥也。今師興不息十年矣，人之生產空於杼軸，擁兵者得館亙街陌，奴婢厭酒肉，而貧人羸餓就役，剝膚及髓。長安城中，白晝椎剽吏不敢禁，民不敢訴，有司不敢以聞，茹毒飲痛，窮而無告；陛下不思所以救之，臣實懼焉。今天下雖朔方、隴西有僕固、吐蕃之憂，邠涇鳳翔之兵，足以當之矣。東南洎海西盡巴蜀，無鼠竊之盜，而兵不為解，傾天下之貨，竭天下之谷，以給無用之兵，臣實不

知其何因；假令居安思危，自可扼要害之地，俾置屯御，悉休其餘，以糧儲扉屨之貲，充疲人貢賦，歲可減國糧之半，陛下豈可遲疑於改作，使率土之患日甚一日乎？休兵息民，庶可保元氣而維國脈，幸陛下採納焉。」

獨孤及所以上這疏，只因當時元載當道，專事朘削，凡苗一畝，稅錢十五，不待秋收，即應稅稱為青苗錢。適值畿內麥熟，十畝取一，謂即古時什一稅法，實皆是額外加徵，人民困苦不堪。

當時代宗閱了獨孤及奏章，心下雖是明白，只因優柔寡斷，亦不能依奏行去。更可笑的，是迷信佛教；下旨命百官至光順門迎浮屠像，像系由內官扮演，彷佛如戲中神鬼，或面塗雜色，或臉戴假具，並用著音樂鹵簿，作為護衛。後面隨著二寶輿，輿中置《仁王經》，此經系由大內頒出，移往資聖西明寺。令胡僧不空等，踞著高座講經說法，令百官俱衣朝服聽講。

當時只因魚朝恩、元載、王豬一班權奸，都貌為好佛，又有兵部侍郎杜鴻漸，新任同平章事，因迎合權奸的意思，也上奏章稱佛法無邊，虔心皈依，定能逢凶化吉，遇難成祥，一時在寺中添設講座，多至百餘，當時稱為百高座。代宗也被他們煽惑，時時人寺聽經。

這裡君臣講經正講得熱鬧，忽接連得到奉天同州盩厔的一帶守吏各呈告急文書！稱僕固懷恩又引誘北方夷狄來寇，快入國境了。代宗初還不信，嗣又接郭子儀奏章，略言：「叛賊懷恩，嗾使回紇、吐蕃、吐谷渾、黨項、奴剌等虜，分道入寇：吐蕃自北道趨奉天，黨項自東道趨同州，吐谷渾、奴剌自西道趨盩厔；回紇為吐蕃後應；懷恩率領朔方兵，又為雜虜內應。鐵騎如飛，約有數十萬眾，殺奔中原而來。」

代宗這才慌張起來！即由寺回朝下旨，令鳳翔、滑濮、邠寧、鎮西、河南、淮西諸節度各出兵，扼守衝要，阻截寇鋒。

敕使方發，幸接得一大喜報說：「懷恩途中遇疾，還至鳴沙已經暴死。」

魚朝恩、元載等聞信相率入賀，並歸功於佛法。代宗亦十分喜慰，誰知只隔了一二日，風聲又緊！懷恩部眾，由叛將范志誠接領，仍進攻涇陽，吐蕃兵已薄奉天，乃始罷百高座講經，急下旨令郭子儀屯涇陽，命將軍白元光、渾日進屯奉天，一面調陳鄭澤潞節度使李抱玉出鎮鳳翔，渭北節度使李光進移守雲陽，鎮西節度使馬璘，河南節度使郝廷玉，並駐便橋，淮西節度使李忠臣，轉扼東渭橋，同華節度使周智光屯同州，鄜坊節度使杜冕屯坊州，內侍駱奉仙將軍李日越屯盩厔。布置已定，代宗親將六軍，駐紮苑中，下令親征。魚朝恩推說籌備軍餉，趁勢蒐括，大索士民私馬，且令城中男子，各著皂衣，充作禁兵，城門塞二開一，闔城大駭！多半逾牆鑿竇，逃匿郊外。

一日百官入朝，立班已久，閤門好半日不開，驀聞獸環激響，朝恩率禁軍十餘人挺刃而出，顧語群臣道：「吐蕃人犯郊畿，車駕欲幸河中，敢問諸公以為何如？」

一時滿朝公卿，俱錯愕不知所對，獨有劉給事出班抗聲道：「魚公欲造反麼？今大軍雲集，不知戮力禦寇，乃欲挾天子蒙塵，棄宗廟社稷而去，非反而何？」

朝恩被他一揭破，卻也啞然無語，始將閤門開放；代宗視朝，與群臣商議軍情。正商議時候，可巧奉天傳來捷音，朔方兵馬使渾瑊入援奉天，襲擊虜營，擒一虜將，斬首千餘級。

代宗聞報大喜，立遣中使傳獎諭，隨即退朝。會大雨連旬，寇不能進，吐蕃將尚結悉贊摩、馬重英等大掠而去。廬舍田裡，焚劫殆盡。代宗聞吐蕃兵退去，愈信是佛光普照，仍令寺僧講經，那知吐蕃兵退至邠州，遇著回紇兵到，又聯軍進圍涇陽，郭子儀在涇陽城，命諸將嚴行守禦，相持不戰。

二虜見城守謹嚴，即退屯北原，越宿復至城下，子儀令牙將李光瓚赴回紇營責他棄盟背好自失信用，今懷恩已遭天殛，郭公在此屯軍，欲和請共擊吐蕃，欲戰可預約時日。回紇都督蔡葛羅驚問光瓚道：「郭公在此，可得拜見，只怕汝以此紿我。」

光瓚道：「郭公遣我來營，何敢相紿。」

蔡葛羅道：「郭公如在，請來面議。」

光瓚即以此語還報子儀，子儀道：「寇眾我寡，難以力勝，我朝待回紇不薄，不若挺身而去，以大義責之，免動干戈。」

言畢欲行！諸將請選鐵騎五百隨行，子儀道：「五百騎怎敵十萬眾，此舉非徒無益，且足啟疑。」說罷！便一躍上馬，揚鞭出營，子儀第三子名晞，亦隨父在軍，急叩馬諫道：「大人為國家元帥，奈何輕以身餌虜。」

子儀道：「今若與戰，父子俱死，國家亦危；若往示至誠，幸得修和，不但利國，並且利家；即使虜眾不從，我為國殉難，也自問無愧矣。」

說至此，即把手中鞭一揮道：「去！」

頭也不回地去了，背後只隨著數騎將。

至回紇營前，令隨騎先行，傳呼道：「郭令公來！」回紇兵聞之，人人大驚，藥葛羅正執弓注矢立刻營前。子儀遠遠望見，急免冑卸甲，投槍下馬而入。藥葛羅回顧部下道：「果是郭令公。」

說著也翻身下馬，擲去弓矢，鞠躬下拜。回紇將士，亦一齊下馬羅拜，口稱參見郭令公。子儀忙欠身還禮，且執藥葛羅手，正言相責道：「汝回紇為唐室立功，唐天子待汝也不為薄，奈何自負前約，深入我腹地，棄前功，結後怨，背恩德，助叛逆，竊為汝國不取。況懷恩叛君棄母，寧知感汝，今且殛死，我特前來勸勉。如從我言，汝即退兵；如不從我言，則聽汝輩殺我。但汝若殺我，則我將士，亦必致死力以殺汝等，汝等亦無生還之望矣。」

藥葛羅聞郭子儀一番慷慨之談，不覺露出惶恐的神色來，忙鞠躬答道：「懷恩謊言唐天子已晏駕，令公亦去世，中國無主，我故前來。今日得見令公，始知懷恩欺我。且懷恩已受天誅，我輩與令公即無仇怨，豈肯以兵戎想見。」

子儀乘機說道：「吐蕃無道，乘中國有亂，不顧甥舅舊誼，入寇京畿，所掠財物，不可勝載，馬牛雜畜，瀰漫百里。此不啻代汝蒐羅，今日汝等能全師修好，破敵致富，為汝國計，無逾此著矣。」

藥葛羅大為感動道：「我為懷恩所誤，負公誠深，今請為公力擊吐蕃，自贖前愆。」

說著，藥葛羅領著子儀出觀陣容，回紇兵分左右兩翼，見郭子儀來，稍稍前進，郭晞隨在身後，深防不測，亦引兵向前。子儀揮晞使退，唯令左右取酒，酒已取至，與藥葛羅宣誓。藥葛羅請子儀宣言，子儀取酒酹道地：「大唐天子萬歲！回紇可汗亦萬歲！兩國將相亦萬歲！如有負約，身殞陣前，家族滅絕！」

誓畢，斟酒遞與藥葛羅。藥葛羅亦接酒酹道地：「如令公誓！」

子儀再令部將與回紇部酋想見，回紇將士大喜道：「此次出軍，曾有二巫預言，前行安穩，見一大人而還。今果然應驗了！」

子儀乃從容與別，率軍還城。藥葛羅即遣部酋石野那等入覲代宗，一面與奉天守將白元光合擊吐蕃。吐蕃聞之，連宵遁去。兩軍兼程追擊，至靈臺西原，遇吐蕃後哨兵，鼓譟殺入；吐蕃兵已飽掠財帛，急思歸去，毫無鬥志，一時奔避不及，徒喪失了許多生命，拋棄了許多輜重。白元光將奪回財帛，給與回紇，又奪回士女四千人。藥葛羅亦收兵歸國。吐谷渾、黨項、奴剌等眾，一齊遁去。

代宗認為天下承平，安然無慮。這時元載，因入相有年，權勢一天盛大一天；只怕被人訐發陰私，特請百官論事，先白宰相，然後奉聞。刑部尚書顏真卿上疏駁斥；元載便說他誹謗朝廷，矯旨貶為陝州別駕。又推薦魚朝恩判國子監事。朝恩居然入內講經，高踞師座；手執《周易》一卷，講解「鼎折足，覆公餗」兩語，反覆解釋，譏笑時相。這時黃門侍郎王縉，與元載相將入座；縉聽講後，面有怒容，載獨怡然。朝恩出對人言曰：「怒是常情，笑不可測。」

永泰二年十一月，是代宗生日；諸道節度使上壽，獻入金帛珍玩，價值二十四萬緡。當時南方有貢朱來鳥的，形狀似戴勝；而紅嘴紺尾，尾長於身，巧解人語，善別人意。其音清響，聞於庭外數百步。宮中人多憐愛之，常以玉屑和香稻飼之，鳴聲益嘹亮。夜則棲於金籠，晝則飛翔於庭廡，而俊鷹大鵰，不敢近。一日，為巨雕所搏而死。代宗亦為之歔欷。當時朝廷收得的奇禽馴獸甚多，中書舍人常兗上言：「各節度斂財求媚，剝民逢君，應卻還為是。」

代宗不能從。

這時郭子儀家中出了一件子媳反目的事，逼得郭子儀遠遠地從邊地上跑回來，調停家事。原來郭子儀第六媳婦，便是代宗的女兒昇平公主，嫁與郭子儀第六子名曖的，配成夫婦。起初兩口子甚是恩愛，後因小故，互相反目；公主竟乘車入宮，哭訴帝后。

郭子儀回家來，即將曖綁縛起來，關在囚車裡，隨身帶著，徑赴宮門來。

唐朝定製，公主下嫁，當由舅姑拜公主，公主拱手受之。昇平公主嫁郭曖時，也照此例，子婦受著翁姑的跪拜，郭曖在一旁看了，心中已是大不舒服；只因是朝廷的舊制，不得不勉強忍耐著。日久，同居室中，公主未免挾尊相凌；郭曖忍無可忍，夫婦二人，常有口角之爭。一日，公主竟欲令婆婆執巾櫛；郭曖大怒，叱著公主道：「汝倚乃父為天子麼？我父不屑為天子，所以不為！」

說著，欲上前掌公主的頰；幸得侍婢急上去勸住，那公主面頰上，只輕輕地抹了一掌。這羞辱叫昇平公主如何受得住！只見她柳眉雙豎，杏眼圓睜；趁著一腔怒氣，便立刻駕車回宮，哭訴父皇去。

代宗是素來敬重郭子儀的，當下聽了公主的話，便說道：「這原是我兒的不是。汝亦知我唐家天下，全仗汝翁一人保全。汝翁果欲為天子，天下豈還為我家所能有？汝在郭家，只須敬侍翁姑，禮讓駙馬，切勿再自驕貴，常啟爭端。」

公主尚涕泣不休，代宗令：「且在宮中安住幾時，待爾翁回家，朕與汝調處可也。」

欲知後事如何，且聽下回分解。

粉面郎後宮惑女　錦衣人深山訪賢

代宗皇帝正因昇平公主夫婦反目，心中不自在，忽殿中監入報導：「汾陽王郭子儀，綁子入朝求見萬歲。」

代宗便出御內殿，召子儀父子入見。郭子儀見了代宗皇帝，便叩頭奏稱：「老臣教子不嚴，有忤公主，今特綁子入朝，求陛下賜死。」

說著，便把那駙馬都尉郭曖推上丹墀跪下。代宗見了，忙喚內侍官，把郭子儀扶起，當殿賜座。笑說道：「從來說的，不痴不聾，不可以作阿翁。他們兒女閨房之私，朕與將軍，均可置之不理。」

說著，傳諭把郭曖鬆了綁，送進後宮去，令與崔貴妃想見。原來這昇平公主，是崔貴妃所生。當時昇平公主，也坐在崔貴妃身旁，見了郭曖，一任他上來拜見，只是冷冷地愛理不理。倒是崔貴妃見了郭曖，卻歡喜得有說有笑，用好言安慰著；又拉著昇平公主，教與駙馬爺同坐。又打疊起許多言語，開導著這位公主。

這昇平公主和郭曖，夫妻恩情，原也不差；只是女孩兒驕傲氣性，一時不肯服輸。這時和駙馬爺相對坐著，低著玉頸不說話。那代宗在內殿，和郭子儀談講了一會軍國大事；子儀起身退出朝來。那代宗皇帝因掛唸著昇平公主，便也踱進崔貴妃宮中來。見小兩口還各自默默坐著，見了萬歲爺進來，又各自上去叩見。那代宗皇帝哈哈大笑，左手拉住駙馬，右手拉住公主，說道：「好孩兒！快回家去吧。」

這昇平公主經崔貴妃一番勸說以後，心中早已把氣消了。如今聽了父皇的說話，便樂得收篷。昇平公主坐著香車，郭駙馬跨著馬，雙雙回家來。

郭子儀接著，便自正家法，喝令兒子跪下，令家僕看杖，親自動手，打了十數下；那昇平公主在一旁看了，也心痛起來，忙上前去，在公公身前跪倒，代他丈夫求饒。郭子儀見公主也跪下來了，慌得忙丟下杖兒，喚丫鬟把公主扶起來，送一對小夫妻回房。從這一回事以後，郭子儀便有改定公主謁見舅姑之禮。待到德宗皇帝時候，才把這禮節改定，公主須拜見舅姑，舅姑坐中堂受禮，諸父兄姊立東序受禮，與平常家人禮相似。

這都是後話。

如今再說郭子儀整頓家規以後，依舊辭別朝廷，出鎮邊疆。

朝廷中魚朝恩、元載那班奸臣，見郭子儀去了，又放膽大弄起來，當時魚朝恩為要拉攏私黨，及侵吞內帑起見，便上奏請立章敬寺。這章敬寺，原是莊屋，代宗將這莊屋賜與朝恩，朝恩推說是為帝母吳太后禱祝冥福，把莊屋改為寺院，去迎合代宗皇帝的心志。又說莊屋不敷用，便奏請將曲江、華清兩離宮，撥入寺中。

代宗皇帝聽說為供奉吳太后之用，如何不允，便下旨准把曲江、清華兩宮，撥與魚朝恩作為章敬寺之內院。這曲江、清華兩宮，在玄宗時候建造得十分華麗，裡面陳設珍寶錦繡，不計其數。代宗又撥內帑銀四十萬，為修理之費。魚朝恩得了這兩座大宮院，便徵集了十萬人夫，動工興築。正興高彩烈時候，忽有衛州進士高郢上書諫阻，說不宜窮工靡費，避實就虛。代宗覽了這奏章，心中便又疑惑起來，便召元載等人入內，問：「果有因果報應之說否？」

那元載與魚朝恩，原是打通一氣的。當時便奏對道：「國家運祚靈長，全仗冥中福報；福報已定，雖有小災，不足為害。試看安史二賊，均遭子禍；懷恩道死；回紇、吐蕃二寇，不戰自退；這冥冥之中，皆有神佛保佑，亦先旁與萬歲敬佛之報也。」

代宗嘆說：「元載之言甚有理。」

便又加撥內帑八萬，與魚朝恩建築佛寺。

那章敬寺落成之日，代宗皇帝親往拈香，剃度尼僧至三千餘人；賜胡僧不空法號，稱為太辯正廣智三藏和尚，給公卿食俸。不空諂附朝恩，由朝恩引進宮去，拜見代宗皇帝。不空說朝恩是佛徒化身，代宗亦以另眼相看，朝恩因此愈見驕橫。那不空和尚，時時被代宗皇帝宣召進宮去，說無量法；引得宮中那班妃嬪們，個個到不空和尚跟前來膜拜頂禮，聽和尚說法。

代宗皇帝也穿了僧人衣帽，盤腿靜坐，合目聽經。這時滿屋香菸繚繞，梵韻悠揚；除代宗和不空二人，是男子身外，全是女子身體。那班妃嬪，平日不得常見萬歲面目的，到此時藉著禮佛，個個打扮得粉香脂膩，嬌聲和唱。代宗皇帝，原是在脂粉隊中混慣的，獨有這不空和尚，他原是流落在北方的一個無賴胡兒，只因安史之亂，他混跡軍中，輾轉入於京師。京師人民，十分迷信番僧的；這不空便冒充做番僧，在民間誆取銀錢，勾淫婦女。

後來由元載汲引他與王公大臣想見，魚朝恩也要利用他哄騙皇帝，便把不空和尚收留在自己府裡；暗地裡去招覓了幾個無賴士子，養在府中，造些因果報應的說頭，合不空和尚學著，依樣葫蘆地說著。又串插了些姦盜邪淫的故事，每天在宮廷裡和說評話一般的；聽得那宮中一班妃嬪宮女們，人人歡喜，個個稱道。有時萬歲爺不在眼前，那班年輕婦女，圍住了不空和尚，糾纏著他說些野話。那女徒弟們，喚不空和尚，搶著喚他做師父。

這師父是胡人，胡人原是最好色的；他在胡地，久已聞得中原的婦女，如何美麗，如何清秀，他做夢也想。後來混入京師，見了那班庸脂俗粉，已驚嘆為天仙美女；今被代宗皇帝召進宮來，見那班宮眷，個個是國色天香；他雖高坐在臺上說法，那一陣陣的甜香膩香，卻直撲入鼻管中來，引得大和尚心旌動搖。

日久了，那班妃嬪，也與師父十分親暱；不空又得代宗的信任，平日出入宮廷，毫不禁阻。不空和尚便漸漸的放出手段來，把一個陳嬪勾引上手。胡人又用靈藥取婦人的歡心，宮中那班女子，原是久曠的，如今得了不空和尚鞠躬盡瘁地周旋著，人人把這和尚看作寶物一般，你搶我奪，竟有應接不暇之勢。不空和尚實在因一人忙不過來，便又去覓了一個替身來。

這替身，原是魚朝恩的養子，名令徽的。這人雖長得面目嬌好，卻是窮凶極惡。他仗著養父魚朝恩的威勢，在京師地面，無惡不做。魚朝恩在北軍造一廣大牢監，暗令養子令徽，率著地方惡少，劫捕富人，橫加罪名，送府尹衙門，用毒刑拷打，令自認叛逆大罪，送入監牢中，使獄吏用藥毒斃，盡將其資財沒入官。京師人稱入地牢。朝恩父子，富可敵國；即萬年吏賈明觀，倚仗朝恩威勢，捕審富人，亦得財千萬以上，京師地方人民，敢怒不敢言。那令徽仗著有財有勢，專一奸占良家婦女；那受害之家，只得含垢忍恥，無人敢在地方衙門前放一個屁的。

如今有這淫僧不空和尚，替他在宮中拉攏，令徽眉眼又長得清秀，在婦女們跟前，特別得人意兒。那千百個曠婦怨女，見了這少年哥兒，好似一群餓狼，得了肥羊肉一般；不空和令徽二人在宮中狼狽為奸，快樂逍遙，早已鬧得穢聲四播，獨瞞住了代宗皇帝一人的耳目。滿朝文武，莫不切齒痛恨。但魚朝恩一人的權威，卻一天大似一天，大家也無可奈何他。

朝恩見了代宗皇帝，便漸漸地跋扈起來。朝廷大小事件，非先與朝恩說知不可。那時滿朝奸臣，只懼憚郭子儀一人。元載屢次在代宗皇帝跟前毀壞郭子儀，勸代宗貶去郭子儀的官爵，代宗不聽。元載忌子儀愈深。此時聽不空和尚之計，令朝恩養子令徽，勾通惡少，在深夜赴京城外七十里郭氏祖墳，掘毀郭子儀先代的墳墓，又暴露郭子儀父親的屍骨，以洩其恨。

盜墳賊四人，被看守墳墓的莊丁擒住；當場打死了二人，又捉住了二人，送到京師御史官衙門中來。那秦御史聞說郭子儀祖墳被毀，不覺大駭，立刻進宮去奏與萬歲；代宗聞知大怒，轉諭嚴刑審問，是何人主使？一面遣常侍官齎聖旨到郭子儀家中去，安慰郭家諸子，又發銀八萬兩，為郭家修復墓道。

御史官得了聖旨，忙回衙門去審問盜墳賊；誰知獄中的二人，早已由元載買通了獄官，用藥把兩個賊人毒死了。這場無頭公案，叫那班御史官從何審起？郭子儀在邊疆上，得了此訊息，急急趕回京師來；七子八婿，紛紛把這情由對子儀說了。

子儀心中明白，知道是仇家所為；但此時元載、魚朝恩二人的勢焰，炙手可熱，便是郭子儀，也不敢去在老虎頭上抓癢。當即人朝去謝過聖恩，退朝出來，又去一一拜訪元載、魚朝恩二人；在家中設著盛大的筵席，請二人飲酒歡樂；又暗暗地拿四千兩銀子，去撫卹那四個盜墳賊的家屬，也是不與小人結怨的意思。誰知魚朝恩看看郭子儀尚且如此懼怕他，他的膽卻愈是大起來了。

一日，有回紇可汗，遣使臣來貢獻禮物，適值魚朝恩與不空和尚養子令徽三人，在郊外遊獵。那外國使人，徑至丞相府中交納；丞想見是回紇使臣，卻不敢怠慢，一面派人招待，一面將貢物送進宮去。待魚朝恩回府來，知道此事，不覺大怒，拍桌道：「天下事可不由我處理乎！」

當夜，魚朝恩便召集自己一班心腹，如元載輩，在府中密議。令徽當即獻計道：「明公正可乘此易執政，以震朝廷而張明公之威。」

魚朝恩點頭稱是。次日，便大會百官於都堂，有六宰相在座。朝恩大聲呵著宰相說道：「宰相者，和元氣，輯群生；今水旱不時，屯軍數十萬，饋運困竭，天子臥不安席，宰相何以輔之？不退避賢路，默默尚可賴乎？」

宰相聞之，一齊俛首，合座失色。次日，魚朝恩入奏，參革去二十個官員，盡把自己親信的人，加封進爵。

朝廷百官，人人震懼朝恩的威力，誰也不敢說一個不字。

那時朝恩養子令徽，年只二十歲，代宗因他年紀尚幼，拜為內給使，衣綠色袍。一日，在宮中與同輩因細過爭鬧，為紫色袍內給使所喝斥。在勢，衣紫色袍者為尊。令徽大憤，回家告訴朝恩；朝恩即攜令徽入朝，見代宗。奏道：「臣兒令徽，官職大卑，屢受人欺，幸乞陛下賜以紫衣。」

代宗還未及答言，忽見一內監，已捧著紫衣一襲，站立一旁候著。朝恩不待上命，即隨向內監取來，遞與令徽，囑他將衣披在身上，即伏地謝恩。

代宗看了，滿肚子氣憤；但回念如今朝廷兵權，盡在魚朝恩手中，一時也不好意思開罪他，只得忍著氣強笑道：「兒服紫衣，諒可稱心了！」

朝恩父子洋洋得意地退出朝去。

從此代宗啣恨在心，暗暗地欲除去朝恩的名位，召元載入宮商議。這元載原是朝恩的同黨，只因代宗允許，升他爵位，便也顧不得朋友的交情了。再說元載這人，也是有野心的，因魚朝恩權勢在自己上面，一時不得不低頭屈伏，如今有代宗皇帝撐他的膽，他如何不願意。當時朝中禁兵，都歸朝恩一人掌握，代宗怕元載一人勢力不能相敵。元載奏道：「陛下但以事專屬臣，必有濟。」

君臣二人議畢，退出宮來，當有神策都虞侯劉希暹，是魚朝恩的心腹；他在宮中，打聽得訊息，捱到半夜人靜，便偷偷地到朝恩府中來告密。說：「萬歲已有密詔與元載，令圖相公。」

朝恩聽了大懼，從此見了元載，卻十分恭敬。日久，見代宗待遇隆厚，禮不稍衰。朝恩疑希暹的訊息不確，希暹力勸朝恩須先發制人，速為之備。朝恩仗著手下有六千禁兵，又有劉希暹十分驍勇；便與兵馬使王駕鶴，萬年吏賈明觀，養子令徽，又有衛士長周皓，陝州節度使皇甫溫，自己心腹共二十餘人，聚集自己府中謀反。如何調集人馬，如何劫挾天子，講得井井有條。誰知這時有兩個最稱心腹的人，卻已被元載用金錢買來了，卻在朝恩府中，做朝廷的探子。

原來朝恩自從位高權重，便也深自防範，每次出入府門，或進宮朝見，身旁總常隨著武士一百人，由家將周皓統帶著，稱衛士長；又有那皇甫溫，他二人得了元載的錢財，便暗暗地欲謀取魚朝恩的性命。當時在朝恩府中竊聽得計謀出來，急去元載府中報信；元載又帶領著周皓、皇甫溫進宮去，朝見萬歲，把他們商議定的計策奏明瞭。代宗只吩咐小心行事，勿反惹禍。

不多幾天，便是寒食節；宮中府中禁煙火食一日，到傍晚時候，方得傳火備餐。當夜代宗便在宮中置酒，邀集朝中親貴，入宮領宴；魚朝恩當然也在座。宴罷，眾官謝過恩辭退，令徽也替他義父招呼小車，魚朝恩起身謝過恩，走下殿去。左有令徽，右有都虞侯劉希暹扶著，跨上小車去。忽一內監傳出皇帝諭旨來說：「請相公內殿議事。」

那推車武士，便把小車向內殿推去，令徽、希暹兩人，在車後緊緊跟隨著。看看走到內殿門口，禁軍上來攔住；令徽、希暹二人，只得在門外站守，眼看著小車推進內殿門去，直到丹墀下停住。朝恩身體十分肥胖，出入宮禁，必坐小車代步。今朝恩方從小車上跨下丹墀來，他那衛士長周皓，便劈手去把朝恩的兩臂握住。朝恩只說得一句：「大膽奴才！」

左面走過元載來，右面走過皇甫溫來，手執麻繩，把魚朝恩兩臂反綁起來，連那推車的四個武士，也一齊動手，把朝恩推上殿去。朝恩口中大喊：「老臣無罪！」

代宗喝令跪下，數責他招權納賄，結黨謀反十六條大罪。朝恩一味地嚷著冤枉。代宗大怒，便諭令當殿縊斃。即由周皓、皇甫溫二人動手，揪住朝恩衣領，走下殿去，跪在丹墀上。朝恩回頭對周皓、皇甫溫二人說道：「二公皆老夫舊人，豈不能相讓？」

周皓大聲喝道：「亂臣賊子，人人得而誅之！」

內監遞過帶子來，大家動手，生生地把魚朝恩勒死；仍把屍身裝在小車裡，推出宮來。由養子令徽接著，送回家去。朝旨下來，說朝恩是奉旨自縊，特賜六百萬緡治喪。神策軍都虞侯劉希暹，都知兵馬使王駕鶴，原是朝恩羽黨；代宗為安撫人心計，俱加授御史中丞。後因劉希暹有怨恨朝廷的話，反由駕鶴奏聞，勒令自盡。

所有朝恩同黨，從此不敢有反叛之心。

只因元載自以為是有誅朝恩之功，雖代宗皇帝加以恩寵，但元載恃寵而驕，自誇有文武之才，古今人莫能及，便趁此弄權納賄。嶺南節度使徐浩，是元載的心腹，在外蒐括南方珍寶，運至元載府中。代宗皇帝自知懦弱，不能鎮服百官，便想起那李泌來；他是三朝元老，足智多謀，使吏部侍郎楊綰，齎著皇帝手詔，又綵緞牛羊各種聘禮，到赤雲山中去敦請。

那赤雲山，曲折盤旋，甚是難行；沿路蒼松夾道，赤雲迷路。楊綰在山中，東尋西覓，直找了一天，還不曾找到李泌的家中，只得暫寄農家，息宿一宵。第二天清早起來，問了農夫的路徑，再上山去找尋；轉過山岡，只見一叢松林，有四五個樵夫，從林下挑著柴草行來。楊綰上去問李泌的家屋，那樵夫用手指著東北山峰下的數間茅屋，說：「那便是李相國的家屋。」

楊綰依著他的方向走去，見前面一條小徑，架著一座小石橋，清泉曲折，從橋下流過；水聲潺潺，送入耳中，令人俗念都消。

時有一山人，閒坐在橋頭，抬頭看雲；楊綰從他跟前走過，後面隨著十個內監，各各手中捧著禮物，一串兒走過橋來。那山人只是抬頭望著天，好似不曾看見一般。楊綰到那茅屋下，扣著柴扉，出來一個綰髻的童兒，問李泌時，說到左近山上遊玩去了。楊綰求這童兒引著路尋覓去，那童兒說：「家中無人看門。」

楊綰便把十個內監留下，替童兒看守茅屋。自己卻跟著童兒，沿溪邊小路尋去，誰知走不多幾步路，在那小橋上，便遇著這李泌。楊綰一看，認得便是方才坐在橋欄上抬頭看著雲的山人。忙向李泌打躬拜見，一齊回到茅屋去。楊綰方取出聖旨來宣讀，李泌拜過聖恩，便說：「隱居多年，山野性成，不能再受拘束。」

便要寫表辭謝。經楊綰再三勸說：「聖上眷念甚深，不可違旨。」

李泌沒奈何，便留楊綰和十個內監，在山中住宿一宿，第二天，一齊下了赤雲山，向京師出發。到得京師，進宮朝見萬歲。那代宗見了李泌，十分喜悅，立賜金紫，又欲拜李泌為相。李泌再三辭謝，代宗便命在蓬萊殿西邊，建築一座書院，擅樓閣池石之勝。令李泌住在書院中，代宗每至閒暇時候，便從蓬萊殿走到書院中去，找李泌閒談著。

所有軍國大事，無不與李泌商酌辦理。李泌素不食肉，代宗特設盛大筵宴，賜李泌食肉，這李泌礙於皇命，沒奈何只得破戒食肉。代宗又打聽得李泌年已四十六歲，尚未娶妻，代宗便替李泌作伐，娶前朔方留後李暐甥女竇氏為妻，賜第安福裡。那宅第建造得十分高大，在完姻的這一天，代宗皇帝，親自到李泌家中來，主持婚禮。李泌和新夫人，雙雙朝見萬歲。代宗又賜新夫人寶物二箱。這新夫人竇氏，年才十九歲，長得千嬌百媚。夫妻二人，十分恩愛。

代宗在宮中，也時時賞賚金帛。李泌夫婦二人，也常常入宮去謝恩。第二年，竇氏產下一個男孩兒來，代宗賜名一個繫字。元載見李泌的權勢一天大似一天，心中十分妒忌，常在代宗跟前，說李泌才堪外用。在元載的意思，欲調泌出外，拔去了眼中釘，讓他一人在朝中獨斷獨行，不受人鉗掣。這時適有江西觀察使魏少遊，請簡官吏；元載便把李泌推舉上去。代宗亦知道元載有意欲排去李泌，特召李泌進宮密語道：「元載不肯容卿，朕今令卿往江西，暫時安處，俟朕除去元載，再行召卿進京。」

李泌聽了代宗的話，便唯唯受命，出為江西判官。

元載見李泌已南去，益發專橫，同平章事王縉，朋比為奸，貪風大熾。各路州郡，俱有元載的心腹安放著。元載的岳父褚義，原是一個田舍翁，一無才識，久住在宣州地方。他打聽得女婿權傾天下，便急急趕進京來，向元載求官。元載給予一信，令往河北。褚義得信，心中怨女婿淡薄，行至幽州地方，私地裡開啟信來看，只見白紙一頁，上面只寫元載二字。這褚義到此時，弄得進退兩難；不得已，懷著信去謁見幽州判官。誰知這判官看了元載的信，很是敬重；問明瞭褚義的來意，便去報與節度使知道。

節度使立開盛筵，尊為上客，留在節度使衙署中盤桓了幾天；臨去的時候，贈絹千匹，黃金五百兩。這樣一個田舍翁，得了這一大注橫財，便夠他一世吃著不盡了。那時元載的妻子和王縉的弟妹，倚仗著他夫兄的勢力，在外面招搖納賄；元載有書記卓英倩，生性更是貪狡，一味諂奉元載，尤得元載的歡心。因此天下求名求利的人，都來買囑英倩一人，求他引進。英倩竟因此得坐擁巨貲，麵糰團作富家翁。成都司錄李少良，上書力詆元載貪惡；元載即將奏摺扣住不送，一面便諷令御史官彈劾少良，矯詔召少良入京，幽閉在一間暗室中，用狼牙棒打得遍體鱗作，流血滿地而死。欲知後事如何，且聽下回分解。

吳國舅力除大憝　小公主下嫁狂兒

元載既打死了李少良，便有少良的友人韋頌，和殿中侍御史陸埏二人，叩闕呼冤；都被元載喝令武士擒下，打入死囚牢。

韋、陸二人，一時氣憤填膺，齊撞壁而死。代宗知道了，心中十分懊恨，只是平日被元載脅制住了，一時不敢翻臉。忽想起浙西觀察史李棲筠，是一個忠義剛直之臣，便暗暗地下手詔，傳棲筠進京來，拜為御史大夫。棲筠受職後，即察出吏部侍郎徐浩、薛邕，和京兆尹杜濟虛，禮部侍郎於劭四人，俱是元載黨羽，專一欺君罔上．黷貨賣官。棲筠給他一本參革，一齊罷官。

元載深恨棲筠，便與同黨陰謀陷害他。不多幾天，棲筠在家中，竟然無疾而亡。因此外邊許多人謠傳，說李棲筠是被元載買囑他貼身人，用藥毒死的。代宗皇帝雖也十分悲傷懷疑，只是元載在朝中的黨羽甚多，一時又拿不到他的真憑實據，便也只得忍耐在心中。但元載見李棲筠去世，越是肆無忌憚，進事驕橫。代宗因此心中憂隨，終日愁眉不展。

這一天，左金吾大將軍吳溱入宮來，朝見代宗；見萬歲爺面有憂色，覷著左右無人，便低聲奏道：「如今心腹大患，是在元載一人。陛下是否因此人勞心？」

代宗長嘆一聲說道：「朝事荒墮，全是朕一人之過；元載之勇於大膽妄為，亦朕平日縱任所致。今欲除之，亦已難矣！」

原來這位吳大將軍，是章敬皇后的胞弟，與代宗有甥舅之親；平日忠心為國，君臣素稱相得。今吳將軍一句話打動了萬歲爺的心事，當時君臣二人在宮中祕密計議，直到更深，才退出宮來。

第二天，吳將軍在家中悄悄地召集吏部尚書劉晏，御史大夫李涵，散騎常侍蕭昕，禮部侍郎常兗，可憐這時朝官號稱正直的大臣，只有這五六人了！吳將軍受了代宗皇帝的密意，與這五六個忠義大臣，在府中南書齋裡商議國家大事。正說話時候，忽見一個壯士，直闖進屋中來；眾人大驚，十幾道眼光，一齊注定在那壯士身上。見那壯士黑紗罩住臉面，直立在當門，一言不發。吳將軍按著劍，大聲喝問：「何人？」

那壯士舉手把臉上黑紗揭去，慌得一屋子的人，一齊跪倒在地，口稱：「萬歲！」

原來那壯士打扮的，竟是代宗皇帝。他見事機危急，便改裝做禁兵模樣，混出宮來；跨一頭黑馬，飛也似地跑到國舅府中，跳下馬，便向府中直闖。府中自有守衛家將，把守大門；今日府中祕密會議，關防更是嚴緊，見這禁兵進來，齊向前去攔阻。那禁兵把手中小紅旗一舉，家將們知道是宮中的密使，便讓出一條路，放禁兵進去。原來唐朝時候，皇帝有密事宣召大臣，便從宮中派一密使出來；手執小紅旗，上有金印為憑。誰知今日這個密使，竟是代宗皇帝自己充當的。

當時招呼眾位大臣入座，憤憤地說道：「昨夜有內侍探得訊息，說近日元載與王縉謀反；連日在元載私宅中，藉著夜蘸為名，召集徒黨，密謀起事。如今禁兵在元載手中，便由元載指揮禁兵，旦夕圍攻宮廷，意欲劫朕西去，挾天子以號令百官。

眾大臣皆忠義之士，豈能坐視亂臣賊子傾覆李家社稷耶？」

眾大臣聽了代宗的話，個個露著悲憤之色：有扼腕嘆息的，有拍桌大罵的。一室中，君臣們也忘了儀節；只是紛擾了半天，卻想不出一條計策來。

滿室靜悄悄的半晌，忽見又有一個壯士打扮的，走進屋子裡來；眾人看時，吳將軍認識是府中的守衛長，名餘龍的，便喝令退出去。誰知這餘龍好似不曾聽得主人的話一般，看他搶上幾步，當著他主人跟前，噗地跪倒在地，說道：「萬歲爺有急難，責在主公；主公有急難，責在小人。今日事機已迫，小人卻有一計。」

吳將軍問：「汝有何計？快快說來！」

那餘龍爬在地下，說道：「小人想元載這奸賊，平日膽大妄為；卻有一人，是他的心腹爪牙。」

吳將軍道：「卻是何人？汝且說來。」

餘龍道：「便是左衛將軍，知內侍省事董秀。」

這句話一說，滿屋子的人，都不覺愕然。原來董秀這人，是統帶御林軍的；時時隨在皇帝左右，代宗皇帝也拿他當心腹看待。如今聽說此人與奸臣同黨，真出於眾人意料之外。吳將軍卻不信，說道：「汝言可有證據？」

餘龍道：「小人有一八拜之交，名常勝的；他卻當著董秀家的守衛長，所有他家主公，和元載二人的來蹤去跡，俱看在常勝眼中。如今元載、董秀二人的蹤跡，過往愈密了，常勝在一旁，都聽得仔細，心中也是氣憤，來與小人說知，意欲辭了這守衛長的差使不幹，免得他日事敗以後，玉石不分。是小人勸他耐著性兒。如今聽萬歲說了，小人才敢說。

如今小人意欲去把常勝喚來，請主公和他商量，看有什麼妙計；俺們今日只須把董秀擒下，便什麼事也不怕了。」

代宗聽餘龍說到這裡，便忍不住說道：「好好！汝快去把常勝喚來，便著在常勝身上，把那董秀擒下；事成之後，朕自有重賞。」

餘龍見萬歲對他說話了，慌得他忙上去磕頭謝恩，起身倒退著出去。

這裡吳將軍勸代宗：「今日事機甚險，萬歲既已出宮，一時不宜回宮，且在臣家駐駕幾天，俟奸賊就擒，由臣等再護送陛下回宮。」

眾大臣也都勸說，吳將軍便把南書齋收拾出一間臥室來，留皇帝住下。一面也把諸大臣留住在府中伴駕，隨時商議機密。那餘龍一去，直到傍晚，不見回來，吳將軍心中甚是掛念。

看著屋中已上燈火了，忽聽得門外一片喧嚷，只見餘龍和常勝二人，揪住那左衛將軍董秀，直至堂上。這時董秀正準備去赴元載的祕密會議，不料那守衛長常勝，早已與餘龍商議停妥，又與手下的守衛兵士暗約；俟董秀出門，路經吳將軍府門口，那駕車的武士，卻把那董秀的車輛，直驅進府門來。董秀坐在車上，大詫，連連喝問時。那常勝上去，劈胸一把，把董秀拖下車來；餘龍也上去幫著，兩人前牽後擁的，直上吳將軍堂來。

把個董秀拖得衣帶散亂，紗帽歪斜，董秀大聲咆哮著。正喧嚷時候，忽見吳溱手捧皇帝詔書，踱出堂來，大聲宣讀道：「董秀聽旨！」

董秀到此時，也不敢倔強，只得轉身向內跪倒。聽詔書上說道：「元載謀為不軌，董秀素為內援，著左金吾大將軍吳溱拿下，嚴刑審問。」

董秀聽了詔書，還是嘵嘵辯說。吳將軍只喝得一聲：「搜！」

上來四個武士，擒住董秀兩手，向他身上裡外一搜，不見有什麼挾帶；又抓下紗帽來，向帽中髮髻中細細搜尋一番，也看不出破綻來。吳將軍又吩咐脫下靴來，果然在靴統子裡，搜出一卷文書來。吳將軍接在手中看時，竟是元載和王縉二人密謀起事的案卷。上面寫明謀反日期，和幾路兵圍攻宮廷，幾路兵擒捉國戚大臣，寫得明明白白。吳將軍看了，不覺大怒，便把聖旨高高供起，在一旁設著一張公案；吳將軍就公案前坐下，武士推著董秀，跪在案下。堂上喝一聲：「打！」

那大杖小棍，一齊向董秀身上打下去。那董秀只是忍著痛，一言不發。吳將軍愈是慣怒，喝令把這奸賊上下衣服剝去，用皮鞭痛打。這董秀真是一個鐵漢，打得渾身皮開肉綻，只在滿地下打著滾，竟咬緊牙關，不嚷一聲痛，也不招承一句話。吳將軍看看無法可想，還是那餘龍在一旁看了，心生一計，向他主公耳邊低低地說了一句話。吳將軍點著頭，餘龍便去廚下取一大桶鹽滷來，向董秀身上潑去。那皮肉新開了裂的地方，一沾了鹽滷，便痛徹心骨；任你好漢，也忍不住大聲叫喊起來。

連說：「犯官願意招認了！」

當下吳將軍取得口供。原來元載和董秀約定在大曆十二年三月朔日起事。董秀帶領御林軍，在宮中為內應；元載又約王縉，調四城兵馬，包圍京城。

代宗聽說平日親信的董秀，果然為奸賊內應，不覺大怒，便親自出至大堂；董秀見萬歲爺在上，早嚇得匍匐在地，不住地叩首求饒。代宗一腔怒氣，盡發洩在董秀身上。喝令常勝和餘龍二人，將亂棍活活地把董秀打死在堂下。一面下旨令左金吾大將軍吳溱，兼統御林軍；連夜點起一千兵馬，悄悄地去把那元載的一座府第，團團圍住。

一聲吶喊，直撲進去。吳將軍仗劍當先，聽了董秀的口供，知道他們都在萃秀軒中聚會，便領著百餘個武士，向萃秀軒中趕來，其餘的兵士，和府中的守衛兵廝殺。府中原有三百名守衛兵，兩下里捉對兒在廊頭壁角上火並起來。吳將軍也不去管他們，急急去找尋元載一班人。

誰知搶進萃秀軒中看時，已走得一個也不留。吳將軍知道他們躲向後花園中去了，便又趕進後花園去，分頭搜尋，果然在花木叢中，山石洞裡，一個一個地揪出來。吳溱認得都是在朝的官員，共搜出五個，獨不見那元載和王縉二人。吳將軍又向四下里尋找，一抬頭，見有一個穿紅袍的，正爬在牆上，想逃出牆外去。吳將軍一聳身，搶上前，揪住袍角，把那人拉下地來；看時，正是那同平章事王縉。吳將軍喝問：「元載這奸賊躲在何處？」

王縉只是不說，吳將軍拿劍鋒擱在王縉脖子上，王縉害怕起來，才把手指著牆外，說：「已逃出牆外去了。」

吳將軍只是微笑著，也不追尋。一手揪住王縉衣領，回至堂上來。

那府中三百個守衛兵，俱被御林軍士活捉的活捉，殺翻的殺翻，滿院子東倒西橫的，儘是死人。

吳將軍檢點，共捉住八個官員，喝武士拿一根長繩，把八個官員，一串兒捆綁著。正翻綁停當，忽見二三十個御林軍士，早已捉住那元載，拿繩子捆綁成一隻粽子相似，用大槓抬著，送上堂來。那元載見了吳湊，便大喊道：「國舅快做個人情，鬆鬆綁兒！」

原來吳將軍早已埋伏著一支兵士，在後花園圍牆外；元載逃過牆去，真是垂手而得。當時元載不住地喚：「國舅救我！」

吳將軍也不去睬他。御林軍士，原帶著十數個囚籠；到此時，抬過囚籠來，一一裝進去。一大隊軍士押著，送往政事堂來。

次日，代宗下旨，著左金吾大將軍吳湊，會同吏部尚書劉晏，御史大夫李涵，散騎常侍蕭昕，禮部侍郎常兗，開堂公審。

元載和王至此時，無可抵賴，只得悉數供認。一班承審官吏，不敢怠慢，據實奏聞。朝旨下來，令刑官監視，賜元載自盡。

這元載一身貪惡，更甚於魚朝恩；剝削同僚，人人痛恨。今見朝旨賜死，人人心中痛快。元載臨刑的時候，願求速死，那刑官冷笑道：「相公當朝二十年，行盡威福；今日落在下官手中，也是天網恢恢，疏而不漏。相公平日辱人多矣，今日稍受些汙辱，想也不妨！」

說罷，脫下腳上汙襪來，塞在元載口內，然後慢慢地將他縊死。屍身拋在政事堂階下，暴露了三天，任百姓們觀看踐踏。元載妻王氏，系前河西節度使王忠嗣之女，驕侈潑悍；生三子，長名伯和，次名仲武，幼名季能，無一成材的。伯和官拜參軍，仲武官拜員外郎。季能官拜校書郎；依勢作惡，貪刻肆淫，在京城中立南北兩第，廣置姬妾，多蓄優伶，聲色犬馬，件件皆精。至此，元載已死，朝旨令將元載妻子，一併正法，家產沒入宮中，財帛以萬計。中如胡菽一物，多至八百石，盡分賜中書門下臺省各官。

王縉原當賜死，後劉晏奏稱，國法宜分首從；便將王縉貶為括州刺史。吏部侍郎楊炎，諫議大夫韓泂、包佶，起居舍人韓會等，一班官吏，俱是在元載家中捉住的，分別貶官。唯卓英倩一行六個官員，罪情重大，立刻在政事堂上用杖打死。英倩之弟英璘，家居金州，橫行鄉里，結識一班遊民，知其兄伏誅，便糾眾作亂，被金州刺史孫道平統兵圍捕，一鼓成擒。當即斬首號令，奏報到京。代宗餘怒未平，復打發中使，至元載家鄉，發掘元載祖墳；自祖父以下，皆毀棺裂屍，平家廟，燒木主，才消得代宗皇帝胸頭之氣。

從來朝內宦官武權，沒有不外結蕃鎮的。唐朝安史之亂，蕃鎮之禍，從此開始。當時肅宗、代宗二帝，皆因宮廷變亂，無暇顧及邊疆。這時安史雖平，而安史的餘孽尚在。那河北四鎮，統是安史的舊部，據有遺眾，漸覺驕橫。盧龍節度使李懷仙，性情暴戾，為幽州兵馬使朱希彩所殺，自稱留後。代宗優柔寡斷，專事姑息，仍任希彩為節度使。懷仙部下，又是不服，復將希彩殺死，改推經略使朱泚為元帥；代宗便也順了部下的意思，把朱泚任為節度使。那時相、衛二州的節度使薛嵩病死，子名平，年只十二歲，將士推他繼承父職；平又將此職讓與叔父薛蕚，夜奉父喪，奔歸鄉里。薛蕚遂自稱留後，代宗也無法可治，只得聽其自然。

此中獨魏博節度使田承嗣，最是跋扈，公然為安祿山、史思明二人建造祠堂，稱做四聖。又上表求為宰相，代宗遣使慰諭，令其毀去四聖祠，便授他同平章事。田承嗣有一子名華，更是淫惡。他依仗父親的權勢，在魏、博兩州的地方，專一姦淫良家婦女。那婦女們被奸汙了，也有含羞自盡的，也有吵鬧到節度衙門裡去的。田承嗣見有婦女吵進衙門來，便吩咐守衛兵，用亂棍打死。可憐這班婦女，儘是白白受了糟蹋，白白送了性命！他家的父兄，嚇得縮著頭，躲在家裡，誰敢說一個不字。

那田華色膽愈鬧愈大，見部下將士的妻小，略有長得體面些的，他便用強霸占；那班將士，人人敢怒而不敢言。代宗皇帝一位幼女永樂公主，長得十分嫵媚；田華年幼時候，隨著父親進宮去，曾見過一面。他好色之性，自幼生成，直至如今，心中還念念不忘這位永樂公主。今見代宗遣使來勸田承嗣，毀去四聖祠，承嗣上表，便替他兒子田華求婚。代宗皇帝欲收服田承嗣，竟把這心愛的永樂公主，下嫁與承嗣之子田華為妻。

這田華性格粗暴，他仗著父親藩鎮的權勢，便也不把公主放在眼中；一般的大聲呼叱，任意作踐。獨可憐這位公主，雖說是金枝玉葉，受這莽夫的欺凌，也只得忍氣吞聲地過著日子。這承嗣做了皇親國戚，愈是驕橫起來；便密誘相衛兵馬使裴志清，逐去留後薛萼，率眾歸承嗣。承嗣即以兵襲取相州，代宗下旨阻止，承嗣抗不奉詔，反進陷洺、衛二州。從此田承嗣的聲勢，一天浩大似一天。

代宗忍無可忍，便下詔河東節度使薛兼訓、成德李寶臣，幽州朱滔，昭義李承昭，淄青李正己，淮西李忠臣、永平李勉，汴宋田神玉，諸路兵馬，共六萬人，會攻承嗣。又下詔貶承嗣為永州刺史，承嗣諸子，皆逐居惡地。承嗣不奉詔，與諸路兵戰，往往能以詭計取勝。承嗣諸子中，尤以長子悅，驍勇善戰。

諸路兵馬，俱被他擊敗，反被他占據三四處州城，聲勢甚是銳急。看著已攻至臨洛城下，這地方是河東咽喉，臨洛若失，中原大震。當時諸路人馬，俱被田承嗣、田悅父子二路強兵衝斷，不通訊息。臨洛守張伾，死守了三個月，糧盡援絕，其勢甚危。

張伾有一愛女，面貌秀美，平日視如掌上明珠。至此，張伾不得已，便將愛女妝飾得十分嬌豔，使坐在白玉盤中，出示眾軍道：「今城中庫稟竭矣，願以此女代償餉糈！」

兵士俱大感動，不覺淚下，請為主將出一死戰。開城鼓譟而出，銳不可當；田悅大敗，退五十里。略得糧米無數，張伾收軍入城，依舊深溝高壘，死守待援。後張伾思得一計，覷東風大作，便紮成一紙鳶，臨高放去；飛騰空中百餘丈，過田悅營。悅使善射者，騎馬追射之，不可得。落河東馬燧營中，見鳶背上有字道：「三日不解，臨洛士且為悅食。」

馬燧便合河陽李芃，與昭義軍，三路救張伾。田承嗣父子被眾軍包圍，勢不得脫。馬燧出銳兵，鼓譟直撲承嗣營，斬首五百級，承嗣軍大亂，與田悅率餘兵夜遁，盡棄旗幕鎧仗五千乘。田氏父子，窮無所歸；便迫令永樂公主上書求情，許承嗣入朝請罪。代宗皇宗念在公主面上，便許承嗣的請求。有詔復田氏父子原官，又賜鐵券。這時承嗣已年老，至大曆十四年，一病身亡，年已七十五歲。

但到大曆十四年五月，代宗也崩駕。遺詔召郭子儀入京，攝行塚宰事。立太子適為嗣皇帝，即位於太極殿，稱德宗皇帝。

尊郭子儀為尚父，加職太尉，兼中書令。封朱泚為遂寧王，兼同平章事。兩人位兼將相，實皆不問朝政；獨常兗居政事堂，每遇奏請，往往代二人署名。朱泚也是一個工於心計的人，從前將同乳貓鼠，獻與代宗，說是國家的祥瑞，常兗便率領百官，入朝稱賀。獨崔祐甫上表力排眾議，道：「物反常為妖，貓本捕鼠，與鼠同乳，確是反常，應視為妖，何得稱賀。」

常兗從此怨恨崔祐甫。

及德宗即位，因會議喪服，祐甫說當遵遺詔臣民三日釋服，常兗說人民可三日，群臣應服二十七日；兩人便大爭起來。常兗便上表斥祐甫為率情變禮，請加貶斥，署名連及郭、朱二人；德宗便貶祐甫為河南少尹。既而郭子儀與朱泚，又表稱祐甫無罪，德宗大詫，以謂前後言不相符，召問實情。二人皆說，前奏未曾列名，乃是常兗私署的。德宗斥常兗為期君罔上，貶為潮州刺史，便令祐甫代相，給以專權。真是言聽計從，知遇甚深。又下詔，令罷四方貢獻；所有梨園子弟，概隸屬太常，不必另外供奉。天下毋得奏祥瑞。縱馴象，出宮女。設登聞鼓於朝門，人民如有冤屈，得撾登聞鼓，發下三司詢問，人民大悅。

便是四方軍士，也都歡舞起來。德宗皇帝又因代宗沈妃是自己親生的母親，只因多年尋訪不得，心中萬分想念；如今自己登了帝位，便先下詔，封沈氏為睿真皇太后，贈太后曾祖士衡為太保，祖介福為太傅，父易直為太師，太后弟易良為司空，易直子震為太尉。一日之間，封拜一百二十七人。所有詔旨，皆用錦翠飾以御馬，馱至沈氏家中，易良有妻崔氏，十分美豔；德宗召入想見，十分尊重。召後宮王美人、韋美人出拜，稱為舅娘；王、韋二美人拜見，詔舅娘勿答拜。至建中元年，又冊前上皇太后沈氏尊號。崔祐甫善畫，帝命繪太后像，供奉在含元殿；舉行大祭，德宗全身袞冕，出自左階，立東方，群臣立西方，帝再拜上冊，唏嘘感咽，泣不可抑，左右百官皆泣下。

中書舍人高參上議，彷漢文帝即位遣薄昭迎太后於代故事，令有司擇日，分遣諸沈氏子弟，行州縣諮訪，以宣述皇帝孝思；或得上天降休，靈命允答。若審知皇太后行在，然後遣大臣備法駕，奉迎還宮。但擾攘經年，依然杳無訊息。

這沈氏太后，原是代宗侍女，與代宗情愛甚深；今德宗皇帝在東宮時候，也曾愛戀一位美人。雖只與這美人會面一次，但心中依戀著，永遠不能忘卻。今日身為皇帝，後宮佳麗甚眾，但都不能如此美人顏色。欲知後事如何，且聽下回分解。

德宗曲意媚王女　士會棄官娶美人

當時在朝大臣，有一位王承升，德宗在東宮時候，與他十分相投。承升好琴，德宗亦好琴；承升有妹名珠的，善彈琴。

一日，王承升邀太子至私宅聽妹奏琴；二人高坐廳事，中圍絳屏，王珠坐屏後，叮咚的琴聲，徐徐度出屏外來。德宗正飲酒時，聽得琴聲悠揚悅耳，不覺停下手中酒杯，凝神聽著；那琴聲忽如鸞鳳和鳴，忽如風濤怒吼，一曲彈罷，德宗不住地拍案，讚歎不絕口。德宗在東宮時候，久已聽人傳說，這王珠小姐，是長得天姿國色，心中也十分企慕；如今聽了琴聲，更覺得這美人可愛。當時便對王承升說，願請與令妹想見。承升奉了太子諭言，便諾諾連聲，以為自己妹子得太子青眼，將來富貴無極。一團歡喜，跑進內室去，和他妹妹說知，催她急速打扮起來，與太子想見。自己便轉身出來，伴著太子飲酒談笑。

這太子也因得見美人，心中自然也覺得高興；兩人淺斟低酌地飲了多時，卻還不見這位王珠小姐出來。急得王承升又趕進後院去催時，只見他妹妹依舊是亂頭粗服的躺在繡榻上，手中捧著書捲兒看著，好似沒事人兒一般。王承升十分詫異，忙又上去催促他妹妹，快快修飾起來，出去拜見當今太子。好一個王珠小姐，她哥哥在火裡，她自己卻在水裡；見她哥哥急得在屋子裡亂轉，不禁嫣然微笑，說道：

「什麼太子，與俺女孩兒有什麼相干，也值得急到這個樣兒！你們男子只圖功名富貴，我們做女孩兒的，卻不圖什麼功名富貴！不見也罷了！」

王承升聽他妹妹說出「不見」兩字，急得忙向他妹妹打恭作揖，說道：「好妹妹，你看做哥哥的面上，胡亂出去見一見吧！」

王珠聽說，便笑吟吟地站起身來，對了鏡子，把鬢兒略攏了一攏；也不施粉脂，也不換衣裙，扶住丫鬟的肩兒，裊裊婷婷地向外院走去。

王承升急急搶出去，趕在他妹妹前面，向太子報著名兒，說：「弱妹王珠，拜見千歲。」

那王珠便也盈盈拜下地去。德宗看時，果然脂粉不施，天然妙麗。心中恍恍惚惚，便也站起身來；意欲上前伸過手去扶時，那王珠已站起身來，翩若驚鴻，轉身進去了。

這裡太子痴痴地立著，還是王承升上去招呼，請太子重複入席飲酒。德宗也無心再坐了，起身告辭，回東宮去。從此眠思夢想，飲食無味。這時王貴嬪最得德宗寵愛，見千歲忽然變了心情，百般探聽，才知道為想念王家的閨女而起。王貴嬪便設法去與皇后說知，皇后奏聞皇上；那時代宗皇帝，最是疼愛德宗的，聽說王承升之妹有絕世姿色，便先遣宗室大臣李晟夫婦二人，至王家傳諭，欲納王珠為太子貴嬪。李晟夫人陳氏，奉了皇后懿命，便帶領宮中保母，直到王家內宅，服侍王珠香湯沐浴。又在暖室裡，解下她上下的衣裳看時，只見她膚如凝脂，腰如弱柳；雙肩削玉，乳峰高聳；臀闊臍圓，腿潤趾斂；又看她面色嬌豔，珠唇玉準，甚是秀美，髮長委地，宛轉光潤。

陳氏一邊看著，一邊讚歎道：「這女孩兒我見猶憐，真是天地間的尤物！」

可憐這王珠是一個女孩兒，身體萬分嬌羞；如今被一班蠢婦人拿她翻弄玩著，早不覺把她羞得涔涔淚下。後來聽說宣召她進宮去，封她做太子的貴嬪，她便嬌聲啼哭起來，說：「死也不肯進宮去！」又說：「自古來帝王，除玄宗皇帝以外，全是薄倖男子。女孩兒一進宮去，決沒有好結果的。」他哥哥也進來勸說：「今日的千歲，便是將來的萬歲；妹子一進宮去，得了千歲的寵愛，怕不將來做到娘娘的份兒。」

王承升再三地說著勸著，又安慰著。王珠被她哥哥逼著，無可推託，便說道：「俺如今年紀還小，懂不得什麼禮節，倘到東宮去，有什麼失禮的地方，豈不連累了哥哥？既承千歲青眼，便請哥哥去轉求著太子，俟太子登了大位，冊立俺為貴妃時，再進宮去未遲。今日若要俺進宮去，說不得俺犯了違旨之罪，便拿俺碎屍萬段，也是無用！」

王承升素知他妹妹生性剛烈，若違拗了她，便真的人命也鬧得出來。當即到東宮去，把他妹妹的話奏明太子。這太子果然是多情種子，聽說王珠願做他的貴妃，便也甘心耐性守著。

一轉眼，德宗登了大位，做了皇帝；原有一位貴嬪王氏，平時甚是寵愛，自貞元三年，得了一病，終年臥床不起。在病時只記念她親生的皇子，勸德宗皇帝立皇子為太子；德宗要安王貴嬪的心，便立皇子為太子，又冊立王貴嬪為皇后。這一天，在坤德宮舉行冊立的典禮，禮才畢，可憐王皇后已氣力不支，雙目一閉，氣絕過去死了。德宗十分悲傷，直至舉殯立廟，諸事已畢，德宗還是想念著皇后，每日愁眉淚眼。

宗室王公大臣，李晟、渾瑊等，見皇帝如此愁苦，怕苦壞了身體，便輪流著陪伴皇帝，在御苑中飲酒說笑遊玩。宰相張延賞、柳渾等，又製成樂曲，付宮女歌舞。德宗的悲懷，漸漸地解了。猛然想起那王家美人，便令翰林學士吳通玄，捧皇帝冊文，至王承升家中宣讀，立王珠為懿貴妃。

這時那王珠，出落得愈是美麗了；德宗把她宣進宮去，和珍寶一般的捧著。從此把坐朝的大事也忘了，終日陪伴著王貴妃起坐玩笑；把那後宮的三千粉黛，都丟在腦後。每夜臨幸王貴妃宮中，見王貴妃肌膚白淨如玉，便拿寶庫中收藏著的珠玉，串成衣裳，賜王貴妃穿著；粉面脂香，襯著珠光寶氣，更覺美麗得和天仙相似。德宗看了，不知如何寵愛才好。

這王貴妃生成又有潔癖的，每日須沐浴三次，梳洗三次，更衣三次；每一起坐，都有宮女挾著帔墊，在一旁伺候更換。每一飲食，必有八個宮女，在左右檢看著酒飯。所以王貴妃每一行動，必有宮女數百人，前後擁護著。德宗又為王貴妃起造一座水晶樓，樓中以水晶為壁，人行室中，影在四壁。水晶樓落成的一日，德宗便在樓下置酒高會，宣召大臣命婦和六宮嬪嬙，在樓下遊玩，一時笙歌疊奏，舞女聯翩。眾人正在歡笑的時候，忽然不見了這位王貴妃。德宗問時，宮女奏說：「娘娘上樓休息去了。」

德宗是一刻不能離開王貴妃的，便急令宮女上樓宣召去；那宮女去了半天，卻不見王貴妃下樓來。

德宗忍不住了，便親自上樓看時，只見王貴妃坐在牙床上，低頭抹淚。德宗看了，心中又是痛惜，又是詫異。說也奇怪，這王貴妃自進宮以來，從不曾開過笑口。任德宗皇帝百般哄說勸慰，她總是低頭默默。德宗皇帝見如此美人，不開笑口，真是平生第一恨事。德宗常自言自語道：「朕若得見王貴妃一笑，便拋棄了皇位也歡喜的。」

誰知這王貴妃竟是不肯笑，她非但不笑，愈是見皇帝恩愛，卻愈見她蛾眉緊鎖。德宗錯認做自己恩情有欠缺的地方，便特別在美人身上用工夫。真是輕憐熱愛，千依百順，誰知愈弄愈壞，終日只聽得這王貴妃長吁短嘆。德宗只恐委屈了這位美人，便建造起這座水晶樓來，窮極華麗；滿想守到水晶樓落成之日，必得美人開口一笑。誰知今日王貴妃竟痛哭起來，她見德宗皇帝站在跟前，卻愈是哭得淒涼。

德宗皇帝還想上前去撫慰她，忽見王貴妃哭拜在地，口口聲聲求著：「萬歲爺饒放了俺這賤奴吧！賤奴自知命薄，受不住萬歲爺天一般大的恩寵，更受不住宮廷中這般拘束；賤奴自入宮以來，因想念家中，心如刀割。又因宮中禮節繁瑣，行動監視，宛如獄中囚犯。在萬歲爺百般寵愛，而在賤妾受之，則如芒刺在背，針氈在股，飲食無味，魂夢不安。萬歲爺如可憐賤妾命小福薄，務求放妾出宮，還我自然；則世世生生，感萬歲爺天高地厚之恩！」

德宗皇帝卻不料王貴妃說出這番話來，心中十分掃興，滿意要訓斥她幾句，又看她哭得帶雨梨花似的，十分可憐，便也默然下樓去，自尋一班妃嬪飲酒作樂去了。

但德宗皇帝心中最寵愛的是這位王貴妃，如今王貴妃不在跟前，便覺舉眼淒涼，酒也懶得吃，歌也懶得聽，舞也懶得看。

當時有李夫人和左貴嬪在跟前伺候著，她們巴不得王貴妃失了寵，自己可以爬上高枝兒去。李夫人裝出千嬌百媚的樣子來，勸萬歲爺飲著酒。又說：「萬歲爺原也忒煞寵愛王貴妃了。從來說的，受寵而驕，也莫怪貴妃在萬歲爺跟前做出這無禮的樣子來了。」

左貴嬪也接著說道：「這也怪不得王貴妃當不起萬歲爺天大的深恩，從來生成賤骨的人，絕不能當富貴榮華之福。

俺住在母家的時候，原養一婢女，名惜紅的，後來贈與俺姨父為妾，姨父正值斷弦，見惜紅面貌較好，便有扶為正室之意。

誰知此妾賤骨生成，見主人加以寵愛，與為敵體，便百般推讓，不敢當夕；主人無可如何，便另娶繼妻。終因惜紅少好可愛，亦時賜以綺羅，贈以珠玉。但此妾皆屏之不御，終日亂頭粗服，雜入婢嫗，井臼操作，嬉笑自若。此豈非生成賤骨吧？」

德宗聽了，也不覺大笑。當夜席散，德宗皇帝便臨幸左貴嬪宮中。

次日起身，終不能忘情於王貴妃，又至水晶樓看時，只見王貴妃亦亂頭粗服，雜宮女中操作。德宗忽想起昨日左章嬪之言，不覺大笑。那王貴妃見了萬歲爺，依舊求著要放她出宮去。

德宗聽了，冷笑一聲，說道：「真是天生賤骨，無可救藥。」

當下便傳總管太監下旨，除王貴妃名號；令王珠穿著原來入宮時的衣裳，用一輛小車王珠坐著，送出宮門，退歸王家去。傳諭王承升道：「汝妹真窮相女子，朕不可違天強留。彼命中注定寒乞，將來必不能安享富貴，可擇一軍校配之，不可仍令嫁與仕宦之家。」

王承升領了皇帝的諭旨，心中鬱鬱不樂。看他妹妹回得家來，卻一般地笑逐言開，嬌憨可憐。滿心想埋怨她幾句，看他妹妹又天真爛漫地趕著王承升，只是哥哥長哥哥短地喚著，說笑著，便也不忍得再說她了。王珠在家中，終日唯拉著府中婢嫗，在後花園中嬉戲；有時在花前月下，奏琴一曲，引得那班婢嫗聽了，一個個的手舞足蹈的快樂起來。

這時有一個元士會，官拜中書舍人；面貌十分清秀，也深通音律。如今三十二歲，和王承升原是知己朋友；只因年齡比王承升小著三年，便拜王承升為兄。娶一妻室鍾氏，卻也解得宮商；夫婦二人，在閨房之內，調箏弄瑟，甚是相得。這王珠小姐，做閨女的時候，也曾幾次和元士會想見；談起音樂，彼此津津有味。只因避著男女之嫌，也不敢常常見面。王珠也曾在一班婢嫗跟前，誇說元士會是當今第一才子。不知怎的，這一句話，竟輾轉傳到元士會耳中，便不覺起了知己之感，害得元士會好似害了瘋病一般，常常獨自一人，坐在書房中，嘆說道：「王家小姐，真是俺元士會的知己！」

這句話落在鍾氏耳中，夫婦之間，也曾起一番爭執，從此鍾氏便禁著她丈夫不許再到王家去了。那王珠小姐，不久也被德宗宣進宮去，冊立為貴妃，卻也斷了兩邊的妄想。不料如今這位王小姐，又從宮裡退出來，住在家中，依然做了待嫁的孤鸞。

這一天，元士會因久不來王家了，在家中悶坐無聊，便信步至王府中來訪問王承升。適值承升不在家中，這元士會是在王家走熟的人，他來到王家，自由進出，也沒人去干預他。王承升這時，雖說不在家中；這元士會便走進承升的書房中去閒坐。身才坐下，忽聽得玲瓏的琴聲，從隔牆傳入耳中來。這是元士會心中所好的，便也忍不住站起身來，跟著琴聲尋去。書房後牆，開著一扇月洞門兒，原通著後花園的；元士會和王承升琴酒之會，也常涉足園亭，所以這花園中的路徑，也很熟悉。

聽琴聲從東面牡丹臺邊度來，便也從花徑轉去；果然見那王小姐，對花坐著鼓琴。說也奇怪，王小姐的琴聲，竟能通人心曲；有客在偷聽琴聲，她琴絃上便感動了，變出音調來。王小姐停下手，推開琴，笑著站起身來說道：「琴聲入徵，必有佳客。」

轉過身來一看，果然見元士會遠遠地站在荼蘼架下聽琴。見了王小姐，忙上前來著地一個揖，笑說道：「小姐彈得好琴，小生偷聽了。」

王珠一眼看見元士會，一身縞素，便不覺問道：「元君宅上不知亡過了何人，卻穿如此的重孝？」元士會見問，不覺嘆了一口氣，說道：「這也是寒家的不幸，拙妻鍾氏，已於去年亡過了。俺夫婦在日，在閨房中調琴弄瑟，卻也十分和好；如今小生記唸著她。因此把孝服穿得重了一點。」

元士會說罷，王小姐禁不住接著說道：「好一個多情的相公！」

轉又覺這句話說得太親密了，便止不住把粉腮兒羞得通紅，低著脖子，說不出第二句話來。元士會見王小姐左右有婢媪陪伴著，她又是冊立過貴妃的，自己是一個男子，也不便在此地久立，當即告辭。回到家中，不知怎的，從此便坐立不安起來。

好不容易，捱到第二天，他依舊假著訪問王承升為名，跑到王府中去。那王承升正在家中，知好朋友多日不見，自然有番知心話。王承升又見士會容色鬱鬱，知道他是因新喪了妻子，心中還不忘了悲傷；便又用好話寬慰了一番。他卻不知道元士會別有心事，一時不能如願，因此面色憂鬱，舉止徬徨，只苦於不好向王承升說得。元士會自從先一天在花園中與王珠小姐想見以後，心中倍覺關切；他又是初次喪妻的人，正欲找一個閨中伴侶，解慰他的寂寞。這王珠小姐是他心中久已羨慕的人，又是一個妙解音樂的美人，叫他如何能不想；這一想，他和王承升朋友之情，反淡了下去。只一心向著那閨房中的王珠小姐。

他每次到王家去，只癡著承升不能和美人見面兒；他一連到王家去了三五次，總是和王承升飲酒談笑，屢次要把想慕他妹妹的話說出來，無奈他妹妹是冊立過貴妃的，如今雖說退出宮來，但這個美人，因曾承接過帝王，已視同禁臠，還有誰敢起這個求婚的妄想。因此他言在口頭，卻不敢說出來。後來想得了一個妙計，每日一早起來，他也不去隨班上朝，只在王家大門外遠遠地候著。見王承升出門上朝去了，他便假意兒走上門去訪問王承升，王家僕役回說主人不在家中，他便假意在王承升書房中俄延著候著。王家的僕役因他是主人的上客，便也不疑心他。這士會冷清清地一個人坐在書房中，直到王承升退朝回家和他琴酒相會。如此連著又是三五天，王承升心中雖覺懷疑，卻也不好意思問得。

誰知這元士會一人坐在書房中，早有快嘴的丫頭，聽去傳說與珠小姐知道。這珠小姐自宮中出來，早已把羞澀的性情減去了不少。當時便扶著一個丫鬟的肩兒，出到書房中來，替她哥招呼客人。他二人原各有心事的，一談兩談不知不覺各把心事吐露了出來。士會覷著丫鬟不在跟前，那珠小姐正轉過柳腰去，撫弄著琴絃，士會正坐在珠小姐身後，兩情默默的時候；士會便忍不住站起身來，從珠小姐身後，聳身上去，把珠小姐的柳腰抱住，口中低低地說：「望小姐可憐小生孤身獨自！每日裡想著小姐、快要瘋癲了！」

那珠小姐原也久已心照的了，當時便一任他抱住腰肢，只是拿羅帕掩住粉面，嬌聲嗚咽起來，把個元士會慌得不住地小姐長小姐短喚著安慰著。又連連地追問：「小姐有什麼傷心之處，告與小生知道？小生若可以為小姐解憂之處，便丟了小生的性命，也是甘心的！」

那珠小姐見問，便低低地嘆息了一聲，說道：「想奴原是珠玉也似潔白的一個女孩兒，自從被這臭皇帝硬把奴拉到宮中去，糟蹋了奴的身子，成了殘花敗柳，害奴丟了廉恥，破了貞節；到如今，還有什麼面目見人呢！」

那元士會聽了，卻連連說道：「小姐只是如此說，在小生卻只把小姐當作清潔神聖的天仙一般看待呢！」

接著，士會又問：「聽說小姐在宮中，深得萬歲爺的憐愛，珠玉裝飾，綺羅披體，為小姐又挑選數百個伶俐的宮女，終日伺候著，又為小姐建造一座水晶樓；如此恩情，小姐亦宜知萬歲的好意，卻為什麼定要辭退出宮來？」

珠小姐見問，卻不覺動了嬌嗔，伸著一個纖指兒，不禁向元士會額上輕輕的一點，說道：「虧你自命風雅的人，還問這個呢！你想這庸人俗富的地方，是俺們風雅的人可以住得的嗎？好好的一個女孩兒，一入了宮廷，便把廉恥也丟了。大家裝妖獻媚，哄著這臭皇帝歡喜；有不得皇帝臨幸的，便怨天尤人。便是盼得皇帝臨幸的，也拼著她女孩兒清潔的身體，任這淫惡的皇帝玩弄去。做妃嬪的，除每日打扮著聽候皇帝玩弄以外，便是行動一步，笑談一句，也不得自由自在的。你想這種娼妓般的模樣，又好似終日關鎖在牢獄中的犯人一般；這種苦悶羞辱的日子，是我們清潔風雅的人所捱得過的麼？」

珠小姐說著，不覺得憤憤地，粉腮兒也通紅，柳眉兒也倒豎起來了。士會在一旁，聽一句，不禁打一個躬。又聽珠小姐說著：「奴如今是殘破的身子了，只求嫁一個清貧合意的郎君，一雙兩好地度著光陰；便是流為乞丐，也是甘心的。」

珠小姐說到這裡，竟把女兒們的臊也忘記了。元士會便乘機上去拉住珠小姐的玉手，涎著臉，貼著身兒，說道：「那小姐看小可生勉強中得選麼？」

那珠小姐一任他握住手，只是搖著頭。欲知後事如何，且聽下回分解。

急色兒好色取辱　薄命婦安命作丐

王珠小姐到此時，百折柔腸，寸寸欲斷。士會見瞭如此美人，如何肯舍，便連連地追問。只聽王珠嘆一口氣說道：「相公已太晚了！俺當日原是好好的一位千金閨女，莫說人家羨慕，便是俺自己也看得十分尊貴的。如今不但成了殘花敗柳，且已成了一個薄命的棄婦，誰也瞧我不起了。莫說別人，便是俺哥哥，從前要勸俺進宮去的時候，便對著俺妹妹長妹妹短的哄著俺；如今見俺出宮來了，便也把俺丟在腦後不理不睬了。如今誰來親近我的，便也得不到好處。」

士會聽了，便說道：「我也不問好處不好處，我只覺小姐可愛；我愛小姐，也不是從今天起頭兒了。當時只因小姐是一位黃花閨女，我又有一位妻房在著；如今我妻子已死了，小姐又不幸出宮來，飄零一身，我不憐惜小姐，還有誰憐惜小姐呢？我不找小姐去做一個終身伴兒，卻去找誰呢？」

王珠小姐說道：「你可知道俺出宮的時候，萬歲爺傳旨，不許俺再嫁與士宦之家，只許拿俺去配給軍校；你若娶俺去做繼室，你便要拋撇了前程，你可捨得麼？」

士會便指天誓日地說道：「俺若得小姐為妻，莫說丟了冠帶，便窮餓而死，也不悔恨的！」

王珠小姐聽了士會如此一番深情的話，不覺嫣然一笑道：「郎君可真心的嗎？」

士會噗地跪倒在地，又拉王珠小姐並肩兒跪下；一邊叩頭，一邊說道：「蒼天在上，俺元士會今日情願棄官娶王珠小姐為繼室，終身不相捐棄。若有食言之處，願遭天災而亡。」

王珠小姐聽了，忙伸手去捂住元士會的嘴，兩人相視一笑，手挽著手兒，齊身立起。王珠笑說道：「若得郎君如此多情，真薄命人之幸也！」

一句話不曾說完，只聽得外面一人呵呵地笑著進來，口中說道：「若得賢弟如此多情，真吾妹之幸也！」

王珠小姐早已看見，認得是他哥哥回來了，便啐了一聲，一轉身和驚鴻似地逃出屋子去了。

這裡元士會和王承升二人，說定了婚姻之事。元士會真的立刻把冠帶脫卸下來，交給王承升求他代奏皇上，掛冠歸去。這裡王承升念在同胞兄妹份上，便設了一席筵宴，替元士會夫婦二人餞別。王承升家中，原也富有，便拿了許多珍寶贈別。元士會家鄉在鄭州地方，還有幾畝薄田房屋，夫妻二人，便雙雙回鄭州家鄉去住著。夫妻二人，十分恩愛，朝彈一曲，暮下一局，卻也十分清閒。

這鄭州原是一個小地方，那元士會的左右鄰居，儘是貧家小戶！見這元士會夫婦二人，忽然衣錦榮歸，便人人看得眼紅。

又打聽得這位新夫人，曾經當今萬歲爺冊立過貴妃的，引動得眾人一傳十，十傳百，那班鄉村婦女，把個元夫人，當做天仙一般看待，個個上門來拜見。那王珠小姐，自從嫁得了元士會，便終日和顏悅色，笑逐顏開，再不如從前在宮中一般地愁眉淚眼了。因此那班村婦，天天和她來纏擾，她也樂於和她們周旋，覺得和鄉村婦女周旋著，卻另有一種趣味。卻不知道便在這裡邊，惹出禍水來了。

那班鄉女，去見了元夫人出來，便四處傳說這位夫人的美貌，真是天上少見，地下無有的。這話傳在一位姓褚的士子耳中，這褚官人，仗著他父親在京中吏部為官，便在家鄉地方，橫行不法起來，霸占田土，魚肉鄉民，卻無惡不作。他有一樣最壞的毛病，便愛奸汙良家女子。他仗著鄭州刺史是他父親的門下，諸事自有刺史袒護他，因此終日在街頭巷尾，尋花覓柳。

這日，聽他鄰居一個少婦去見了元夫人出來，傳說元夫人如何美貌，又說元夫人原是進宮去，經當今萬歲爺冊立過她做過貴妃的，如今私從宮中逃出來，卻和這位元相公勾搭上了；一個丟了冠帶，一個瞞了天子，帶著百萬家財，私逃回鄉間來。這幾句話，直鑽進褚官人耳中去了。他第二天，把衣帽穿戴著周全，竟老著臉皮擠在那班村婦隊中，到元府上去要見那位元夫人；那元府上的僕役，見他是一個男子，如何肯放他進門去，早被眾人吆喝著，驅逐出大門來。

這褚官人見不到這元夫人的面，便早夜眠食不安。他鄰家那個少婦，原和他結識下私情的；這時他便和少婦商量，要借那少婦的衣裙，假扮做一個婦人，混進元府去。見了元夫人，施展他勾引的手段，和美人兒親近一回，便死也情願！又說：「想她私奔著元相公，逃出京來的人，絕不是什麼三貞九烈的婦人。」

那鄰家婦人起初聽他說要去勾引那元夫人，怕丟了她的一段恩情，如何肯放褚官人去。後來再三分說，這元夫人從宮中私逃出來，必廣有金銀珍寶，如勾搭上手，覷便偷了她的金銀珍寶來，儘夠你我兩人一世的享用了。這鄰家少婦聽了這番話，亦歡喜起來。便把自己的衣裙，挑選一套漂亮的，與褚官人穿著，又替他梳一個雲髻，施了脂粉，貼了翠鈿。這褚官人原也長得敷粉何郎似的，眉眼兒十分清秀，所以那鄰家少婦捧著他和寶貝一般，不肯放手。

那少婦有一個小姑，也是不守婦道的人；他也看中了這褚官人多日了，只因自己面貌醜陋，褚官人也不愛她。她眼看著嫂嫂房中藏著一個野男人，悶著一肚子乾醋，只因懼怕褚官人的勢力，不敢在外面聲張出來。如今見褚官人喬扮著女娘們，要混進元府去，勾引元夫人，她想這報仇的機會到了。她躲在嫂嫂隔房，聽得清清楚楚，當時她便搶先一步，趕到元府上去，向那看守門口的奴僕，悄悄地說了一番。那班奴僕，跟著他主人在京中，耀武揚威慣了的，都不是肯省事的人。當時聽那小姑來告訴了，都當作一件好玩的事。大家說道：「俺們俟這淫棍來時，剝得他赤條條，給他一頓老拳，這才知俺元府太爺的厲害呢。」

說話之間，又有三五個鄉婦人，手中提籃捧盒的；有的送水果來的，有的送蔬菜來的，都說要求見一見元夫人。

那門丁因今天準備打褚官人，便把那班鄉婦，一齊回絕了出去。

停了一會，果然見一個頎長婦人，扭扭捏捏地行來，那小姑這時還未走，見了，便隱在壁角裡，向那門丁努嘴兒。那班奴僕一聲吆喝，便一擁上去，七手八腳地一陣亂扯，把那婦人身上的衣裙扯成蝴蝶兒一般，片片飛散，頓時赤條條地露出男子的身體來。大家齊罵一聲臭囚囊，拳腳交下，那褚官人見不是路，便兩手捧著肚子，拔腳飛逃。饒他逃得快，那身上臉上，已著了十多拳，頓時青腫起來。褚官人也顧不得了，只低著頭向家中逃去。他妻子見丈夫竟赤條條地從外面逃來，便十分驚詫。忙問時，褚官人也不說話，只向床上一倒。他被元府一個家人，踢傷了肚子；這一睡倒，忙請大夫治傷，足足醫治了一個多月，才能勉強起床。

這一口怨氣，他如何忍得，便跑到鄭州刺史衙門裡去告密，說元士會誘逃宮眷。這個罪名，何等重大？那鄭州刺史三年不得升官，正要找一件事立功，聽了掿官人的話，正是富貴尋人，如何不認真辦去。他便調齊通班軍役，候到半夜時分，一聲吆喝，打進元府去。不問情由，便把元士會夫婦二人雙雙擒住，捆綁起來，打入囚籠，帶回衙門去。可憐那元夫人，是一個千嬌百媚的美人兒，如何經得這陣仗兒；早已縮在囚籠裡，哭得和淚人兒一般。元士會看了，雖是萬分心痛，但也是無法可想。

那位刺史官，捉住了士會夫婦二人，回衙去，也不審問。第二天，一匹馬，親自押著上路。曉得夜宿，徑向京師行來。幸得鄭州地方，離京師還不十分遠，不消半個月工夫，已到了京師。

那刺史官把士會夫婦二人直送到吏部大堂，那班堂官，原都認識元士會的，只是他娶了王承升的妹妹為繼室，這是祕密的事，眾人都不得知道。王承升的妹妹，是經當朝萬歲爺冊立過為貴妃的，如今元士會竟大膽娶為妻子，這欺君犯上的罪，眾人都替他捏一把汗。大家商議，看在同僚面上，便去把王承升請來會議。那元夫人見了他哥哥，只是啼哭，深怨那鄭州刺史多事。

王承升只得看在兄妹的情分上，替元士會做一個和事老，送了一筆程儀，打發鄭州刺史回去，又把士會夫妻二人，帶回家去。

那元夫人在路上，經過了這一番風霜跋涉，她這嬌怯怯的身軀，早不覺大病起來。士會和她夫人是十分恩愛的，便躲在王府上，調理湯藥。自己是掛冠歸去的人了，便不敢出頭露面。倘讓人知道，他依舊逗留在京師，告到上官，又是一個欺君的罪名。

好不容易，盼到夫人病體痊癒了，王承升打發盤川，送他夫婦回鄭州去。誰知天下的事，禍不單行，福無雙至；那鄭州元士會府中，只因士會不在家，一天深夜，打進來一群強人，把府中所有值錢的珍寶，打劫得乾乾淨淨，還殺死了兩個家人。這樁盜案命案，至今也還沒有一個著落。這也不用說了，這顯然是那褚官人做下的事。

那褚官人原答應那鄰家少婦，把元夫人的金銀珍寶騙出來，和她過著日子的。如今覷著元士會犯了官司，押解進京去，這正是他下手的好機會。褚官人原結識下當地一班無賴光棍，慣做殺人放火事體的。褚官人只須化幾文小錢，招集了一班狐群狗黨，乘著黑夜，趕到元府上去，打破大門，見人便殺，見物便搶。

那看守府第的男女僕人，早嚇得屁滾尿流，四散奔逃，還有誰肯去替主人保守財物？不消一個更次，早把元府上的細軟財物，擄得乾乾淨淨，好似水洗過一般。待那防守官兵得到風聲趕來時，早已溜得無影無蹤。褚官人宅子後面，原是臨河的；那班強人，劫了財物，滿滿地裝了一船，悄悄地運進了褚家後門，在藏糧食的地窖子裡，平分了贓物。內中獨樂死了那個鄰家淫婦，褚官人給了她許多珍寶首飾。這件事他們做得十分祕密，連褚官人的妻子也睡在鼓中。

只可憐元士會，因得了這位美人，鬧得家破人亡，受盡驚慌，歷盡折磨，把元士會歷年積蓄下來的官俸，和他夫人的閨房私蓄，都被此次褚官人搶得乾乾淨淨。從此他兩夫婦在家度日，也艱難起來。所有舊日奴僕，見主人失了勢，也都星散了。

可憐元夫人身旁，只留下一個小丫頭，一切家務烹調的雜事，少不了要元夫人親自動手，把一個脂粉美人，頓時弄得亂頭粗服，憔悴可憐。元士會也是自幼兒享福慣的，只如今家計零落，他心愛的夫人，井臼辛勞，也只有在一旁嘆氣的份兒。這也是元夫人命宮中犯了魔蠍，她在廚下炊飯，只因身體十分疲倦，草草收拾，便伴她丈夫就寢，在不知不覺中，留下了火種。捱到夜深時候，那廚下火星爆發，頓進轟轟烈烈，把全個府第，好似拋在洪爐中一般。元士會從夢中驚醒，只見滿室通紅，那千百條火舌，齊向他臥房中撲來。他也不及照顧衣物，只翻身把並頭睡著的夫人向腋下一挾，單衣赤足，向窗戶中跳出去。

回頭看時，那臥房已全被火焰包圍了。他夫人身上，只穿了一件小紅襖兒。寒夜北風，甚是難禁。只聽他夫人一聲哭一聲喚著，元士會沒奈何，鼓著勇氣，再衝進屋子去，在下屋子裡，拾得了幾件破裙襖兒，拿來與他夫人穿上，暫時抵敵了寒威。

這時早已轟動了左鄰右舍，人頭擁擠，有幫著救火的，有幫著叫喊的。這一場火直燒到天色微明，把一座高大府第，燒成白地。元夫人想想自己苦命，又連累了丈夫受這災難，便不禁望著那火燒場，嗚咽痛哭。元士會只顧解勸他夫人的悲哀，卻把自己的悲哀反忘去了。那一班閒人，只圍定了他夫妻二人；也有拍著手打哈哈的，也有說著俏皮話的，卻沒有一個人可憐他的，更沒有一個人招呼他到屋中去坐坐的。

元士會看他妻子柔腰纖足，站立多時，知道她腰痠足痛，心中萬分憐惜，便扶著他夫人向左右鄰家去，求他們暫時收留，討一碗水，給他夫人潤潤喉兒，借一個椅子給他夫人息息力兒。誰知他二人走到東，東家不理，走到西，西家不睬。說他二人是晦氣鬼，沒得把他的晦氣帶進門來。他們走遍了鄰里，從前鄰舍人家，搶著和看天仙一般找上門去求著要看這位元夫人的，如今元夫人親自送上門來，給他們看，他們都好似見了鬼一般，把門兒關得緊騰騰的，連聲息也沒有。

元士會沒奈何，扶著他夫人，慢慢地走到那離市街十里遠的地方的一座破廟裡。夫妻二人，雙雙在神座下席地坐著。一位朝廷命官，一位也是官家小姐，如今弄成這樣的下場頭，豈不可憐？士會怔怔地坐了半天，才想到他此處有一位八拜至交姓吳的朋友，士會興盛的時候，那姓吳的也得他許多好處。如今聽說他甚是得意，何不向他去借貸幾文，充作進京去的路費，找到了他內兄王承升，再從長計議。當下把這個意思，對他夫人說知。可憐他夫人，自出孃胎，從不曾孤淒淒一人住在屋子裡的，何況是在這荒僻冷靜的破廟裡。

元士會便替她把兩扇破廟門關起，搬了一塊石頭，拄著大門，又安慰了他夫人許多話，從那廟的後門出去，元夫人親自去把那後門關閉上，獨自一人，危坐在神座前候著。她心驚膽顫，從辰時直候到午牌時分，還不見他丈夫回來，把個元夫人急得在神座前掩面痛哭，這一哭，把她滿腹的憂愁心事，都勾引起來了，直哭得淚枯腸斷。正嗚咽時候，他丈夫在外面打著後門，元夫人去開了進來，那元士會只是嘆氣。元夫人連連問：「可借得銀錢嗎？」

士會道：「這狗賊，他見我失了勢，連見也不見我，只令他家僕役送了一兩銀子出來，我賭氣丟下銀子出來，一連走了四家，都推說沒有力量幫助。到最後，俺實在無法可想了，去找一個新結識的朋友，倒還是那新朋友，拿出十兩銀子來。」

士會說著，便把這銀子託在手中。這元夫人在家中的時候，原是看慣金銀的，後來進入宮去，立為貴妃，更是看慣了堆天積地的金銀；到如今山窮水盡的時候，可憐她見了這十兩銀子，不由得不和寶貝一般看待。

當下他夫婦二人僱了長行車馬，趕進京去。誰知到了王府一打聽，那王承升已去世了一個多月，就因元夫人不肯安居在宮中做貴妃，使他母家的人，不得倚勢發跡。如今王承升死了，那王夫人卻把這元夫人恨入骨髓。因此哥哥死了，也不曾去通報妹妹。王夫人因丈夫死了，久住在京師地方，也沒有什麼意意，便把一家細軟，和奴僕子女，一齊搬出京城，回家鄉住去。

把京師地方的房屋，賣給了刑部堂官喬琳。這喬琳和元士會素昧平生，兩人想見了，問起王承升夫人的來蹤去跡，那高琳一口回絕他不知道。

這次元士會夫婦二人，到京師地方來，撲了一個空，真是上天無路，入地無門，回家既無盤費，又無財產，留在京師，也處處招人白眼，官家原是最勢力的地方，如今見元士會失了勢，還有誰肯去招呼他？又因元士會私娶了宮中的退妃，讓萬歲爺知道了，還有罪名，因此元士會夫婦二人，在京師地方，逗留不住，兩口子竟落在乞丐隊中，向外州外縣叫化度日去。

這正合著德宗皇帝所說的窮相女子，注定寒乞，將來必不能安享富貴的這句話了。

這德宗在位，朝廷中罷楊炎的相位，用右僕射侯希逸為司空，前永平軍節度使張鎰為中書侍郎；同平章事希逸不久便死，張鎰性情迂緩，只知考察煩瑣，一點沒有宰相的氣度。只有盧杞，他仗著德宗寵任，在位日久，便乘機攬權，侵軋同僚。當時楊炎權在己上，諸事不便，便決計要排去楊炎。杞府中有一謀士，便想了一條栽害楊炎的計策，擬了一本奏章。

楊炎新立的家廟，靠近曲江離宮；這地方在開元年間，有蕭嵩欲立私祠，玄宗因望其地有王者氣象，便不許蕭嵩之請。如今楊炎膽敢違背祖訓，立家祠於其上，是楊炎顯有謀篡的異志。這奏章一遞上去，果然不出那謀士所料，德宗看了，不覺大怒，立降楊炎官階為崖州司馬；遣派八個禁兵，押送前去。盧杞用了些銀錢，叮囑那禁兵，在半途上把楊炎縊死。德宗去了楊炎，認盧杞是好人，便拜他為丞相。

獨有郭子儀在軍中，得了這訊息，嘆著氣道：「此人得志，吾子孫真無遺類了！」時在建中二年六月，郭子儀得病回京，滿朝文武，齊往大將軍府中探問病情，盧杞也來候病。郭子儀原是一位風流福將，他平日在軍中，隨帶姬妾甚多，且都是美貌的，每遇子儀見客，那姬妾也便侍立在旁，毫無羞澀之態。

遇到常想見的賓客，那姬妾們也夾在裡面歌唱談笑，毫不避忌。唯有此時一聽中軍官報說盧丞相到，便先令房中姬妾悉數避去，然後延盧丞相進見。待盧杞去後，有人問郭子儀：「是何用意？」

子儀說道：「盧杞貌噁心險，若為婦人見之，必致駭笑；盧杞多疑，徒招怨恨。我正恐子孫受其禍害，如何反自招嫌隙呢？」

諸賓客都佩服郭子儀的見識深遠。但此次郭子儀抱病回京，病情卻一天沉重似一天。德宗是十分敬重元老的，便打發皇帝從子舒王謨，齎聖旨省問郭子儀疾病。這時郭子儀病倒在床，不能起坐，只在床上叩頭謝恩。那舒王轉身出去，郭子儀便死了。年已八十五歲。德宗皇帝得了喪報，甚是悲傷，停止坐朝，下詔令眾臣赴郭府唁弔，喪費全由朝廷支付，追贈太師，配享代宗廟堂。

子儀久為上將，平日為人謙和，更是忠心耿耿，當時朝中無論忠奸，一聞子儀名字，沒有不敬重的。田承嗣是當時第一有威權的大臣了，子儀嘗使人到魏州去，田承嗣聽說郭子儀使至，便不覺向西下拜。當時對那使者說道：「我不向人屈膝已多年矣，今當為汾陽王下拜。」

郭子儀的威德，有叫人如此敬重的。欲知後事如何，且聽下回分解。

亂宮眷朱泚變節　擊奸臣秀實盡忠

當時有李靈曜，占據汴州城池造反，不問公私各物，一概截留。郭子儀有私宅，置在汴州，宅中器物，卻絲毫不敢損壞，又遣兵士護送汾陽王器物出境。德宗時候，郭子儀以一身保持天下安危，垂二十年。校中書考二十四次，家中子弟，多至三千人。八子七婿，均為高官。諸孫數十人，朝夕到郭子儀室中問安。子儀因子孫太多，不能一一認辨，只略略點頭含笑罷了。

當時傳下一件故事，當初郭子儀從華州原籍從軍到塞外去，因進京去催取軍餉，回至銀州地方。這一天正是七月七夕，忽然風起走石，月色無光。子儀在馬上，不能分辨道路，便在路旁找得一所空屋，席地而宿。正在矇朧入睡的時候，忽然四壁紅光齊發，光從屋外射入；子儀大驚，出至庭心中看時，只見一輛七寶雲車，從空中冉冉而降。車中坐一美女，端莊美貌，仙骨不凡。子儀心中忽然覺悟，忙拜倒在地，祝道：「今日是七月七夕，想降者必是織女星官？願賜長壽富貴。」

只見那仙女嫣然一笑道：「大富貴，亦壽考！」

她話說完，雲光復合，彩輿徐升。女仙尚在輿中，低鬟笑子儀。後來子儀果然合了女仙之言，大富大貴，又得長壽。當時史官稱他權傾天下，朝不加忌，功高一世，主不加疑，侈窮人慾，議不加貶。真是福德兼全，生榮死哀的了。

自郭子儀一死以後，唐室天下從此多事。有李寶臣，據成德軍，擾亂十九年而滅；又有田悅之亂，朱滔之亂。當朝大臣，不但不知改過，且暴虐百姓，方節度使，令領北方健兒，富商家財，去接濟軍費。日甚一日。德宗皇帝，授李懷光為朔方節度使，領北方健兒，征討田稅，又拒朱滔。一面大招長安富商家財，去接濟軍費。

當時有一位官拜判度支的杜佑，想出各種苛刻的賦稅來，百般敲迫，民不勝苦。有一班軟弱的百姓，受不住官家的逼迫，便自己縊死。德宗又令度支官遍查都民稅粟，硬借四分之一，先後共搜刮得二百萬緡。都城地方，人民十分驚慌，宛如遇了盜賊一般。第二年，德宗又改任趙贊做判度支官，又創立苛例二條：一條是間架稅。每屋二架為間，上屋抽稅錢二千文，中屋抽稅錢千文，下屋抽稅錢五百文。一條是除陌錢。凡是公私授受買賣財物，每錢一緡，須交官稅錢五十文。兩法同時頒行，禁止百姓逃稅。如有隱匿不報等情，除交官杖責以外，還要加罰。可憐百姓叫苦連天，皇帝毫不知道，只把民膏民血，搜刮至軍中。那諸路軍將，又不肯齊心協力，你推我諉，歷久無功。

接著李正己、粱崇義、唯嶽等，又在四處反叛起來。就中最是李希烈、朱滔兩路叛兵，來勢十分凶猛。那官家兵馬，見賊便敗。軍情報至京師，德宗心中，萬分焦急。這時保衛京師的，只有李勉、劉德信兩路兵馬。德宗沒奈何，把這兩路人馬，也調去救應東都。又命舒王謨為荊襄等道行營都元帥，戶部尚書蕭復為元帥府長史，右庶子孔巢父為左司馬，諫議大夫樊澤為右司馬。又調回涇原一帶將士，令帶同東行。

涇原節度使姚令言奉了皇命，率領五千涇原兵士，回至京師。時在十月，漫山遍野，下著大雨，兵士們冒雨兼程，凍餓交迫，千辛萬苦，好不容易盼到了京師，滿望得萬歲爺的重賞，不料京兆尹王翃奉旨犒師，只給軍士們吃了一餐粗飯菜羹，此外並無賞物。那五千兵士看了，心中不覺大怒，盡把飯菜潑擲在地上，用腳踐踏成泥。齊聲嚷道：「我輩將替皇帝冒死赴敵，如何一飯亦不使飽？吾等豈肯再為皇家拚命呢！如今眼看著瓊林大盈二庫中，金帛充滿，朝廷如此小器，不肯分絲毫與我們，我們何妨自己動手去取呢！」

一人創議，五千人齊聲響應著；當時也不由長官說話，頓時披甲張旗，直向京城衝來。

當時姚令言從宮中辭行出來，忽聽左右報說兵變，急急上馬，趕至城外，向眾人大聲傳諭道：「諸軍今日東去，能早日立功，何患不得富貴？如何無端生變，自取滅族之禍？」

軍士們如何肯聽他的話，一聲吆喝，和潮水般擁上來，反把他主帥團團圍住，鼓譟著直至通化門。這時德宗在宮中，也得了兵變的訊息，便急令總管太監，齎著聖旨，趕出城來撫慰軍心，每人賞給他彩帛一端。軍士們見了這彩帛，更覺動怒，大聲呼罵道：「這匹夫，我等豈為此區區彩帛來的嗎？」

就中有一個好箭手，便彎著弓搭上箭，颼的一箭射去，直中那太監的咽喉，倒地而死。眾人一鬨，打進了京城；見人便殺，見物便搶。百姓們拖兒挾女，啼哭而逃。那亂兵反向百姓大聲呼道：「我輩是來保護你們的，你們財物暫借給我們用用，此後打倒了朝廷，便不奪汝等商貨僦質了，也不稅汝等間架陌錢了。」

這兵士反亂的情形，早有朝廷官員，報至宮中。德宗大駭，忙令太子及翰林學士姜公輔，同出朝門慰諭。那亂軍列陣丹鳳門，擎著手中弓箭，大聲鼓譟著，無可理喻。太子沒奈何，返身逃進宮去。德宗急傳手諭令禁兵抵敵亂軍；不想那白志貞所統領的禁兵，儘是殘缺不全的，平日只把虛名軍在冊子上，每月騙取絹餉，悉入私囊。到如今危急的時候，竟無一人前來。

德宗見召不到禁兵，便不覺慌亂起來。忙左手拉著王貴妃，右手拉著韋淑妃，後隨太子諸王公主，從後苑逃出北門去。倉促之間，連御璽都不及取得。德宗逃至北門外十里長亭，略坐休息。那宦官竇立場、霍仙鳴，率內監百餘人，追趕出城來隨從著。停了一會，那普王誼，也帶領一隊兵士來護賀。

德宗便命普王誼為前驅，太子為殿後，司農卿郭曙、右龍武軍使令狐建也趕來護駕。才得了五六百名兵士，姜公輔當時叩馬奏道：「朱泚從前亦為涇原軍元帥，後因朱泚叛逆，廢去他功名，閒住在京城中。臣聞得朱泚平日心常怏怏，如今亂兵，全是朱泚的舊部，若一旦奉朱泚為主，勢必難除；不如請陛下便趁現在把朱泚召來同行，免生後患。」

當時德宗心內十分慌張，也不暇顧慮到此；便不聽姜公輔的話，一味催逼著人馬前進，向西行去。

那時亂軍在丹鳳門外的，久候不見聖旨出來。知道皇帝已走了，便各各拔出利劍來，上去斬破宮門，直入含元殿，大掠瓊林、大盈二庫；京師居民，亦因怨恨皇帝苛斂他們，如今也乘勢入宮竊取庫物。把一座壯麗的宮殿，頓時鬧成破碎狼藉，爭奪喧嚷。大眾無主，擾亂不休。姚令言便去和朱泚商議。因涇原將士，原為朱泚舊部。只因當時朱泚討平劉文喜後留鎮涇原，加官太尉。

誰知朱泚的兄弟朱滔，舉兵反叛，用蠟丸封密書，遣人送與朱泚。在半路上，那送書的人，被馬燧部下兵士捉住，送至京師。德宗便召朱泚入朝，出示朱滔的書信。朱泚看了，十分惶恐，叩頭請死。德宗卻也明理，知道他兄弟遠隔，不能同謀，但如今已把朱泚召來，為防他日朱滔再來誘惑起見，便把朱泚留住在京中，賜他府第，給他俸祿，也可以算得皇恩浩大了。如今亂兵攻入京城，一時六軍無主，姚令言倡議擁戴朱泚為主帥。那涇原兵士，原都是朱泚的舊部，便人人歡喜。

姚令信便親領亂軍，往朱泚府第中迎接去。那朱泚一再謙讓，亂兵圍立朱泚府門外，不肯散去。直延挨到夜半，姚令言勸朱泚當以社稷為重，出維大局，朱泚才答應下來。那五千名亂兵，便各各手中執著火炬，前呼後擁，把朱泚送入宮去。朱泚夜半升坐含元殿，傳諭兵士，不得妄動。

次日，朱泚又遷居北華殿，當即發下榜文來道：「涇原將士，遠來赴難，不習朝章，馳入宮闕，以致驚動乘輿，西出巡幸。現由太尉權總六軍，一應神策等軍士，及文武百官，凡有祿食者，悉詣行在。不能往者，即詣本司。若出三日檢勘，彼此無名者，殺無赦！」

可笑當時滿京城的文武官員，大半還睡在鼓中，以為皇帝尚在宮中；一如今見了朱泚的榜文，才知道德宗已經西出。那盧丞相和新任同平章事關播，便也在深夜時，爬出中書省的後垣，和他親隨互換穿了衣帽，混出城去。同時有神策軍使白志貞，京兆尹王翃，御史大夫於頎，中丞劉從一，戶部侍郎趙贊，翰林學士陸贄、吳通微一班大臣，亦陸續趕赴行在，直趕到咸陽地方，始與車駕相遇。德宗傳諭，車駕轉赴奉天。那奉天太守聽得萬歲駕到，不知是何因由，頓時驚慌起來，欲逃至山谷中躲避。主簿蘇弁，在一旁勸道：「天子西來，理當出郭迎接；若一逃避，反召罪戾。」

那太守便勉強把心神鎮定了，出城去把天子車駕迎接進城來。各路將帥，打聽得萬歲爺駐蹕奉天，便紛紛前來朝見。最後左金吾大將軍渾瑊，從東京趕來，奏稱朱據京師作亂。德宗聽了大驚，說朱泚原是忠義之臣，如何作此大逆之事，當時盧杞在側，也極口稱朱泚忠貞，臣請以百口保之。德宗也聽信盧丞相之言，一面令渾瑊為行在都虞侯，兼京畿渭北節度使，下詔徵諸道兵入援；一面又寫詔與朱泚，命他早平大難，迎還乘輿。

詔書寫成，獨缺了一顆御璽，不能發出去。德宗到此時，才想起當時倉促出宮，不曾把御璽帶得，如今詔書上缺了璽文，不能發下去。德宗心裡萬分焦急，回得宮中，只是長吁短嘆。

這時王貴妃，隨侍在左右，見萬歲爺神色憂鬱，便問：「今日朝中何事勞萬爺憂慮？」

德宗便把去了御璽的話說出來。那王貴妃聽了，卻不慌不忙地從繡枕下拿出一顆玉璽來。德宗看時，果然是平日常用的那顆御印。忙問：「愛卿從何處得來？」

王貴妃奏稱：「原是臣妾見萬歲爺倉皇出宮，把這玉璽遺留在案上，賤妾知此物是天子的信寶，不可遺失，便在慌張的時候，拿來系在裡衣帶上。如今藏在枕下多日，不是萬歲說起，幾乎也忘去了。」

把個德宗歡喜得拉住王貴妃的手，只是喚愛卿。

從此德宗雖在行在，也天天寵幸王貴妃，幾無虛夕，這且慢表。

如今再說那朱泚，好好的一位忠義大臣，如何忽然變了心，反叛起來，這罪魁禍首，還在姚令言和光祿卿源休二人。那光祿卿源林曾奉命出使回紇，原也替朝廷受過一番辛勞，回朝以來，不得重賞，心中頗懷怨望，如今見朱泚總管六軍，便夤夜去見姚令言，說以叛逆之事。那姚令言起初聽了十分驚慌。源休說道：「將軍此次率領涇原將士來京，便爾作亂，使乘輿西巡，此滅族之罪，將軍雖欲不反，他日天子迴鑾，其有何道以自全？」

一句話卻把個姚令言問住了，忙起身把源休邀至密室中，長揖請教。源休便道：「如今六宮無主，朱泚手握重兵，千載難得之機；我有一計可以逼住朱泚，使他不得不反。若能成事，再設法除此傀儡；若事不成，將軍便殺朱泚自首，罪魁禍首在朱泚，而不在將軍，將軍何樂而不為？」

姚令言聽了，忙促膝附耳問大夫有何妙計，逼反朱泚。源休便笑說道：「將軍豈忘當年太祖在晉陽宮故事乎？」

姚令言聽了恍然大悟。

第二天姚令言便假北華殿大排筵宴，請大元帥朱泚入席飲酒。當時陪席的有光祿卿源休，檢校司空李忠臣，太僕卿張光晟，王部侍郎蔣鎮，員外郎彭偃，太常卿敬釭。這一班原是勢力之徒，如今見朱泚得了時，便大家在飲酒之間，百般奉承著，你勸一杯，我敬一盞。你稱他為聖賢；我稱他為豪傑。幾乎把個朱泚，捧上天去。

這朱泚初任大事，原也十分謹慎，如今他在宮中一住下，坐著萬歲爺的龍椅，睡著萬歲爺的龍床，出入有一班禁軍拱衛著，起坐有一班宮女太監伺候著，他心中十分快樂。那帝王之念，便油然而起。只以一向忠順，又礙著眾人的臉面不好意思做出反叛的事體來。如今一班大臣勸他飲酒，你遞一杯，我送一盞，已有七八分醉意。耳中只聽得不斷的頌揚說話，有的說大元帥是萬家生佛，也有的說大元帥是天生救星，捧得這朱泚心癢癢的，甚是有趣。

接著一陣陣的笙歌，送入耳來；一隊隊的舞姬，走近身來；朱泚在涇原軍中的時候，便傳聞得唐宮中輕歌妙舞，十分豔美。自來英雄無不好色，當時他心中想念；若得萬歲爺在宮中賜宴，領略得宮姬們的歌舞，真是三生之幸。他此次入宮，那六宮妃嬪，共有二三千人，個個嚇得躲在後宮，不敢出來。那朱泚也因她們是帝王的眷屬，如何敢褻瀆，因此他雖說占領宮殿已有一月餘日，平日在北華殿中起居，卻不敢向後宮中窺探。

如今原是這姚令言悄悄地進宮去勸著那班妃嬪道：「如今朱大將軍有保護宮廷之功，明日朝中大臣公宴朱大將軍；如今爾等性命，全在他手下，明日飲酒時，須選幾個絕色的美人，在筵前歌舞，使大將軍快樂，則爾我均可保得長久安樂。」

那妃嬪都是女兒之流，有何見識，聽姚將軍如此說，便齊聲答應。

姚令言知道宮中平日歌舞領隊的，是一位虞貴嬪，長得絕世容貌。德宗每次聽罷歌舞，便要召幸她。只因韋淑妃妒心甚重，每次卻被淑妃阻止住的。因此虞貴嬪心中恨韋淑妃甚深；便是現在天子蒙塵，王貴妃和韋淑妃，都隨著萬歲爺西幸；獨把這虞貴嬪丟下在宮中。她又驚慌，又氣憤。姚令言也深知她的心事，便悄悄地叮囑貴嬪：「須好好伺候朱元帥，若得了好處，定能寵冠六宮，不但吐了平日之氣，且使我輩得攀龍舞鳳，富貴無極。」

那虞貴嬪聽了這番話，平空裡勾起了她做皇后的念頭。第二天她領了一班舞姬上殿歌舞的時候，越是妝扮得妖冶動人。朱泚正被眾人灌得醺醺大醉，酒力張著色膽，他看那班舞姬，個個長得和天仙一般美麗。尤其是那領班的虞貴嬪，長得身材裊娜，容光煥發。朱泚那兩道眼光，只是滴溜溜地轉個不定。姚令言在暗地裡留心看時，知道是時候了，便悄悄地向眾人遞過眼色去；眾人會意，便一個個溜下殿來，不別而去。

看看那虞貴嬪跳著，唱著，嬌喉囀得和黃鶯兒一般的圓脆，細腰轉得和楊柳兒一般的輕柔，慢慢地移近朱泚的身旁去。那朱泚實在忍不住了，便伸出一隻腳來，悄悄地把靴尖兒踏住虞貴嬪的裙幅兒。那虞貴嬪站不住身體了，把柳腰兒一折，看看要倒下地去了。

那朱泚趁勢伸手把虞貴嬪的玉臂揑住。虞貴嬪一縮手，只是拿她的媚眼兒斜覷著朱泚嗤嗤地笑，這一笑露出千嬌百媚，把朱泚的魂兒，直勾向九霄雲外去。他也顧不得了，便一轉身，伸著兩臂，把虞貴嬪的纖腰一抱，虞貴嬪便扶著朱泚，向後宮走去。那虞貴嬪住在春華宮中，當夜朱泚便留宿在虞貴嬪宮中，一連四天不見朱泚出來。

姚令言每日在宮門外探聽，只聽得宮中一片笙歌嬉笑的聲音。這時朱泚只顧眼前快樂，也顧不得君臣之義了。姚令言便去邀集了李忠臣、張光晟、蔣鎮、彭偃一、敬釭，一班文武大臣，上了一道勸進表。勸朱泚應天順人，接了唐家天下，即皇帝位。朱泚讀了表文，心中猶豫豫不決。那姚令言直入宮來，對朱泚大聲說道：「元帥已占據了唐家宮廷，奸汙了唐家宮眷，不造反也是死罪，造反也是死罪，尚有何疑慮之有！」

朱泚聽了，點頭稱是。接著，那光祿卿源休，也進宮來引說符命，勸朱泚稱尊。朱泚忽然想起那段秀實來，他是一位國家的元老，京師地方，不論軍民人等，都是愛戴他的。只因他秉性忠誠，敢言直諫，當時奸臣如盧杞一般人不能容他，常常在皇帝跟前，說他的壞話，要設計陷害他。

段秀實便棄官回家，終日在家中閉戶讀書，不問外事。如今朱泚自己要稱皇作帝，心想若得段秀實出來幫助，他必能得人民的信服，且能得京外各路官員的信服。他便和眾人商量停妥，立刻遣發一隊騎兵，執軍中令箭，去召段秀實進宮來。

那秀實早已打聽得朱泚有謀反的心跡，便把大門緊閉，不放那騎兵進門來。那騎兵見無門可入，便從後垣越牆進去硬逼迫著秀實進宮去。段秀實知道此去凶多吉少，便把他子弟喚來，一一囑咐後事完畢，才進宮去。朱泚見段秀實到來，便甚是歡喜。笑說道：「司農卿來，吾事成矣！」

秀實正色說道：「將士東征，犒賜不豐，這全是有司的過失，天子何從與聞？公以忠義聞天下，何勿開諭將士，曉示禍福，掃清宮禁，迎乘輿，自盡臣職，此不世出之功也。」

朱泚聽了，心中甚是慚愧，默無一言。秀實出宮，便悄悄地招呼將軍劉海賓，涇原將吏何明禮、岐靈嶽，在家中密議，欲共殺朱賊。

此時德宗遣金吾將軍吳淑，來京師宣慰。朱泚佯為受命，把吳淑留住在省中，一面卻私遣涇原兵馬使韓旻領鐵騎三千，直取奉天。一路去揚言說迎皇帝鑾駕回京。便有岐靈嶽探得訊息，私地裡來報與段將軍知道。段秀實聽了，不覺大驚，說道：「事在危急，只可以詐應詐。」

便授計與靈嶽，令他往姚令言軍中去偷得兵符，只推說朱元帥另有機宜，須面授，星夜去把韓旻的戰騎追回來。秀實明知此次死在朱泚手中，便對靈嶽說道：「韓旻回來，吾儕盜符之事必要敗露，我當直搏逆賊，不成即死，絕不拖累諸公。」

靈嶽道：「公為國家柱石，應留任大難。現在事迫燃眉，且由靈嶽暫當此任。他日果能誅殺逆賊，靈嶽死亦瞑目矣！」

正說時，果然韓旻兵馬回來了。朱泚十分詫異，當著眾將，嚴問是誰人追還的？靈嶽這時在門外，忍不住了，便挺身而入，以手直指朱泚之面，說道：「天子今蒙塵在外，正臣子百身莫贖之時，如何反遣兵往襲？靈嶽生為大唐忠臣，如何肯袖手旁觀。追還韓旻寇兵，是俺盜得兵符去召回的。想爾奸賊，也無可奈何我的！」

朱泚聽了這一番話，怒不可遏，喝令左右將靈嶽推出宮門斬首。那靈嶽臨刑時，罵不絕口。欲知後事如何，且聽下回分解。

安樂王月下刺賊　德宗帝宮中絕糧

靈嶽被朱泚喝令左右推出宮門殺死，他至死也不曾把秀實主謀的情形說出。那朱泚因急於稱帝，便天天召源休、李忠臣、姚令言一班同黨，進宮去商議。只有段秀實，託故不去。那朱泚再三遣人，催逼秀實進宮去商議大事。那秀實沒奈何，只得跟著來使進宮去。他一走進殿門，瞥眼只見那源休手執牙笏，恭恭敬敬地對著朱泚朝拜，在那裡行君臣之禮，不覺激起了他一腔忠憤，急步走到朱泚眼前，不待朱泚開口，便奮身躍起，奪過源休手中的牙笏來，直向朱泚面門上打去。厲聲喝道：「狂賊！大膽做此大逆之事，便當碎屍萬段。我是忠義男兒，豈肯從汝反耶？」

朱泚慌忙退立，伸臂遮避；那笏頭已打在朱泚額上，用力甚重，左右看時，已血流滿面。秀實再欲趕步上去打時，已被李忠臣、姚令言一班人上前來攔阻住。隨有三五個力士，上前來擒住秀實，秀實大聲說道：「士可殺不可辱！今日吾殺賊不成，便當被賊所殺。」

眾力士不俟秀實話說完，亂刀齊下，立把秀實砍倒。朱泚見了，霎時良心發現，忙向眾人搖手說道：「這是義士，不可妄殺！」

卻已來不及，那秀實的屍首，已被眾人砍成肉泥。

秀實一死，那京師地方的忠義大臣，人人悲憤。接著劉海濱，也被朱泚捉去殺死。何明禮原是與段秀實同謀，亦被朱泚捕去斬首。當即有鳳翔節度使張諡部下營將李楚琳，殺死張鎰，率領全部兵馬，前來投降朱泚。這時朱泚羽翼已成，罪名愈重。

一不做二不休。索性遷居在宣政殿，自稱為大秦皇帝。改元應天，立虞貴嬪為皇后，立兄子遂為太子，弟朱滔為冀王太尉尚書令，稱皇太弟。因姚令言、李忠臣一班人擁立有功，便拜姚令言為侍中，李忠臣為司空，源休為中書侍郎，蔣鎮為門下侍郎，並同平章事，蔣鏈為御史中丞，敬釭為御史大夫，彭偃為中書舍人。餘如張光晟等，都拜為節度使。當時太常卿樊系，頗有文才，合朝的人，都十分敬重他。朱泚登位的時候，無人撰冊文。

姚令言說樊系文學甚好，此時樊系因憤恨朱泚，不肯上朝稱臣。朱泚便命一隊武士到樊系家中去押著他進宮。左右有太監執劍立，逼著樊系撰書冊文，樊系無奈，只得執筆為文，待冊文寫成，他便走下殿去，向西跪倒，嚎啕大哭。

朱泚在殿上看了大怒，喝令武士推出朝門去斬首。好個樊系，他不待武士近身，便低頭向石柱上一撞，腦漿迸裂而死。當時又有大理卿蔣沇，也是不甘心在朱泚殿前稱臣，悄悄地溜出京城，打算趕上奉天行在去。誰知出京城走不上三五里路，被朱泚派兵追上去，捉回宮來，硬授他官職。那蔣沇只得絕食稱病，逃去山谷中躲著。

這時朱泚霸占住唐德宗的宮廷，在二千個宮女中，挑選了三百個年輕貌美的女子，日夜淫樂。內中有一位安樂王妃，那安樂王，是德宗皇帝的侄兒，安樂王妃又是王皇后的甥女；因此常常留住在宮中，伴著皇后和群皇妃遊玩。此次變起，安樂王妃不及逃出宮去，卻深匿在後宮。朱泚臨幸後宮，瞥眼見了一個容顏秀麗的女子，他也不問情由，便拉進宮去奸汙了她。

第二天，安樂王妃見人不備，便懸樑自盡。那安樂王只因王妃被困在宮中，也死守在宮外，不肯離去京城。後來打聽得他最心愛的王妃，被朱泚奸汙，含羞而死。可憐這安樂王在家中，哭得幾次絕過氣去。他憑著一時氣憤，拿家裡所有金銀珍寶，去買通了宮中一個宿衛。

那宿衛悄悄地把自己的衣帽，借與安樂王穿戴。那安樂王假扮了一個宿衛，混進宮去，懷中藏著利刃，待到夜半，便去站在錦華宮東廊下。那錦華宮，正是虞貴嬪的臥室，朱泚這時，荒淫無度，每夜臨幸過虞貴嬪以後，便輪流到各心愛的妃嬪房中去尋歡樂，每夜最少亦要臨幸五六處地方。直到天明，方回錦華宮安寢。這錦華宮東廊下，是來往必由之路。安樂王打聽得明白，便靜靜地在廊下守候著。

聽景陽鐘報過三更，果然見一對紅紗燈，兩個小太監領導著，那朱泚從宮中出來，身後也緊跟著兩個宿衛。這時一天涼月，匝地蟲聲，一簇人從空廊下走來，只聽得一群橐橐的靴聲。

看看走到安樂王跟前，是那朱泚眼快，只見安樂王從懷中拔出一柄短刀來，那刀光映著月光，恰恰射在朱泚眼中。朱泚故意裝做不曾覺得，慢慢地走近身時，冷不防朱泚抬起右腳來，用力一踢，接著唿唧一聲，那安樂王手中一柄匕首，被朱泚踢落在地。朱泚見刺客沒有了刺刀，便把膽放大了，一聳身上去兩人扭做一堆，倒在地下亂滾。

這朱泚雖說把色慾淘空了身體，但他究竟是大將出身，膂力是有的；這安樂王是一個嬌生慣養的王子，如何能敵得他住，早被朱泚雙手擒住，反綁起來，喝令剝去衣帽，拿紅燈照看時，朱泚認識是安樂王。便傳諭連夜交刑部堂官用嚴刑審問。次日，眾文武聽說大秦皇帝在宮中受了驚嚇，大家齊到宮中來請安；那源休恨唐室天子切骨，便乘機勸朱泚翦除唐朝宗室，免留後患。

一句話打動了朱泚的心，連聲稱：「源侍郎的主意不差！」

當即下諭，把六城鎖閉起來。

把在京城中所有的皇室宗親，不論老少男女，一共捉了七十七人。又捉得藏匿在家的官員，和逃亡在外各文武的眷屬，共有二百餘人，齊押赴西郊斬首。從此滿京城都是朱泚的同黨，朱泚居然也是一身袞冕，每日受百官的朝賀，稱孤道寡起來。

連日有探馬報到，說唐德宗皇帝，困守在奉天，糧盡援絕，士無鬥志，正可趁此攻取。朱泚便點齊十萬大兵，自為征西大元帥，姚令言為副元帥，浩浩蕩蕩，殺奔奉天來。奉天城中的德宗皇宗，得了訊息，甚是焦急；適右龍武將軍李觀，率領衛兵千名趕到，德宗令速備戰。李觀這一千兵士，如何敵得十萬大兵？當在奉天城中，豎起招兵旗子，三日招得五千名新兵，便在城中教練著。接著又有涇原兵馬使馮河清，令將士押解兵器一百車來。

德宗正苦軍械不足，得此便覺氣壯。當時有右僕射崔寧，從京師間道奔至奉天，叩見德宗，奏說朱泚殺戮宗室，占汙宮眷。德宗聽了，也不覺流下淚來。這崔寧是一位足智多謀的忠臣，德宗皇帝原很看重他的，當下慰勞了一番。崔寧退出宮來，悄悄地對眾大臣說道：「主上原是十分英武，只被那盧杞奸賊所誤，致有今日。」

他不知道當時大臣，大半皆是盧杞同黨；便有人把崔寧的話轉告盧杞，盧杞大怒，便與他的密友王翃商議。翃便假造崔寧的筆跡，與朱泚通訊，盧杞懷著此假信去獻與德宗觀看。又說崔寧適從朱賊處來，陛下不可不防。

德宗看崔寧的假信，聽了盧杞的話，不由大怒起來，立刻召崔寧進帳。那崔寧奉詔進帳，見帳內靜悄悄地虛無一人，不覺疑慮起來；正要退出帳時，忽見左右跳出二力士來，抱住崔寧的頸子，生生地扼死了。

其時朱泚的大兵，已臨城下。德宗令渾瑊督同城中將士，合力禦敵。瑊令都虞侯高固，曳草車塞住城門，縱火禦敵；火盛勢烈，煙焰齊向外撲，城中兵士，從火中殺出，統用長刀亂砍，殺死敵兵多人，敵兵才退。朱泚親自拍馬上來救應，列陣城東，張火布滿原野，吶喊之聲，遠聞百里。邠寧留後韓遊環帶領士卒，通夜在城上守望。只見城外兵士，乘夜拆毀西明寺，往來十分忙碌。遊環料知敵人借用寺院木材，製作雲梯，為明日攻城之用。便命兵士趕造火箭。次日，朱泚果然督著兵士，搬運雲梯，前來攻城。城中火箭齊發，雲梯著火便燃，敵兵多從梯上墜地而死。朱泚見一時不能取勝，便約退兵士，遠遠地圍住城池，不放一人一馬出城。

此時城中不但兵士不多，且糧食亦漸漸不能接濟。德宗日坐圍城內，心中萬分焦急。那班妃嬪公主，躲在屋子裡，只聽得喊聲震地，入夜火光燭天，個個嚇得玉容失色，柔魂欲斷。

德宗也只是終日長吁短嘆，無法可施。當時有一個內侍，名常德的，隨侍德宗有六年之久，為人甚是忠誠；如今也隨侍在圍城裡，見主上憂愁得寢食不安，便跪奏道：「萬歲爺可有告急密旨，奴婢願拼九死一生，衝出城去求救兵。」

德宗聽了大喜，說道：「朕心腹之臣，只朔方節度使李懷光，尚擁兵數萬，可以救朕。汝可冒死前去告急，倘得懷光發兵到來，救了此奉天城池，朕當記汝為首功。」

說著，便就龍案寫了密旨，令懷光速速發兵前來救應。寫成，印上皇帝的小印。那王貴妃親自拿針線替常德密縫在衣領裡面，縫罷，也深深地向常德襝衽，說道：「你此去路上若有差失，俺在宮中，便供著你的神位，四時祭祀，絕不令你忠魂失所依持。倘能見得李將軍，求他速速發兵，解了俺主上的憂愁。」

慌得常德忙爬在地下，叩頭還禮不迭。君臣三人，在宮中揮淚而別。

那常德帶了密詔，扮作樵夫模樣，守到三更時分，渾瑊派一隊兵士，送他出城去，遠遠地保護著他，偷過朱泚營地。正行時，只聽得一聲梆子響，早有朱泚營中守夜兵士，在山僻小路中埋伏著。見一樵夫走來，便從暗地裡飛出數十支箭來，一箭正射中常德的腿腕，應聲倒地，接著他肩窩背脊上連中了四箭。常德痛澈心骨，一時站立不起。

那敵兵一擁上去，正要下手擒捉，忽見常德大喊一聲，從地上直跳起來，看他帶滾帶爬，向草木深處躲去。後面那敵兵還不肯舍下，趕上前去，拿槍尖撥著草根，四處找尋。城中兵士，便在後面發聲喊，撲上前去挑戰。那敵兵在黑地裡，忽見有兵士前來挑戰，認做是中了伏兵，便也無心戀戰，丟下那常德，且戰且退，回敵營去了。

次日，朱泚又得幽州散騎和普潤兩路戍卒，合成數萬人，前來攻城。敵兵聲勢，愈見浩大，那城中兵士，都嚇得手足無措。左龍武大將軍呂希倩，出城應敵，便被敵人殺死在陣上。

幸得渾瑊和高重捷出兵接應，也殺死了朱泚手下一員大將名日月的。那高重捷因戀戰不退，被朱泚親自趕來，刀起首落，斬於馬下。接著，朱泚揮大隊人馬，直逼城下，奮勇攻城；恨不得把這座奉天城池，立刻踏平。城內渾瑊、韓遊環二人，晝夜血戰，勉強把城守住。但此時城中糧道，早已被敵兵斷絕；蒐括倉廩，只剩了二斛白米，留著為供奉御食之用。那滿城文武官員，以及大小將士，個個都餓著肚子。

看看已餓過了三天，德宗早朝時候，見左右大臣，個個面黃肌瘦，喉音低啞，目光無神。德宗不覺流下眼淚來，說道：「朕躬不德，自取滅亡！卿等何罪，卻受此困頓？為今之計，卿等宜自保身家，速將朕綁送與敵人，開城出降；既免飢餓，且保富貴。」

德宗說到這裡，不覺嗚咽起來。那文武官員，齊拜倒在地，流淚奏道：「臣等願盡死力，為陛下效忠。」

渾瑊令軍士每夜縋出城去，覷敵人靜睡時候，便在城根下採掘草根，剝取樹皮，運進城中來，尋食充飢。每日又泣勸將士，曉以大義。因此兵士們雖飢寒交迫，卻毫無變志。但兵士們每日吃一頓樹皮草根，只能苟延殘喘，卻如何能抵敵賊寇？一班飢餓兵士，天天爬在城牆上守城，眼見得天天倒斃。

正在危急的時候，忽見城外推來四座雲梯，高寬數丈，下有巨輪，每梯可立兵士五百人，箭如飛蝗，向四面城中攻來。

敵人據高臨下，城中兵士，一無遮攔，早見一排一排兵士中箭倒地而死的，纍纍皆是。看看那雲梯，愈追愈近，矢石如雨，城中守兵，愈死愈多，一片嚎哭之聲，慘不忍聽。渾瑊在城上督戰，身中數創。起初幾日，他還裹創力戰。後來看看實在支援不住了，便去奏知皇帝。德宗聽說城亡已在旦夕，亦無法可施，只是嗚咽流涕。侍從諸臣，俱各面面相覷，束手無法。德宗捱到夜靜更深，便沐浴更衣，當庭設下香案；王貴妃，在一旁伺候，德宗含淚拜禱天地，又遙拜宗廟社稷，聲聲哀求，保住唐朝天下。

次日，渾瑊又入宮來，說：「兵士死亡殆盡，宜再募死士。」

德宗便在御案上，取下無名告身千餘通，交給渾瑊，連案上的御筆，也授與渾瑊。囑渾瑊自去填發，只求有忠勇將士，卻不惜功名重賞，如一時填寫不及，只將御筆寫功績在將士身上，朕無不照辦。渾瑊接過御筆來，哭道：「萬一圍城被賊兵攻破，臣決以一死報答陛下！陛下一身關係宗社，須速籌良策。」

德宗聽了，也不覺淒然，起身握住渾瑊的手，說道：「朕不忘將軍今日之功。」說著，親自送渾瑊走出宮門。這時守宮衛士，都上城禦敵；那班太監，也各自逃命去，任德宗皇帝獨往獨來，在宮門口出入，也無一個侍衛，景象十分淒涼。他君臣二人，正走到宮門口；忽聽得外面一聲響亮，好似城牆坍塌一般。德宗和渾瑊，頓時變了臉色。渾瑊急急辭別出宮，飛馬趕到城下，看城牆依然完好；只見城外煙焰薰天，並有一股臭氣，撲鼻難聞。渾瑊十分詫異，急急上城嘹望；只見城外敵兵紛紛逃散，後面敵人營中，火光燭天，哭聲震地。

原來朔方節度使李懷光，接了德宗的密旨，便帶領大兵，星夜趕來。看看將近奉天地方，李懷光登山一望，只見敵兵聲勢甚大，漫山遍野地立著營頭。知道只可智取，不可力敵，便悄悄地把人馬駐紮在深山密林的地方，偃旗息鼓。那朱泚一味攻打奉天城池，卻不把後路放在心裡。不料李懷光令數萬兵士，日夜工作，從地下掘成極長的隧道，直通到朱泚中軍帳下。這道地的工程，足足做了半個月光陰，這道地甚是寬闊，在道地中滿塞著硫磺火藥。

這一天，朱泚親自督陣，正奮力攻城的時候，忽聽得自己營地上震天價一聲響亮，道地中火藥爆發，那數千兵士的屍身，直轟向半天裡去。朱泚的心中萬分慌張，急揮兵退去，正尋路逃時，那李懷光率領大兵，掩殺過來。朱泚如何抵敵得住，急急帶了數百殘兵，落荒而走。幸得逃了性命，便遁回長安城去。

奉天城解了圍，德宗心中萬分快樂。那李懷光打退了賊兵，急欲進城回聖天子安。誰知懷光才走到城門口，便有中使齎著聖旨，到城外來，攔住李懷光馬頭，傳諭李將軍，不必入城，速引本部軍馬，收復長安去。懷光聽了，不覺心中懊恨道：「我遠來勤王，卻咫尺不得見天子顏色；這全是奸臣盧杞，從中搬弄是非。」

李懷光的話，卻說得不錯。原來盧杞、白志貞、趙贊一班奸臣，見城圍已解，自命有保駕之功。忽聽人傳說李懷光帶領大兵，有入清君側的意思。盧杞便心生一計，急進宮去奏上德宗道：「如今朱泚賊退守長安，必無守志；李懷光千里來援，銳氣正盛，何不令他追蹤，急攻長安，乘勝平賊？」

德宗十分聽信盧杞的話，便打發中使傳旨，至懷光軍中，阻住人馬。懷光奉了聖旨，沒奈何領著本部人馬，轉至咸陽。接著，李晟也帶了兵馬，前來勤王，軍至東渭橋，便上表奏聞。也是盧杞勸德宗下逾，阻住李晟兵馬，也不許李晟進宮朝見，令與李懷光同攻長安。

李晟到了咸陽，遇見懷光，兩人說起盧杞專權，阻塞賢路，便一同具名上表，指斥盧杞、白志貞、趙贊三人。德宗正信任盧杞一班奸臣，見懷光的奏本，也不忍心革去他的功名。李懷光見皇帝不聽他的話，心中大憤，便與李晟接連上了十道奏本，務欲革斥盧杞一班人。他一面把軍扎駐隊的咸陽城外，擁兵不進，聲稱：「如天子不准他的奏，便要回師直攻奉天，先清君側，再除逆賊。」

接著那隨從護駕的一班臣子，也人人在德宗跟前，指斥盧杞罪惡。今天也說，明天也說，說得德宗皇帝的心也動了，便下諭貶盧杞為新州司馬，降白志貞恩州司馬，趙贊為播州司馬。一面下諭安慰李懷光、李晟一班將帥。懷光又上奏申斥宦官翟文秀，說他恃寵不法，宜加誅戮。德宗雖心喜翟文秀，但國勢危急，全賴將帥扶持；不得已依了懷光的奏本，殺了翟文秀；一面催促懷光進兵。欲知後事如何可，且聽下回分解。

退長安朱泚縱色　守項城楊氏助夫

德宗皇帝依了懷光奏章，把盧杞一班奸臣降官，又殺了宦官翟文秀，滿想李懷光進兵長安，除了朱泚，得早日還宮。誰知那李懷光屯兵在咸陽，依舊不肯進戰。時有考功郎中陸贄，上表勸皇帝下詔罪己，德宗也依了陸贄的話，頒下大赦的詔書道：

「致理興化，必在推誠；忘己濟人，不吝改過。朕嗣服不一構，君臨萬邦；失守宗祧，越在草莽。不念率德，誠莫追於已往；永言思咎，期有復於將來。明徵其義，以示天下。小子懼德不嗣，罔敢怠荒。然以長於深宮之中，昧於經國之務；積習易溺，居安思危。不知稼穡之艱難，不恤征戍之勞苦；澤靡下究，情未上通，事既壅隔，人懷疑阻。猶昧省己，遂用興戎；徵師四方，轉餉千里。賦居藉馬，遠近騷然；行齎居送，眾庶勞止。或一日屢交鋒刃，或連年不解甲冑；祀奠乏主，室家靡依，死生流離，怨氣凝結。力役不息，田萊多荒；暴令峻於誅求，疲甿空於杼軸。轉死溝壑，離去鄉閭；邑裡邱墟，人煙斷絕。天譴於上，而朕不悟；人怨於下，而朕不知。馴至亂階變興都邑，萬品失序，九朝震驚；上累祖宗，下負蒸庶，痛心靦貌，罪實在予。永言愧悼，若墜泉谷！自今中外所上書奏，不得更言神聖文武之號。李希烈、田悅、王武俊、李納等，咸以勛舊，各守藩籬。朕撫馭乖方，致其疑懼；皆由上失其道，而下罹其災，朕實不君，人則何罪？宜並所管將吏等，一切待之如初。朱滔雖緣朱泚連坐，路遠必不同謀；念其舊勛，務在弘貸，如能效順，亦與維新。朱泚反易天常，盜竊名器，暴犯陵寢，所不忍言；獲罪祖宗，朕不敢赦。其赦從將吏百姓等，在官軍未到京城以前，去逆效順，並散歸本道本軍者，並從赦例。諸軍諸道，應赴奉天，及進收京城將士，並賜名奉天定難功臣；其所加墊陌錢稅間架竹木茶漆榷鐵之類，悉宜停罷，以示朕悔過自新，與民更始之意。」

皇帝下了這一道可憐的詔書，總算把王武俊、田悅、李納三個人的反心勸了轉來。他們都去了王號，上書謝罪。那朱泚罪在不赦，且不去說他。那李希烈見了皇帝的罪己詔，知道德宗是一個懦弱無能的人，便越發打動了他的野心。他自恃兵強，便思自立為帝。

德宗又得了一個密報，說李懷光也有反叛之意。德宗大驚，自顧奉天城中，兵馬空虛。一旦事起，只愁無兵可戰。德宗便和渾瑊商議，欲添招兵士。渾瑊奏說：「如今人心慌亂，決無人肯應募。且初募的兵士，絕不能應戰。為今之計，不如向吐蕃去借兵。」

德宗皇帝也深以渾瑊的話為是，當下立刻修了國書，命陸贄前往吐番去借救兵。那吐番的大丞相尚結贊，得了德宗的御書，便遣他大將論莽羅，統兵二萬，來救中國。這訊息傳到李懷光耳中，不覺大怒，立刻也上書與德宗，說：「向吐番借兵，是有三大害：如克復京城，吐蕃必縱兵大掠，是第一大害；吐番立了大功，必求厚賞，是第二大害；吐蕃兵至，必先觀望，我軍勝，彼求分功，我軍敗，彼必生變，是第三大害。」

德宗讀了懷光奏本，覺得他的話說得很有道理。此時吐蕃大兵已到邊關，德宗忙又令陸贄去止住吐蕃人馬。那吐蕃將士，見中國皇帝疑惑不決，心中便起怨望；那李懷光見皇上不用自己人馬，卻去向吐蕃借兵，這顯然是不信任自己了，因此他反叛的心愈迫愈急。便上表與德宗，說他不信任自己將士，輕召外兵，言下頗露怨恨之意。德宗看了表本，心中頗覺不安，便欲親率六師，直趨咸陽；令懷光兵馬前進，攻打長安。懷光得了訊息，疑是德宗皇帝親自來擒捉他，便與他部下商議，欲舉大事。正在慌張的時候，忽見又有聖旨頒來，加懷光為太尉，賜他鐵券，永不加罪。這原是德宗要安懷光的心。無奈懷光此時已決心反叛，對著中使，把鐵券擲在地下，大聲喝道：「懷光本不欲反，今賜鐵券，是促我反矣！」

嚇得那中使縮著脖子，轉身逃去。這裡李懷光見事已至此，便索性豎起反旗，遣使至朱泚處，連成一氣，共討唐室。那朱泚來信，便與懷光約為弟兄；他日滅了唐朝，兩家平分天下，一面又拿黃金十萬，綵緞千端，去送與吐蕃將士。那吐蕃兵得了好處，也不願幫助唐天子了，便偃旗息鼓地自回外國去。

這裡德宗皇帝見走了吐蕃兵，反了李懷光，更是嚇得手足無措。正無計可施的時候，忽見渾瑊慌慌張張地走進宮來，報說道：「李懷光已令他部將趙升鸞，混入奉天城中，來運動陛下禁兵為內應。如今宮中禁兵，已不復為陛下有矣！陛下宜策萬全之計。」

德宗皇帝聽渾瑊的話，立刻慌亂起來；他也不和眾大臣商議，急急退進宮去。那渾瑊也退出宮來，檢點部下，尚未完畢，那德宗已帶著妃嬪公主和太子一大群人，悄悄地從後宮逃出，徑奔向西門城外，意欲幸梁州去。這奉天地方，只留刺史戴休顏留守。滿朝大臣，聽說萬歲爺已出奔了，大家急急丟下家私，趕出城去，跟上了御駕。

一路上狼狽情形，不堪設想。渾瑊統領部下五六百人斷後，君臣們淒淒惶惶的，正在山僻小路中行著；忽見樹林深處，隱隱露出一片旌旗。探路的禁兵，急轉身奏明萬歲；萬歲忙傳諭約退車馬，命渾瑊拍馬上前，探問何處軍馬，攔住去路。渾瑊上前去看時，只見當頭一員大將，後面滿山遍野的人馬；渾瑊心想，萬歲爺此番休矣！萬一那人馬撲向前來，教俺單槍匹馬，如何抵敵！正想時，那大將一人一騎迎上前來。待走近時，渾瑊卻認得，便是李晟。渾瑊不待他開口，便先問一聲道：「李將軍亦從李懷光反耶？」

李晟慌忙下馬，躬身道：「末將如何敢反。」又問車駕現在何處？渾瑊忙搖著手道：「禁聲些，萬歲便在後面大榆樹下，快去見來！」李晟便隨著渾瑊到德宗駕前，慌忙跪倒，奏說：「逆臣李懷光反叛，欲與臣合軍，同犯御駕；是臣宛辭推託，帶著本部一萬人馬，脫身出來，特來保駕。」

德宗聽了，不覺點頭讚歎。便在車前拜為右將軍，令帶領本部人馬，回軍先去攻取長安。渾瑊依舊保護車駕，前往梁州。當時不受李懷光誘惑，肯出死力為皇帝殺賊的還有崔漢衡、韓遊環、李楚琳一班大將。他們奉了皇帝詔書，合兵一處，晝夜攻打長安城池。

那朱泚自從兵敗回守長安，便也無意於天下，終日占據在宮中，與那班宮眷美人等，放縱淫樂，自從與懷光約為兄弟以後，他仗著懷光兵多將勇，每日攻得唐家城池，他便坐享現成。

那懷光每得一郡縣，便送書與朱泚，商決進退之計。朱泚見懷光如此忠順，便不覺驕傲起來，覆書召懷光進京輔政，拜他為大師司，公然自稱為朕，稱懷光為卿。這懷光如何肯受，接了朱泚覆文，又慚又憤，擲書在地。朱泚原與懷光約分關中之地，各立帝號，永為鄰國。不料朱泚忽然變卦，竟要收懷光為臣。

不由得大怒，放一把火把自己營壘燒毀去，拔寨齊起，大掠涇陽，十二縣人民，四散逃亡，雞犬不留。

那朱泚走了懷光，便潰了一個幫手，再加李晟、渾瑊一班將軍，奮力圍攻，那四面勤王兵士，如雲一般會集在長安城外。

李晟召集諸將軍，令商議進取方法。諸將請先取外城，占據坊市，然後北攻宮闕。李晟獨說不可，因坊市狹隘，賊若伏後格鬥，不特擾害居民，亦與我軍有礙。不若自苑北進兵，直搗中堅，腹心一潰，賊必奔亡。那時宮闕不殘，坊市無擾，才不失為上計。諸將齊聲稱善。李晟便自領一軍，至光泰門外，督眾星夜建造營壘；到天色平明，剛把營壘造成，突見賊兵蜂擁而至。李晟笑顧諸將道：「我只慮賊兵潛匿不出，坐老我師；今乃自來送死，真天助我也！」

便下令使兩路兵奮勇殺出，兩軍想見，甚是驍勇。李晟匹馬當先，自去找張庭芝廝殺。兩下鏖戰有三四個時辰，朱泚的人馬，漸漸不支，齊向白華門退去。

李晟也自收兵回營。當夜尚可孤、駱元光兩路兵趕到，與李晟合兵在一處。次晨李晟下令；牙前將李演及牙前兵馬使王佖帶著騎兵，牙前將史萬頃帶著步兵，合成衝鋒隊。自督大軍押後，直殺入光泰門來。賊兵抵敵不住，退至苑北神麢村。李晟大兵追蹤而至，撲毀苑牆二百餘步。敵兵豎起木柵，攔住缺口，埋伏弓箭手，躲在柵中刺射。李晟兵士前隊，多被射倒，兵士不覺向後退卻；李晟在陣後大聲呵叱，軍心復振。

史萬頃甚是勇猛，只見他左手握盾，右手握刀，劈斷木柵數排，步兵和潮水一般湧進柵門去，把柵木一齊踏倒；那衝鋒隊縱橫馳騾，銳不可當。朱泚手下一班大將，如姚令言、張庭芝輩，都趕出來拚命力戰。李晟命四路步兵騎兵，包圍住敵軍，且戰且進。正酣戰的時候，忽見有數千騎兵，在內城門左右埋伏著，出擊李晟軍後。晟領百餘校刀手，著地滾殺過去，砍斷馬腳，命兵士且戰且喊道：「相公來！」

這三字才喊出口，那騎兵都已驚得四散奔逃。姚令言見敵不住李軍，急急回進宮去，報與朱泚知道。

朱泚聽說全城被破，驚得魂不附體。姚令言勸朱泚速速棄城而逃。朱泚獨攜著虞貴嬪，由姚令言、源休一班人率領著殘敗軍士，約有萬人，保著朱泚出西門逃去。

李軍進至內城，先搜捕餘孽，捉住李希倩、敬俛、彭偃數十人；又回至含元殿，使軍士們掃除宮禁。後宮一班妃嬪，曾被朱泚所奸汙過的，如今聽說李晟入城，唐天子快要回宮，便含著一腔羞憤，各各淹死的淹死，縊死的縊死。李晟一面派人收拾宮中的屍體，一面傳諭將士，不得騷擾民間。次日，有別將高明曜，私取賊妓一人；尚可孤偏將司馬仙，私取賊馬一匹，被李晟察覺，把二人斬首示眾，全軍肅然，便真的秋毫無犯了。

那朱泚從長安敗走出來，徑向涇州地界來；沿途因缺乏糧食，所有萬餘人馬，都零落散去，只剩得騎士數百人。待到得涇州城下，城門卻緊緊閉上。朱泚令騎士大呼開門，只見城樓上站著一將，大聲說道：「我已為唐天子守城，不願再見偽皇帝矣！」

朱泚抬頭看時，認得是節度使田希鑒。便對希鑒說道：「我曾授汝旌節，如何臨危相負？」

希鑒冷笑說道：「汝何故負唐天子？」

朱泚不覺大怒，便命騎士縱火燒門。希鑒取旌節投下火中，大喝道：「還汝節，速退休！」

朱泚部下見無路可去，不禁流下淚來。希鑒對朱泚部下說道：「汝等多系涇原舊卒，為何跟著姚令言自尋死路？如今唐天子不追既往，許汝等自新，汝等速降我，便得生路！」

那士卒聽了此言，齊聲說願降。姚令言站在朱泚身後，忙上前喝阻，被士卒拔刀亂砍，立即倒斃。朱泚大駭，急轉過馬頭，向北馳去。那虞貴嬪遺落在後，被他部下擄去，不知下落。那朱泚奔至驛馬關，被寧州刺史夏侯英帶領人馬上前攔住。朱泚沒奈何，又轉赴彭原，隨身只得十餘騎士。部將梁庭芬、韓旻二人，起了歹心，密謀殺泚。

梁庭芬在朱泚身後，偷偷地發過一支箭去，正射中朱泚的頸項；朱泚大叫一聲，翻身落馬，落在路旁深坑中。韓旻趕上前去，咯嗒一聲，斬下朱泚首級來。二人又同至涇州投降希鑒，獻上首級。希鑒把檀木盒子裝著朱泚的首級，送至梁州。德宗下諭，拜希鑒為涇原節度使，把他從前私通朱泚的罪狀，概置不問。

又封李晟為司徒中書令，一面下詔迴鑾。自梁州啟行，直抵長安。渾瑊、韓遊環、戴休顏一班大臣，俱從咸陽迎謁，護從至京。李晟、駱元光、尚可孤，出京十里，恭迎御駕。統領馬步各軍十餘萬，前呼後擁，旌旗遍野；德宗率領妃嬪公主太子，逕自還宮。檢點宮眷，死亡大半。德宗甚是淒愴，按所有宮女，每人賜絹一匹，名為壓驚；又隔一日，宴饗功臣。自然李晟居首，渾瑊次之；所有隨征將士，俱依次列坐。飲酒中間，李晟起身奏稱：「如今尚留有大逆二人：一是李懷光，一是李希烈，請陛下下旨聲討。」

德宗准奏，便命渾瑊統兵前往征討李懷光，李晟統五萬人馬去征討李希烈。

那李希烈占據了汴州地方，僭稱帝號，兵馬四出劫略各地。

那時有一項城縣，是往來要道。李希烈急欲攻得此城，便可進取咸陽。那時項城縣令李侃，是一個拘窘小儒，不能當大事的；聽說李希烈派兵來攻，嚇得他欲棄城而逃。他夫人楊氏，卻是一位女中豪傑。便厲聲對她丈夫道：「寇至當守，不能守當死！奈何欲逃耶？」

李侃嘆著氣道：「兵少財乏，如何可守！」

楊氏道：「此城如不能守，地為賊有，倉廩為賊糧，府庫為賊利，百姓為賊民；國家要汝守土官何用？今盡所有財粟，招募死士，共守此城；城存俱存，城亡俱亡，方能上對朝廷，下對百姓。」

那李侃總是搖著頭，不肯發兵。楊氏大憤，便召吏民入庭中。

楊氏出庭，高聲向吏民說道：「縣令為一邑之主，應保汝吏民；但歲滿即遷，與汝等不同，汝等生長此土，田廬在是，墳墓在是，當共同死守，誰肯失身事賊？」

群吏民聽了都攘臂大呼道：「吾等誓不從賊！」

楊氏又下令道：「我今與汝等約，有能取瓦石擊賊者，賞千錢，持刀矢殺賊者，賞萬錢。」群人聽了，都十分踴躍。楊氏復從後堂去推出李侃來，逼令率眾登城；楊氏親為造飯，遍餉吏民。忽見一賊將鼓譟而至，李侃膽寒，逃下城來。楊氏即代丈夫登城，向城下賊人說道：「項城父老，都知大義，誓守此城，汝等得此城，不足示威，不如他去，免得多費心力。」賊眾見城上站一婦人，忍不住大笑。楊氏下，復推她丈夫上城，率眾抵禦；倉猝間，敵陣中飛來一箭，射中李侃肩頭，李侃忍痛不住；返身下城，正與楊氏相遇。楊氏道：「君奈何下城，吏民無主，城亡在即；今日之事，雖戰死在城上，亦得千古留名。」

李侃不得已，裹住傷口，重複登城，督吏兵反射；萬弩齊發，敵勢稍挫。賊見力攻不得，便豎起雲梯，一敵將首先登梯，忽被城中守卒，飛出一箭，射中面頰，墜死城下。敵中失了主將，陣勢頓亂，如鳥獸一般，向四處退散，這項城縣幸得保全。事後，刺史官把楊氏守城的功，列表上聞；德宗下詔，升李侃為太平令。這是後話。

如今李希烈的兵，見攻項城不下，又去圍攻陳州；相持一個月，也不能攻下。那希烈的兄弟希倩，反被朝廷捉去正法。

希烈大怒，令部將崇暉併力攻取陳州，又親自督兵攻打守陵；誰知被李晟遣部將劉洽、高彥昭，用十面埋伏之計，打破希烈陣線，兵士傷亡過半。希烈逃至汴梁。那陳州崇暉的兵馬，被李晟派都虞侯劉昌，隴右節度使曲環等戰將率兵三萬人，大破陳州圍兵，殺得希烈部下首級至三萬五千人，又生擒大將崇暉，兵威大震，遠近驚心。李希烈站腳不住，出奔至蔡州，那汴州、滑州一帶地方，都歸順唐朝。

那渾瑊、韓遊環二人，奉德宗手詔征討李懷光，也甚得手。召集十二路人馬，力攻渡河。懷光聽說唐朝兵馬大集，便吩咐放起烽煙，卻不見人馬來救他；部下將士，反自相驚擾。忽嚷西城被圍了，又嘩噪著說東城捉隊了。第二天，城中將士都改易了章飾，自寫著太平字樣。懷光住在宮中，一夕數驚。他一時良心發現，便自盡而死。當有朔方將士牛石俊割下懷光的首級來，獻城出降；渾瑊麾眾入城，捕殺懷光部下閻宴等七人。

奏凱至京師，德宗皇帝親自出城勞軍。

此時唯有李希烈固守蔡州，倔強不服。至貞元二年正月，又遣他部將杜文朝，來攻取襄州，被唐山南東道節度使樊澤所擒。三月，又遣部將襲取鄭州，又被義成節度使李澄所敗。希烈眼看著兵勢日衰，便不覺積憂成疾，終日唯奄臥在床褥中。

希烈有一個最寵愛的姬妾竇氏，小名桂娘，原是汴州戶曹參軍竇良的愛女。不但長得面貌美麗，更兼文才豐富。希烈取得了汴州，便慕桂孃的豔名，先使人送聘禮至竇家，言明欲聘取桂娘為次妻。那竇良愛他的女兒，好似掌上明珠一般，如何肯舍，便將那來使辱罵了一場，又把他的聘禮擲出庭去。欲知後事如何，且聽下回分解。

竇桂娘忍辱報仇　李宿衛痴情悉主

李希烈見娶不得竇桂娘為妻，他心中萬分懊恨；又聽說竇良向他遣去下聘的人，如此無禮，便老羞成怒。立刻遣發將士領親兵數十人，擁至竇良家中，把這脂粉嬌娃強劫了去。她父親見來人如此無禮，如何甘心忍受，便提著劍在後面追趕著。

可憐這竇良是快六十歲的人了，年老力弱，如何追趕得上。看看那班強人，劫著他的女兒在前面跑著，他氣急敗壞地在後追著，不知不覺追了二十里路。竇桂娘在前面，看看她父親追得可憐，又怕她父親真地追上了，還免不了要遭強人的毒手，便回頭帶哭著對她父親說道：「阿父舍了孩兒吧！兒此去必能滅賊，使大人得邀富貴。」

竇良聽了他女兒的勸告，眼看他女兒是奪不回來的了，便忍著一肚子冤氣，回家去。他兩老夫妻，相對大哭了一場。

這竇桂娘見了李希烈卻也不十分抗拒，希烈當日便如了他心願，曲盡歡愛。從此日夕相依，愛如珍寶。後來希烈稱帝，便冊立桂娘為貴妃。桂娘趁此時機，便竭力拿她美色去媚惑希烈，又故意賣弄她的才情，常常替希烈管理軍國大事；因此希烈平日無論什麼機密，都被桂娘知道。待後來希烈奔至蔡州，桂娘對希烈說道：「妾見諸將，不乏忠勇之士，但皆不及陳光奇。妾聞之光奇妻竇氏，甚得光奇歡心；若妾與之聯繫，將來緩急有恃，可保萬全。」

希烈這時十分寵愛桂娘，豈有不言聽計從之理！便令桂娘去結納竇氏，閨中互相往來。桂娘小竇氏數歲，便稱竇氏為姊，日久情深，便互訴肺腑。桂娘便乘間對竇氏說道：「蔡州一偶之地，如何能敵得全國。妹察希烈，早晚不免敗亡，姊須早自為計，免得有絕種之憂。」

竇氏聽了頗以桂娘之言為是，便把這一番話去轉告光奇。光奇便從此變了心，欲謀殺希烈，苦於無隙可乘；湊巧這時希烈有病，便拿黃金去買通了希烈的家醫陳山甫，把毒物投在湯藥裡，希烈服下藥去，果然毒性發作，立刻七竅流血，翻騰呼號而死。希烈有一子，甚是機警，見父親死於非命，知為部下所害，故意把父親的屍身收藏起來，祕不發喪，竟欲借希烈之命，盡殺舊時將吏。

計尚未定，恰巧有人獻入含桃一筐，桂娘乘機說道：「先將此含桃遺光奇妻，可免人疑慮。」

希烈之子依她的話，便由桂娘遣一女僕，拿含桃去贈與竇氏；竇氏也是精細人，見含桃內有一顆形式相似，卻非真桃，只是一粒蠟丸，外面塗以紅色。

心中知道蹊蹺，待女僕轉身去後，便撿出此蠟丸，與光奇剖丸驗看，中露一紙，有細小蠅頭楷字寫著：「反賊前夕已死，今埋屍於後堂。孽子祕不發喪，欲假命謀殺大臣，請好自為計。」

光奇連夜把他部下將士召來，告以機密之事。內有牙將薛育說道：「怪不得希烈屋中樂曲雜發，晝夜不絕；試想希烈病劇，如何有這般閒暇，這明是有謀未定，偽作音樂以掩飾外人耳目。吾等倘不先發制人，必遭毒手矣！」

光奇便與薛育二人，各率部兵，圍入牙門，聲稱請見希烈。希烈子見事已敗露，倉皇出拜道：「願去帝號，一如李納故事。」

光奇厲聲道：「爾父悖逆，天子有命，令我誅賊。」

說著，也不待答話，便上去一刀把希烈於殺死，又殺死希烈之妻，並割下希烈首級來；共得頭顱七顆，獻入都中，只保留著桂娘性命不殺。德宗以光奇殺賊有功，便拜光奇為淮西節度使。又因竇桂娘智勇有謀，此次希烈死亡，全出桂娘之計，便把桂娘宣召進宮，王貴妃見桂娘長得十分美麗，便認她做義女，留養在宮中。一面奏請德宗拜她父親竇良為蔡州刺史，真應了桂娘使大人得邀富貴一句話了。

德宗時候，被朱泚一變，接著李懷光、李希烈東也稱皇，西自稱帝，鬧得天翻地覆；直至此時，方得略見太平。誰知疆埸烽煙未盡，而朝內意見又生；只因德宗心喜文雅，不樂質直。

當有李泌，因文采風流，深得德宗皇宗賞幸，加封至鄴侯；唯丞相柳渾，素性樸直，常在當殿，直言敢諫，為德宗所不喜。

柳渾又與張延賞屢生齟齬，延賞暗使人與柳渾通意道：「公能寡言，相位尚可久保。」

柳渾正色答道：「為我致謝張公，渾頭可斷，渾舌不可禁！」

不久，柳渾被德宗下詔，罷為左散騎常侍。這原是延賞從中進讒，使柳渾不能安於相位。延賞又與禁衛將軍李叔明有仇，又欲設法陷害，竟欲連及東宮。

叔明原是鮮於仲通的弟弟，賜姓為李氏，有一子名昇，與郭子儀的兒子郭曙，令狐彰的兒子令狐建，同為宮中宿衛。講到他三人的面貌，真是與潘安、宋玉、衛玠相似；長得眉清目秀，年少風流，甚是得人意兒。德宗西奔時，三人都因護駕有功，待德宗迴鑾以後，便各拜為禁衛將軍。

從來說的，自古嫦娥愛少年。你想這三個美少年，在宮中宿衛多年，宮中的妃嬪媵嬙，多半是久曠的怨女，見了這粉搓玉琢似的男孩兒，豈有不垂涎之理？他三人平日在宮中出入，和一班宮娥綵女調笑廝混慣了，漸漸地瞞著萬歲爺耳目，做出風流事體來。起初各人找著各人心愛的，在月下偷情，花前訴恨。自來宮廷中的婦女，心中的怨恨最深；她年深月久地幽閉在深宮裡，有終身見不到一個男子的。因此她對於男子的情愛，也是最深。如今得與這幾個美少年在暗地裡偷香送暖，怎不要樂死了這班女孩兒。

當時德宗皇帝最寵愛的妃嬪，除王貴妃、韋淑妃幾個人以外，大都是長門春老，空守辰夕的。那班背時的妃嬪們，卻因同病相憐，彼此十分親暱。日長無事，各人訴說著自己的心事，卻毫不隱瞞。在這班妃嬪中，卻頗有幾個年輕貌美的；像當時的榮昭儀、郭左嬪，都是長得第一等的容貌。只因生性嬌憨，不善逢迎，既不得皇帝的寵幸，手頭便自然短少金銀了。平日既沒有金銀去孝敬宮中的總管太監，那太監在萬歲跟前只須說幾句壞話，那妃嬪們愈是得不到帝王的寵幸了。如今那宮女們得了這三位少年宿衛宮的好處，想起那榮昭儀、郭左嬪二人，長成美人胎子似的，終日守著空房，甚是可憐，便也分些餘情給她。

從此郭曙和榮昭儀做了一對，令狐建和郭左嬪做了一對。他們每到值宿之期，便悄悄冥冥地在幽房密室中盡情旖旎，撒膽風流。獨有一個李昪，在他同伴中年紀是最輕，面貌也是最漂亮。

宮中幾百個上千個女人，都拿他當肥羊肉一般看待，用盡心計，裝盡妖媚去勾引他。這李昪卻有一種古怪脾氣，他常常對同伴說：「非得有絕色可愛的女子，我才動心，像宮中那班庸脂俗粉，莫說和她去沾染，便是平常看一眼，也是要看壞我眼睛的。」

你看他眼光是何等的高超？因此，他看那郭曙、令狐建一班同僚的宿衛官，見了宮中的女人，不論她是香的臭的，村的俏的，一個個地摟向懷中去，寶貝心肝地喚著。他只是暗暗地匿笑。

他們好好地在長安宮中各尋歡樂，忽然霹靂般的一聲，反賊殺進長安城來了。德宗皇帝慌張出走，看那萬歲爺左手牽住王貴妃的衣袖，右手拉住韋淑妃的纖手，在黑夜寒風裡，腳下七高八低，連爬帶跌地逃出北門去。這時候皇帝后面還跟著一班六宮妃嬪，和公主太子等一大群男女，啼啼哭哭地在荒郊野地裡走著。走了一個更次，眼前白茫茫的一片攔住去路。原來已在白河堤上，便有幾個護駕的宿衛官，沿著河岸去搜尋船隻。

好不容易，被他們捉得了三艘漁船，自然先把萬歲爺扶上船去，後面妃嬪們帶滾帶跌地也下了船。無奈船小人多，堤岸又高，又在黑暗地裡；有幾個膽小足軟的宮眷，卻不敢下船去。那船在河心裡行著，許多妃嬪公主，卻沿岸跟著船，帶爬帶跌地走著哭著。北風吹來，哭聲甚是淒咽。這時李昇也保護著幾個妃嬪在堤岸上一步一步慢慢地走著。

忽有一個婦人，暈倒在地，正伏在李昇的腳旁，李昇這時，明知這婦人是宮中的貴眷，但也顧不得了，便伸手去把這婦人攔腰抱起，掮在肩頭走著。覺得那婦人的粉臂，觸在自己的脖子上，十分滑膩；那一陣陣的甜香，不住地往鼻管裡送來。任你坐懷不亂的柳下惠，到此時也不由得心頭怦怦地跳動起來。

李昇暗暗地想道：「這麼一個有趣的婦人，不知她的面貌如何呢。」

這真是天從人願，李昇心中正這樣想著，忽然天上雲開月朗，照在那婦人臉上，真是一個絕世的美人。看她蛾眉雙蹙，櫻唇微啟，這時口脂微度，鼻息頻聞，直把李昇這顆心醉倒了。

正在這時候，那宿衛官又搜得了幾條漁船，扶著那岸上的妃嬪們，一齊下了船去。那李昇懷中抱著的婦人，也清醒過來了，李昇慢慢地也扶她下了漁船。說也奇怪，李昇自抱過這婦人以後，這顆心便好似被那婦人挖去一般，只是不肯離開她；這婦人一路行去，李昇也一路追隨裙帶，在左右保護著。德宗駐蹕在奉天城中，李昇也在行宮中當著宿衛官；後來又奔梁州，李昇和他同僚郭曙、令狐建三人，總是在宮中守衛著。

李昇在暗中探聽那婦人究是何等宮眷，後來被他探聽明白，這婦人卻不是什麼妃嬪，竟是當今皇上的幼女部國長公主。

這位公主，是德宗皇帝最心愛的，自幼兒生成聰明美麗，只是一位薄命的紅顏。公主在十六歲時候，便下嫁與駙馬裴徽。夫妻兩口兒過得很好的日子，第二年便生下一個女孩兒來，長得和她母親一般美麗，小名箏兒，他父親裴徽，更是歡喜她，常常抱著她到宮中去遊玩。德宗見箏兒長得可愛，便聘她為太子的妃子。

誰知公主和裴徽夫妻做了第六年上，便生生地撒開了手；駙馬死去，公主做了寡鵠孤鸞。有時德宗接她進宮去住著，總見她愁眉淚眼的，甚是可憐；德宗便替公主做主，又替她續招了一個駙馬，便是長史蕭升。那蕭升長得面如冠玉，年紀還比公主小著幾歲；公主下嫁了他，很覺得入意兒。但薄命人終究是薄命的，他夫妻二人，聚首了不上十年，蕭駙馬又一病死了。

郜國公主進宮去摟住父皇的脖子，哭得死去活來。她和蕭駙馬又不曾生得一子半女，此時箏兒已長成了，德宗便替她做主，把箏兒娶進宮去，做了太子妃；又把郜國公主接進宮去，和太子一塊兒住著。從此五更夢迴，一燈相對，嘗盡寡鵠孤鸞的淒清風味。這位公主，雖說是三十以外的年紀，但她是天生麗質，肌膚嬌嫩；又是善於修飾，望去宛如二十許美人。公主雖在中年，但德宗每次見面，還好似摟嬰兒一般摟著，公主也在父皇跟前撒痴撒嬌的。德宗傳旨，所有公主屋子裡，一切日用器物，與王貴妃、韋淑妃一般地供養著。如此嬌生慣養的美人，叫她如何經得起這樣風波驚慌！

幸得天教有緣，遇到了這個多情的宿衛官李昪。他因迷戀郜國公主的姿色，平日在宮中值宿，總愛站立在公主的宮門外守望著。他便是遠遠地望見公主的影兒，他心中也覺得快樂的。

日間在宮中來往的人多，耳目也雜，李昪也不敢起什麼妄想，每到夜靜更深的時候，李昪便悄悄地走進宮門去，站在公主的窗外廊下，隔著窗兒廝守著，在李昪心中，已是很得安慰的了。

但郜國公主秉著絕世容顏，絕世聰明，又在中年善感的時候，又在流離失所的時候，人孰無情，誰能遣此，因此在五更夢迴的時候，常常從屋子裡度出一二聲嬌嘆來。聽了這美人嘆息，又勾起李昪心中無限的憐愛來！那時公主倉皇出走的時候，得李昪溫存服侍，郜國公主一寸芳心中，未嘗不知道感激！便是那李昪的一副清秀眉目，看在公主眼中，也未嘗不動心；但自己究竟是一個公主的身分，便是感激到十分，動心到十分，也只是在無人的時候想想罷了，嘆著氣罷了。她卻不料她心上想的人，每夜站在她窗外伺候著。

這時候天氣漸漸地暖了，聽那公主每到半夜時分，便起身在屋子裡閒坐一會，接著便有宮女走進房去服侍她，焚香披衣；有時聽得公主嬌聲低吟著詩歌，那聲兒嗚咽可憐！有時從窗上看見公主的身影兒從燈光中映出雲環松墮，玉肩雙削，李昇恨不能跳進屋子裡去，當面看個仔細。

後來天氣愈熱，公主每愛半夜出房來站在臺階兒上，望月納涼，如雪也似的月光，照著公主如雪也似的肌膚，看她袒著酥胸，舒著皓臂，斜躺在一張美人榻上。有兩個丫鬟，輪流替換著，在一旁打扇。最可愛的是她赤著雙足，潔白玲瓏，好似白玉雕成的一般。這時公主因夜深無人，身上只穿一件睡衣，愈顯得腰肢一搦，裊娜可愛！

這月下美人的嬌態，每夜卻盡看在李昇的眼中。原來這時李異卻隱身在臺階下一叢牡丹花裡，看得十分親切。他覺郜國公主，竟是一位天仙下凡，嫦娥入世。他愛到萬分，便是死也不怕，滿心想跳身出去，跪在公主肩下，求她的憐惜！便是得美人發惱，一劍殺死，也是願意的。但他又怕在這夜靜更深的時候，驚壞了美人兒，又怕當著宮女的跟前，又羞壞了美人兒。

守著，守著，這一夜公主又出廊下來納涼，忽因忘了什麼，命宮女復進屋子去，這時只剩公主一人，斜倚在榻上，她抬著粉脖子正望著月光。李昇心想，這是天賜良機，他便大著膽，悄悄地爬上臺階，從公主身後繞過去，那公主一條粉搓成似的臂兒，正垂在榻沿上，月光照在肌膚上面，更顯得潔白可愛！

李昇看著，也顧不得什麼了，搶步上前，捧住公主的臂兒，只是湊上嘴去，發狂似地親著。公主冷不防背後有人，不覺大驚。嬌聲叱吒著，便送過一掌去，打在李昇的臉上，清脆可聽。

急回過身去看時，月光照在李昇臉上，公主認識是一路服侍著她的那個少年宿衛。但公主平日何等嬌貴，從不曾被人輕薄過。

如今被一個宿衛官輕薄著，她心中忍不住一股嬌嗔！再看李昇時，早已直挺挺地跪在公主跟前，低著脖子，不說一句話。又見他腰上佩著寶劍，公主便伸手去把他寶劍拔下來，那劍鋒十分犀利，映著月光，射出萬道寒光來。公主也不說一句話，提起那寶劍，向李昇脖子砍去。那李昇依舊是直挺挺地跪著，反伸長了脖子迎上去。說時遲，那時快，李昇的脖子，正與寶劍相觸的時候，忽聽得那兩個宮女，在屋子裡說笑著出來。

公主心中忽轉了一念，忙縮回手中的劍，伸著那腳尖兒，向李昇當胸輕輕地一點。李昇是何等乖巧的人，便趁勢向公主的榻下一倒，把身子縮做一團，在公主身體下面躲著。那公主也把裙幅兒展開遮住，又把寶劍藏在身後。兩個宮女站在公主左右，一個替公主捶著腿，一個替公主打著扇。公主口中盡找些閒話，和宮女們說笑著。聽那公主的口氣，不和從前一般的長吁短嘆。

李昇縮身在榻下聽了，知道公主心中，也有了意思；他心頭也不覺萬分的得意！她主婢三人說笑多時，公主便起身一手扶住一個宮女的肩頭，頭也不回地回進屋子睡去；丟下了這個李昇，冷清清地縮身在榻下。他不知公主是喜還是怒？便一動也不敢動，直候到月色西斜，李昇因縮身在榻下，十分侷促，不覺手足十分麻木，那耳中好似雷鳴，眼前金星亂進。

正在窘迫的時候，忽見榻上，伸下一隻纖手來，扶著李昇的身體，把他慢慢地從榻下扶出來，又扶他悄悄地走進公主房中去，從此兩人都如了心願。這部國公主，雖是三十許的婦人了，但長得十分妖媚，把個李昇迷戀得幾乎性命也不要了。李昇只有二十餘歲的少年，但廝磨了不久，已是十分消瘦。欲知後事如何，且聽下回分解。

聽讒言謀廢太子　和番人遣嫁公主

從來說的，中年妾如方張寇。這不但是妾，凡是中年的婦人，她的性慾，都是十分旺盛的。尤其是中年的寡婦，更尤其是中年的寡婦對於少年男子。如這李昪遇到郜國長公主，一個是深憐熱愛，一個是貪戀痴迷；他們也不問自己地位的危險，也不管名譽的敗壞，都是暗去明來地終日幹著風流事體。

滿宮中沸沸揚揚都傳說著李昪和公主二人的風流事情。傳在太子妃子的耳中，萬分地羞恨。這太子妃子，原是郜國公主的生女，她母親做了這丟人的事體，叫她做女兒的臉面擱到什麼地方去。她也曾悄悄地去勸她母親，在形式上檢點些。她母親正在熱戀的時候，如何肯聽她女兒的話。

卻不料朝廷中，有一班大臣是和禁衛將軍李昪叔明作對的。那李昪便是李叔明的兒子，他們打聽得李昪有這汙亂宮廷的行為，便要藉為口實，去陷害叔明父子二人。內中有一個張延賞，最是和李叔明有仇恨，又與太子作對的。他非但藉李昪汙亂宮廷的事，去推倒李叔明，且要連帶推倒東宮，從中掀起極大的風潮來。便獨自進宮去，朝見德宗皇帝；竟把李昪私通郜國長公主的情形，一一直奏出來。

那郜國公主，是德宗平日所最寵愛的；如今聽她做出這種寡廉鮮恥的事體來，由不得心中十分憤怒。當時便要立刻去傳公主來查問。這張延賞萬分刁惡，他又奏道：「如今東宮妃子，是長公主的親女。陛下若查問起來，於東宮太子和東宮妃子面上卻十分地丟臉。東宮將來須繼陛下為天子，若今日此事一經傳揚，他日使太子有何面目君臨天下？萬歲若必欲徹查此事，須先將太子廢立，然後可以放膽行去。」

一句話點醒了德宗皇帝，便低頭思索了一會，對張延賞說道：「卿且退去，朕自有道理。」

延賞知道自己的計策已行，便退出宮去。

那德宗便又立刻把丞相李泌傳進宮去，這李泌年高德厚，是德宗生平最敬重的人；如今把李泌傳進宮去，便拿張延賞的一番話對他說了。這李泌是何等有見識的人，聽了德宗的話，便知道張延賞有意要搖動東宮。便奏道：「此是延賞有意欲誣害東宮的話，望陛下不可輕信。」

德宗便問：「卿何以知之？」

李泌又奏道：「延賞與李昇之父李叔明有嫌怨，李昇自迴鑾以後，蒙陛下恩寵，任為禁衛將軍，眷愛正隆，一時無可中傷。

郜國長公原是太子生母，從這穢亂之事入手，便可以興一巨案，陛下尚須明察。」

德宗聽了這番話，不禁點頭稱是。但李昇汙亂宮廷的事，在李泌也頗有聞知，便趁此機會奏道：「李昇年少，入居宿衛，既已被嫌，理宜罷斥，免得外間多生是非。」

德宗到了第二天，真的依了李泌的言語，免了李昇禁衛之職。

從此也不聽信延賞的言語了。

張延賞弄巧成拙，心中鬱鬱不樂。你想李昇得了郜國公主的私情，平日言動，何等地跋扈；那郜國公主因得德宗的寵愛，在宮中也是有很大的勢力。如今見她所寵愛的人，無端被張延賞在萬歲跟前進了讒言，便革去了官職。她心中便把這張延賞恨入骨髓。從來說的，最毒婦人心；郜國公主平日在宮中，原和一班禁衛官通著聲氣的，當時她便悄悄地打發一個有本領的禁衛官，在半夜時分，跳牆進去，把張延賞殺死。李昇見死了他的對頭人，愈是膽大了。他如今是沒有官職的人了，便更覺出入自由，終日伴著公主，在宮中盡情旖旎，撤膽風流。

那公主初死丈夫的時候，卻能貞靜自守，如今一經失節，便十分淫放起來。她與李昇，晝夜歡樂還嫌不足；打聽得那郭曙和令狐建二人，也是一般的少年美貌，便令她宮中的侍女，悄悄地去把二人引誘進宮來，藏在屋子裡。三個少年男子，伴著一箇中年婦人，輪流取樂。這郜國公主卻十分地勇健，不需三個月工夫，把三個強壯少男，調弄得人人容貌消瘦，精疲力盡。後來李昇看看公主的愛情漸漸地移轉到別人身上去了，不覺醋念勃發。

有一夜，在更深時候，三個少年在公主的屋子裡大鬧起來，甚至拿刀動杖，鬧得沸反盈天，連太子的宮中也聽得了。太子帶領一隊中官，趕來把三人捆綁起來，鎖閉在暗室裡。第二天，發交內省衙門審問。那郭曙和令狐建二人，在宮中當著禁衛將軍之職，自然有言語推託；但這李昇已是革職的人員，深夜在內宮中宣鬧，該當死罪。念他從前護駕之功，從寬問了一個充軍的罪名，流配到嶺表去。

宮中自出了這一樁風流案件，人人傳說著，郜國公主淫蕩的壞名兒，鬧得內外皆知。但婦人的性情，十分偏執；她若守貞節時，便能十分貞節，她若放蕩的時候，便也十分放蕩，任你如何旁人勸告，總是勸告不轉來的。可憐那太子妃，是一個十分貞靜的女子；她去跪在郜國公主跟前，哭著勸著，那公主總是不肯悔悟的。她見去了郭、李、令狐三人，轉眼又勾引了三個強壯有力的少年進屋子去尋著歡樂。那三個少年，一個名李萬，一個名蕭鼎，一個名韋惲。這三個人中，李萬最是淫惡。

他不但汙亂了宮廷，他還要謀為不軌。他趁著郜國公主迷戀他的時候，唆使郜國公主去謀殺德宗皇帝。他日自己篡了位，這郜國公主便穩穩地是一位皇后了。這郜國公主聽了李萬的話，起初不肯，後來李萬想得了一個厭魔的法子，把德宗的生辰八字，寫在紙上，墊在公主的床褥下面，七天工夫，保管這位皇帝便要無疾而亡。

誰知事機不密，到第四天上，那德宗跟前便有人去告密；德宗大怒，立刻調了十個禁衛武士，到郜國公主宮中去搜捕，三個人一齊捉住；又搜得那厭魔的對象。德宗十分惱怒，親自動手在郜國公主的粉頰上用力批了幾下，喝令打入冷宮去，永遠監禁起來。又把李萬拖至階下，十個武士，各拿金棍一陣亂打，生生地把他打死在階下。蕭鼎、韋惲二人，一齊流配到塞外去。

德宗餘怒未息，又召太子進宮，當面訓責了一番。太子見父皇盛怒不休，十分恐懼，便叩頭認罪，又說情願與太子妃離婚。德宗又召李泌進內，德宗此時，便有廢立太子的意思。當時對李泌說道：「舒王年已長成，孝友溫厚，可當大位。」

李泌聽了，十分驚駭，便奏道：「陛下立儲，告之天地祖宗，天下咸知。今太子無罪，忽欲廢子立侄，臣實以為不可。」

德宗道：「舒王幼時，朕已取為己子；今立為太子，有何分別？」

李泌跪奏道：「侄終不可為子，陛下有親子而不能信，豈能信侄乎？且舒王今日之孝，原出於天性；若經陛下立為太子，則反陷舒王於不義，而兄弟間漸生嫌隙，非人倫之福也。」

德宗正在憤怒頭上，聽了李泌的一番話，便不覺勃然變色。大聲斥道：「此朕家事，丞相何得強違朕意，豈不畏滅族耶？」

李泌卻毫不驚懼，只哀聲說道：「臣正欲顧全家族，所以為此忠言。若一味阿順，不救陛下今日之失，則恐他日太子廢后，陛下忽然悔悟，反怨臣不盡臣子諫勸之道，當時罪有應得，雖滅族亦不足以贖臣誤國之罪！臣只有一子，他日同遭死罪，便有絕嗣之憂。臣雖亦有侄，然臣在九泉，以無嫡子奉宗祠，雖欲求血食而不可得矣！」

李泌說著，便不禁痛哭流涕。德皇原是素來敬重李泌的，如今聽了他一番痛哭流涕的話，也不禁動容。李泌知道皇帝漸有悔悟之意，便追緊一步奏道：「從古到今父子相疑，天倫間多生慘禍；遠事且不必說他，那建寧之事，想陛下也還能記憶。」

德宗卻又不便就此罷手，便又問道：「貞觀、開元、二次也曾俱更易太子過來，何故卻不生危亂？」

李泌奏答道：「承乾謀反，事被覺察，由親舅長孫無忌，及大臣數十人，問成實罪，便下詔廢立；但當時言官尚入奏太宗，請太宗不失為慈父，承乾因得終享天年。太宗亦依議，只廢魏王泰。如今太子並無過失，如何可以承乾比之？況陛下既知建寧蒙冤，肅宗躁急；今日之事，是更宜詳細審察，力戒前失。萬一太子確實有過，希望陛下依貞觀故事，並廢舒王，另立皇孫，庶萬世以後，仍是陛下嫡派子孫。至如武惠妃進讒陷害太子瑛兄弟，海內冤憤，可為痛戒。望陛下勿信讒言。即有手書如晉愍懷，衷甲如太子瑛，亦當辨明真假，豈因妻母不法，女夫便為有罪乎？臣敢以百口保太子。」

李泌說著，臉上露著堅毅的神色，毫不畏懼。

德宗冷冷地說道：「此乃是朕家事，於卿何與，必欲如此力爭耶？」

李泌應聲道：「天子當以四海為家。臣今得任宰相，四海以內，一物失所，臣當負責，況坐視太子含冤？若臣知而不言，是宰相溺職矣！」

德宗到此時，也便無話可說，揮著手說道：「丞相且去，容朕細思，明日再議可也。」

李泌知道皇帝心志尚未堅定，他如何肯放。便又叩著頭泣諫道：「陛下果信臣言，父子必能慈孝如初。但陛下今日回宮，在妃嬪前幸勿露絲毫辭色，恐有僉壬宵小，乘隙生風，欲附舒王以得富貴，則太子從此危矣。」

德宗點頭說：「知道了。」

李泌退歸私第。接著太子來求見，謝過丞相保全之德。又說此事若必不可救，當先自仰藥，免受恥辱。李泌勸慰著太子說道：「殿下不必憂慮，萬歲明德，必不至此；只願太子從此益勤於孝敬，勿露怨望，泌在世一日，必為太子盡力一日。」

果然隔不多日，德宗獨御延英殿，召泌入見，流淚說道：「前日非卿切諫，朕今日已鑄成大錯了。朕今日方知太子仁孝，實無大過。從今以後，所有軍國重務，及朕家事，均當與卿熟商。」

李泌見大事已定，自己年紀亦太老，便上表告老回鄉去了。

誰知李泌才回到家中不多幾天，那朝中的黃門官，便奉著聖旨，接二連三地召李泌進京去。如今李泌年老龍鍾，再三辭謝，不肯入朝。德宗便派親信大臣，就李泌家中計議。原來這時吐蕃集合羌渾，大舉入寇隴州，連營數十里，關中震動，連京城百姓，一齊恐慌起來。西邊將士，多堅壁自守，不敢出戰。

隴右人民，盡被擄掠，丁壯婦女，悉受蕃人的奸汙，選那年輕的，齊擄回營去享用。那些老弱百姓，大半被他斷手鑿目，抛擲路旁。同時雲南、大食、天竺各部落，都與吐蕃響應，騷擾中國內地。德宗連得警報，無計可施，便又想起李泌來。派親信大臣去問退兵之計。那李泌說道：「這事容易，吐蕃心目中最懼怕的，便是回紇國；如今俺只須遣一使去與回紇連和，那吐蕃聞知，必驚駭而退。」

那大臣便問：「我朝廷因先帝蒙塵陝州之事，久與回紇結怨；今又與之修和，恐反被夷狄恥笑。」

李泌便就書案上寫就國書一通，約依開元故事，來使不得過二百人，市馬不得過千匹，又不得攜中國人及胡商出塞。當時德宗便依計遣使臣到回紇國去。那回紇國可汗，正因多年不朝，心懷疑懼；如今見中國反遣使連和，頃覺十分榮耀。當即帶領人馬，親自入關來，朝見中國皇帝。那吐蕃的軍馬，一見回紇國的兵將，果然銷聲匿跡的退出關外去。

德宗在宮中，設宴款待回紇可汗。見那可汗長得狀貌魁梧，年正少壯，便下詔將第八皇女咸安公主，許配與回紇可汗。回紇可汗，喜出望外，便就當筵拜謝。德宗令先將公主畫像攜回國去，在宮中張掛，使外臣俱得瞻仰天朝貴女；又約定至次年春天，由回紇可汗來中國親迎。一轉眼到了婚期。那回紇可汗，果然親送牛羊聘禮；又怕公主在途中寂寞，便由可汗之妹骨咄祿毗伽公主，及回紇國中大臣妻五十人，到中國來宮中陪伴著。

回紇可汗親帶騎兵一千人護衛著。德宗親御延喜門，接見回紇可汗，行子婿禮。可汗又奉上手錶。那表上寫道：「昔為兄弟，今為子婿，陛下若患西戎，子願以兵除患，且請改名為回鶻；是取捷鷙如鶻的意思。」

德宗許諾。次日，德宗皇帝親宴骨咄祿公主，又遣使去問李泌宴饗的禮節。李泌道：「從前敦煌王嘗妻回紇女，後至彭原，謁見肅宗。肅宗與敦煌王，原是從祖兄弟，當時便呼回紇公主為婦，不再為嫂，公主亦拜謁庭下。當時國勢艱難，借彼為助，尚不失君臣大節，況今日回紇可汗系就婚於我。」

德宗於是引骨咄祿公主入銀臺門，由長公主三人延見，朝拜德宗，禮節十分隆重。又有女官導公主入宴所，由賢妃降階相迎。骨咄祿公主先拜，然後賢妃答禮。妃與公主邀坐席間，遇帝賜必降拜，非帝賜亦避席才拜，俱由女譯官傳達。前後兩次盛宴，俱不失禮。德宗心中甚是歡喜，便下旨設咸安公主官屬，立親王府，拜回紇可汗為親王，授滕王湛然為婚禮正使，右僕射關播為護送使，骨咄祿公主伴著一同西行。第二年，又命滕王齎送冊書，封合骨咄祿為長壽天親可汗，咸安公主為長壽孝順可敦。

誰知天不從人願，長壽的壽反不長。咸安公主嫁到回紇國去，不上一年，那長壽天親可汗，便不幸短命死了。妙年公主，孤孤淒淒，別國萬里，卻做了寡鵠孤鸞。公主修了一封傷心訴苦的信，奉與中國大皇帝。那德宗見女兒在外國做了寡婦，活活地葬送了她一生，便也覺可憐；忙打發一個使臣，隨帶了幾個宮女，和許多金珠緞帛，德宗又親自寫了一封信給公主，信上說了無數安慰憐惜的話。

誰知這封御書送到回紇宮中，那咸安公主早已配對成雙，錦衾繡窩中，早已有一個如意郎君安慰著她。原來番人風俗，父死子得妻母。那咸安公主正是妙年美貌，那合骨咄祿的兒子多羅斯可汗，也正在盛年，兩人想見，如何不愛。咸安公主也顧不得一生的名節了，竟和前子配成一對兒。那齎信去的使臣，見了這情形，也只得悄悄地回到國中，一句話卻不敢提起。

這一年八月，德宗正帶著一班妃嬪，在御苑中望月，忽見月色黯淡無光，時太子隨侍在一旁。德宗便問主何吉凶？太子奏稱：「昔年燕國公逝世，亦見月蝕東壁，今又月蝕東壁，想必又欲喪一大臣。」不多幾天，果然地方官報來說，前丞相李泌逝世。德宗聽了，不覺流淚。這李泌自幼便富於智略，七歲時有神童之名，玄宗召入宮中想見。李泌入宮時，正值玄宗與張說對弈，玄宗便令張說面試李泌才器。張說即隨手指著棋盤說道：「方若棋局，圓若棋子，動若棋生，靜若棋死。」

李泌當時不加思索，隨口答道：「方若行義，圓若用智，動若騁材，靜若得意。」張說大為嘆服，起身拜賀得此奇童。當時宰相張九齡，與李泌結為小友。後來李泌歷仕三朝，因才高器大，俱得帝王重用。死時年已六十八歲。

德宗因李泌已死，每遇軍國大事，實無人可與諮商。當時有戶部侍郎裴延齡，為人十分奸險，遇事能迎合皇帝意旨。德宗也愛聽裴延齡的話，不悟其奸。這一年，因四海澄平，德宗便欲大修神龍氏寺，報答天恩。裴延齡便奏稱：「同州谷中，有大木數十株，高約八十丈，可以採作寺材。」

德宗驚喜道：「朕聞開元、天寶年間，因宮中大興土木，在近嵌搜求美材，百不得一，如今從何處忽得此嘉木？」

延齡即獻著訣辭道：「天生珍材，必待聖君乃出。開元、天寶年間，何從得此！」德宗聽之甚喜。延齡欲得皇帝歡心，便又上疏奏道：「在糞土中得銀十三萬兩，緞匹雜貨百萬有餘；此皆是庫藏羡餘，應移雜庫別供支用。」

當時即有韋少華上表彈劾延齡欺君罔上，請令三司查核，庫藏何來如許糞土中物。此明明是延齡移正藏為羡餘，欺君大罪，殺不可赦！無奈此時德宗寵用延齡，任你旁人如何諫諍，德宗總是不悟。太子誦在東宮，見此情形，操心慮患，頗稱煉達。欲知後事如何，且聽下回分解。

拘弭國進寶　盧眉娘全貞

太子誦，身畔有侍臣二人，最稱相得。一個是杭州人王伍，一個是山陰人王叔文，均拜為翰林待詔，出入東宮。叔文詭譎多謀，自言讀書明理，能通治道。太子嘗與諸侍讀坐談，論及朝中宮中雜事，眾人大放厥辭，呶呶不休，獨叔文在側，不發一言。及侍臣齊退，太子乃留住叔文，問他何故無言？叔文答道：「殿下身為太子，但當視膳問安，不宜談及外事。且皇上享國日久，如疑殿下收攬人心，試問將何以自解？」

太子不覺感動，說道：「若無先生今日之言，俺未能明白此理，今後當一唯先生之教是從。」從此王伍和王叔文二人甚得太子的信任。王伍善書，王叔文善弈，兩人早晚以書弈二事娛侍太子。在弈棋的時候，二人乘機進言，或推薦某人可為相，某人可為將，這原是二王的私黨。在二王便欲依附太子的聲勢，植立他的黨羽；一朝太子登位，他二人便可以大權在握了。

誰知人生疾病無常，那太子忽然染了瘋癱的症候，病勢十分沉重，竟成了一個啞子，不能發音說話。這時正是貞元二十一年的元旦，德宗御殿受群臣朝賀，那太子的病勢，正在危急的時候，不能上朝。德宗知太子病勢厲害，心中也十分悲傷。

退朝回至後宮，且嘆且泣，身體漸覺不豫，便也臥倒在床，得了感冒之症，病勢也是一天沉重似一天。直過了二十多天，並不見天子坐朝，太子的病勢也不見輕減。朝廷內外，都不通訊息。百官日日在朝堂上候駕，人人疑懼。

到了八月初二這一天晚上，忽然內廷太監傳出諭旨來，宜召翰林學士鄭絪、衛次公進內宮去草遺詔。到此時，那兩位學士，才知道德宗早已崩逝，便握管匆匆立即定稿。正落筆時，忽有一內侍出語道：「禁中因嗣皇帝未定，正在計議，請學士暫且停筆，聽候禁中訊息。」

衛次公聽了，便忍不住大聲說道：「太子雖然有病，位居塚嫡，中外歸心；必不得已，也須立廣陵王，否則必致大亂。一朝事變，敢問何人能擔當此責？」

鄭絪在旁，亦應聲道：「此言甚是。」

那內侍聽了這兩位學士的話，便傳達至禁中。這廢立之議，原是宦官李忠言一班人在那裡從中撥弄，如今聽了這一番話，知道不能違背眾人意思，才宜言德宗皇帝已駕崩，立太子誦為嗣皇帝。鄭絪、衛次公二人依旨寫就詔書，立刻頒發出去。太子知因自己害病，人心憂疑，使力疾出御九仙門，召見諸軍使，群臣齊呼萬歲。次日，即位太極殿，衛幹還疑非真太子；待嗣皇帝升坐，群臣入謁，引領相望，果是真太子，不覺大喜，甚至泣下。這位新皇帝，便是順宗，尊德宗為神武皇帝，奉葬崇陵。舉殯之日，那德宗賢妃韋氏，便請出宮奉侍園陵；順宗替她在陵旁造幾間房屋，韋賢妃便移入居住，守制終身。宮廷內外，都稱道韋氏的賢德。

這時順宗皇帝雖能勉強起坐聽政，但喉音瘖啞，終未痊癒，不能躬親庶務。每當百官入宮奏事，便在內殿設一長幔，由幔中太監代傳旨意，裁決可否。百官從幔子外面望去，常隱隱見順宗皇帝左右，互陪著兩人；一是順宗親信的太監李忠言，一是順宗寵愛的妃子牛昭容。外面王叔文主裁草詔，王伾便專司出納帝命。叔文如有奏白，便託王伾入告忠言，忠言又轉告牛昭容，昭容代達之順宗；順宗甚信任此四人，往往言聽計從，無不照行。從此翰苑大權，幾高出於中書門下二省。

叔文復薦引韋執誼為相，得拜為尚書左丞同平章事；又引用韓泰、柳宗元、劉禹錫一班人，互相標榜。不是稱伊、周復出，便是說管、葛重生。所有進退百官，都要從他們跟前通疏過，可進則進，不可進則退。從此一班利祿小人，各以金帛奔走於二王之門，昏夜乞憐，賄賂公行。叔文和伾的私宅中，門庭如市，日夜不絕。金帛略少的，往往不得傳見。那鑽營利祿的人，都不遠千里萬里而來，一時不得進見，便多就鄰近寓宿。長安市上，凡餅肆酒壚中，都寄滿賓客。那店家定出規矩來，每晚須出旅資一千文，方准留宿；一時市上滿坑滿谷，全是來求見二王要差使的。那王伾尤其是愛財如命，他接見賓客，按人取賄，毫無忌憚。所得金帛，用一大櫃收藏起來。伾與他夫人，每夜共臥櫃上，以防盜竊。

這時順宗久病不痊，而儲君尚未立定，一旦若有不測，便起內變。朝中大臣，俱各憂慮。便欲上表請皇上早定儲位，只有王伾和王叔文二人慾便自私，便多方撓阻。宮中有宦官二人，一名俱文珍，一名劉光錡，亦甚有權勢；見二王專權，心中也甚是憤恨，便趁二王不在跟前的時候，密奏順宗，速立太子。

順宗皇帝因自己久病不起，也曾想到立嗣這一節；今見二人密奏，便傳諭宣召翰林學士鄭絪進宮，商議大事。那鄭絪進宮去，朝見過萬歲，萬歲不能言語，只把手指向身後指著。鄭絪會意，便書立嫡以長四字，進呈御覽。順宗看了，也點頭微笑。鄭絪便就御案前草就詔書，立廣陵王純為太子。

原來順宗有二十七子，廣陵王是王良娣所生，為順宗長子。

順宗又怕立純為太子，諸子不服，便又封弟諤為欽王，誠為珍王，封子建唐郡王經為郯王，洋川郡王緯為均王，臨淮郡王縱為溆王，弘農郡王紓為莒王，漢東郡王納為密王，晉陵郡王總為郇王，高平郡王約為邵王，雲安郡王結為宋王，宣城郡王湘為集王，德陽郡王綠為冀王，河東郡王綺為和王；又封子絢為衡王，纁為會王，綰為福王，紘為撫王，緄為嶽王，紳為袁王，綸為桂王，纁為翼王。這詔書全由鄭絪一人起稿，內中只太監俱文珍預聞其事，連牛昭容也不及聞知。次日傳下聖旨去，宮中朝中，都不覺驚異。

太子奉詔遷入東宮居住，平日侍奉父皇，接見大臣，甚是賢孝。陸質為侍讀使，入講經義，乘間進勸太子監國，太子不禁變色道：「皇上令先生來此，無非為寡人講經，奈何旁及他務！寡人實不願與聞。」

陸質抹了一鼻子的灰，便也不敢再說。

但這位順宗皇帝，自從登位以後，病勢只是有增無減，久已不登殿坐朝了。便有西川節度使韋皋，也上表請太子監國。表上大意說：「皇上哀毀成疾，請權令太子親臨庶政，俟帝躬痊癒，太子可復歸東宮。」

又另上太子書道：「聖上諒陰不言，委政臣下；王叔文、王伾、李忠言等謬當重任，樹黨亂紀，恐誤國家。願殿下即日奏聞，斥逐群小，令政出人主，治安天下。」

接著荊南節度使裴均，河東節度使嚴綬，紛紛上表，促請太子監國。那太監俱文珍，也在宮中順宗皇帝跟前朝夜奏請，許太子監國。那順宗看看自己的精神，也實在不能支援，便依群臣之請，下詔令太子即日監國。太子出臨東朝室，引見百官，受百官朝賀。這位太子純孝天成，念父皇疾病，便逡巡避席，忍不住流下淚來，暗地裡用袍袖拭著眼淚。臣下見了，無不稱頌。這時宮外一個王叔文，宮內一個朱昭容，頓時失了權勢；獨有太子生母王氏，卻終日陪伴在順宗皇帝身旁，扶侍疾病。

順宗皇帝因不理朝政，身心安閒起來，他病勢也略略輕減了些。

太子欲使父皇在病中得消遣之物，便下詔使四方貢獻珍奇之物。當時便有拘弭國貢卻火雀一雌一雄，又有履水珠，常堅冰，變晝草，各種名物。那卻火雀毛色純黑，只和燕子一般大小，鳴聲十分清脆，不類尋常鳥鳴聲。捉此雀投入火中，那火焰頓時熄滅。順宗皇帝甚愛之，配以水晶籠，懸在寢殿中，每夜使宮女持蠟炬燒之，終不能毀它的羽毛。履水珠，是黑色的，和鐵質相似，大和雞卵相似；上面有水波縐紋，正中有一眼。

拘弭國貢此珠的使臣說：「人握此珠在掌中，入江海內，可以在波濤中行走，不被水打溼。」

順宗皇帝聞之，初不之信；便命宮中內侍，善於泅水的，掌中握珠，躍入太液池中，只見此內侍能在水面下往來行走，宛如平地。又能鑽入池心，良久出水，衣帽乾燥，毫無水漬。順宗十分詫異，令將此珠藏入內宮。

這年夏季，天氣奇熱；有一宮女，十分美貌，因年輕好弄，私竊水珠入液池沐浴，忽聞水中起霹靂一聲，手中珠化作黑龍，沖天而去，此宮女亦被龍捲上天去，無可追尋。順宗嘆為奇事。

常堅冰，原是一塊極尋常的冰，產在拘弭國大凝山上，山中冰千年不化，從拘弭國送至京師，清潔堅冷如故。雖在盛暑烈日之下，亦不溶化。變晝草，葉如芭蕉，長有三尺；每一枝有千葉，樹在室中，或庭中百步以內，不見人面，昏黑如夜。順宗見之，不禁大怒道：「此背明向暗之物，我中國不足貴也！」

令當庭焚去。拘弭國使臣不覺大慚，退謂鴻臚卿曰：「中國以變晝為異，今皇帝以向暗為非，真明德之君也！」

此時嶺表又獻一奇女子，名盧眉娘，年只十四歲，而美麗入骨，最動人的，因她眉彎細長，眉彩綠色，因名曰眉娘。順宗召入宮中想見，問她的家世，原來她祖宗是後漢盧景祚、景宣、景裕、景融兄弟四人，為皇帝師傅，後避難流落在嶺表。

傳至眉娘，已十二世了。順帝問：「有何技能？」

眉娘獻上繡本，見是一尺白絹，上繡《法華經》七卷，字大小如半粒米；但點晝分明，細如毛髮；書上品題章句，無有遺缺的。眉娘又獻上一物，名飛仙蓋；是用一縷絲染成五彩，在掌中結成華蓋五重，中有十洲三島，天人玉女，臺殿麟鳳之象，外列執幢捧節之童，亦有千數。蓋闊一丈，稱之無三數兩重；用靈香膏敷之，便宛轉堅硬而不斷。順帝見之十分嘆賞，稱她神姑。又令走近御床，細看她的肌膚，明淨嬌膩，十分可愛。順宗嘆道：「好女兒！」

命送至太子宮中。眉娘在宮中，每日只食胡麻飯三、四合，太子亦甚愛之，宮中群呼為神姑。

此時順宗體愈衰弱，便禪位與太子，自稱太上皇，改元名永貞，御例大赦。隔五日後，太子純即位太極殿，稱為憲宗，奉太上皇居興慶宮，尊生母王氏為太上皇后，貶王伾為開州司馬，王叔文為渝州司戶。憲宗初登帝位，竭力振作朝綱，一時奸佞小人，都被罷黜。當時有昇平公主，便是郭子儀之子郭曖的妻子，入宮朝賀，又獻女伎數人。憲宗道：「太上皇尚不受獻，朕如何敢受？」

便命將女伎退還。接著荊南地方，獻上毛龜，憲宗亦不受。下詔道：「朕所寶唯賢才，嘉禾神芝，全是人臣諂媚君王之事，何足為寶？從今日始，勿再以瑞兆上聞。所有珍禽野獸，亦毋得進獻。」

從此臣下十分畏懼，天下有治。

每月朔望，憲宗必帶領百官至興慶宮朝賀順宗皇帝。元和元年，奉上尊號，稱為應乾聖壽太上皇。順宗皇帝見憲宗如此孝順，心中也甚是歡喜。到了第二年，太上皇病體愈劇，醫藥無效，便爾崩逝，年只四十六歲。

計順宗在位，前後僅有半年。此後憲宗皇帝登位，順宗病倒在床，足有三年工夫。在這三年之內，憲宗皇帝，常在太上皇榻前侍奉湯藥。太上皇每到十分痛苦的時候，便欲傳喚神姑至榻前唱遊仙歌。歌聲婉轉美妙，太上皇的神情，漸漸地安靜下來。

這神姑是天生嬌喉，每一闋曲終，便細如遊絲，餘韻繞樑，便是憲宗皇帝在一旁聽了，也為之神往。又見她面容美麗皎潔，襯著彎彎的眉兒，小小的唇兒，真好似天仙一般。這神姑每與憲宗皇帝在榻前想見，便掩唇一笑，頓覺百媚橫生。直到順宗皇帝升遐，憲宗因在諒黯中，不便視朝，終日唯在宮中起坐。每到憂悶無聊的時候，便命宣召神姑盧眉娘來唱遊仙歌。

今天也唱，明天也唱，憲宗皇帝漸漸地非有眉娘不歡了。

盧眉娘年紀也漸漸長大了，出落得苗條嫵媚，又是嬌憨爛漫；叫人見了，不由得不愛。這位憲宗皇帝，雖說是不好女色的；但天天聽著她婉轉的歌喉，曼妙的姿色，便不由得不動心起來。憲宗皇帝在盧眉娘身上，既然有了心；以後每傳盧眉娘進宮，便把左右宮女以及伺候他的妃嬪，一齊支使開去。只留眉娘在跟前，那眉娘見了憲宗，也十分嬌酣；每次憲宗命她唱歌，她便盤腿席地依著憲宗皇帝膝前坐下，嬌聲唱著。唱到悠揚動神的時候，那憲宗皇帝便忍不住伸過手去，摸著眉孃的脖子。

那眉娘便如小鳥入懷，婉戀依順。待憲宗要把她摟定在懷中時，那眉娘卻又嗤嗤地笑著，和驚鴻一般地，把柳腰兒一折，避去在壁角上，只是憨笑。憲宗皇帝見她這天真爛漫的樣子，倒也不忍逼得她太緊，但從此寵愛眉孃的念頭卻一天深似一天。宮中每有珍寶脂粉，便先去賜與眉娘。看憲宗皇帝的情形，幾非有眉娘不歡的了。待到見了眉孃的面，卻又奈何她不得。

這時天氣漸漸地暖了，憲宗皇帝每日聽眉娘唱歌，便移在殿東南角廊下。這時已月上黃昏，一片皎潔照射在眉娘臉兒上，好似搓脂摘粉一般。憲宗皇帝目不轉睛地注射在眉娘臉上，看她長眉侵鬢，珠唇含嬌，實在忍不住了，便乘眉娘正抬著脖子唱著的時候，便過去摟住她細腰，向懷中一坐。

那眉娘驚得玉容失色，憲宗湊上臉去，正要和她親熱，那眉娘卻一納頭倒在憲宗的懷裡，便嚶嚶的啜泣起來。這一哭，哭得帶雨梨花似的，粉面上珠淚淋漓，任你是鐵石人看了也要動起憐惜之念來。做皇帝的，調弄幾個宮眷，原是尋常事體。但這盧眉娘，實在嬌憨得厲害，憲宗也是一位多情天子，終於不忍下這個辣手，便也放開了手，又用好言勸慰她，拿袍袖替她拭乾了臉上的淚痕，又賞她輕紗明珠，命宮女們好好地伴送她回房去。

這眉娘自受了這次驚恐以後，到第二天便病了，渾身發燒，病勢十分凶險，一連七八天不能唱歌。那憲宗皇帝原是一天也離不得眉孃的，如今多日不見眉娘，萬歲心中十分掛念。過了七八天，憲宗再也忍耐不住了，便親自移駕至後宮探望盧眉孃的病情。從此憲宗每日朝罷，便在眉娘房中伴坐在病榻旁。

那眉娘病勢漸漸減輕，神情也慢慢地清醒過來。她見憲宗皇帝，偏又百般地撒嬌，十分的親熱。眉娘善哭，在病苦時候，更是愛哭。每哭時，必得憲宗皇帝勸慰一番，才住了悲傷。憲宗每日和她在床頭枕畔廝混熟了。憲宗便慢慢地把要納她為妃子的話，對眉娘說了。眉娘聽了，卻也不拒絕，只奏說：「婢子年紀尚幼，不知禮節，怕冒犯天顏，萬歲爺若有意憐惜婢子，求開恩緩一二年，容婢子學熟得禮節，再奉侍萬歲不遲。」

憲宗聽她話說得婉轉可憐，便也許她緩一二年冊立妃子。那眉娘又求著憲宗釋放後宮年長宮女五百人。過了幾天又求釋放教坊女伎六百人。憲宗寵愛全在眉娘身上，便事事聽從。那宮女們都頌揚眉孃的功德。在憲宗皇帝心目中，卻只愛這個眉娘，原也不用這班宮女和伎女了。憲宗皇帝心中所盼望的，只是一二年以後的冊立眉娘為貴妃，到那時，有這樣一個美人陪伴著，卻要那三千粉黛何用。莫說那三千粉黛，便是憲宗皇帝平日所最恩愛的郭皇后、鄭淑妃也十分厭惡的了。

憲宗度日如年地挨過了一年二年，直過了三年，有一天，憲宗皇帝到後宮去探望眉娘，只見她雲鬢蓬鬆，已把三千煩惱一齊剪去了。憲宗這心中的失望到了極地，忙拉住眉孃的手，連連追問。那眉娘只說得一句：「萬歲爺饒放了奴婢吧。」

便跪倒在地，嗚咽痛哭起來。憲宗看她哭得十分傷心，便也不忍強逼她。到了第二天，憲宗又去探望，原想把她的心勸慰過來的。誰知憲宗不曾開得口，那眉娘也是一般地哭著說著。如此接連五六天；憲宗看看眉娘，終是不肯回心轉意了，便嘆道：「此天上女仙，非朕等俗人所得享其豔福。」便賜金鳳環，憲宗去替她束在臂兒上，說道：「留作紀念。」便度作姑子賜號逍遙仙子，放歸南海。欲知後事如何，且聽下回分解。

雲煙飄渺天子求仙　粉黛連翩學士承寵

憲宗皇帝自眉娘去後，終日鬱鬱不樂；心中只是想念著眉孃的秀美；任你郭皇后、鄭淑妃百般的勸慰，又令後宮嬪嫱歌舞取樂，在憲宗皇帝心中，終覺好似失去了一樣什麼似的。正想念得苦，忽內侍報說：「逍遙仙子已仙去了！」

憲宗萬分悲傷，命高僧高道在宮中大做法事，超薦仙子。又有人報導：「在東海上，常常見到眉娘乘一片紫雲，往來遨遊。」

憲宗忙遣中使備香車寶馬，往東海迎接眉娘仙駕。那中使去了三個月工夫，空手回來說：「不見眉娘仙蹤。」

那憲宗卻從此信了神仙不死之術。便有東萊節度使薦高僧田佐元，又僧人大通；憲宗召之入宮禁，早夕講道。大通又能煉石成仙，憲宗特備淨室；大通選一玉石，日夜磨練，石窈窕如美女形。大通再加以雕鑿工夫，衣袖翩翩；憲宗望去，宛如眉娘佇立的形狀，便十分寶愛，裝以錦盒，藏在寢宮中，朝夕撫摸。

同平章事李絳，又奏稱：「青兗間有奇人玄解，能知過去未來事；童顏鶴髮，吹氣如蘭。跨一頭黃色牝馬，馬身只三尺高；不食草谷，日飲酒三數升；不用鞍勒，只以青氈一幅披背。

玄解騎著，往來街市間，與人談話，道千百年間事，歷歷在目。」

憲宗召之入宮，供養在九英室中。憲宗平日自用紫茭席，色紫如茭葉，光軟香潔，冬暖夏涼。今將此席賜與玄解坐用，又賜飲龍膏酒。此酒原是烏弋山離國所獻，色黑如漆，飲之使人神爽。憲宗每日罷朝回宮，便往來於僧道間，訪問仙法，十分地信仰。那玄解生性樸實，不知禮節。憲宗常問：「先生年歲已高，何以顏色卻不老？」

玄解答道：「臣家在海上，常在海邊種靈草食之，能使人容顏不老。」

玄解說著，便從衣袋中取靈草種子三包。憲宗吩咐太監去種在殿前。這靈草有三種：一名雙麟芝，二名六合葵，三名萬根藤。雙麟芝褐色，一莖分兩穗，隱約如魚鱗，頭尾俱全，結子有如瑟瑟；六合葵紅色，葉如茙葵，初生有六莖，至枝梢合成一株，共生十二葉，開二十四花，形如桃花，一朵千葉，一葉六角，結子如相思子；萬根藤，一本有萬根，枝葉都成碧色，鉤連盤屈，蔭遮一畝，其花鮮潔，形如芍藥，花瓣細如髮絲，長略五六寸，一朵之花，有蕊千根。靈草既成，玄解奏請皇上朝晚自採食之，果覺精神日健，憲宗愈禮重玄解。又有西域進美玉二方：一圓形，一方形，徑各五寸，光彩凝冷，可照見毛髮。玄解見之，奏道：「此圓形者為龍玉，方形者為虎玉。龍玉為龍所愛，生於水中，今若投之水中，必生虹蜺；虎玉為虎所愛，如以虎毛拂玉，便見紫光四射，群獸畏服。」

憲宗不信，問西域使臣：「此二玉從何處得來？」

使臣奏道：「圓玉是從一漁人處得來，方玉是從一獵人處得來。」

憲宗便命將二玉如法試之，將圓玉投入液池，便見波濤洶湧，雷雨齊作，水底隱隱有龍吟聲。又將方玉在後苑萬牲園中拂拭之，果見紫色光四射，園中野獸齊俯首帖耳，不敢動。憲宗大喜，即命以錦囊分裝二玉，藏入內府。

玄解住宮中三年，便欲求去；憲宗強留之，玄解奏道：「野人出入三山，疏野性成，如今侷促於宮禁，久不見三山景色，心甚念之。」

憲宗便傳命巧匠，令刻木作三山形狀，嵌以珠玉；憲宗與玄解同往觀看，憲宗笑指三山道：「若非上仙，如何能登此蓬萊仙境？」

玄解笑答道：「臣觀三山猶咫尺耳！」

只見他笑言未畢，即聳身向此木刻三山中跳去；那玄解的身體頓時縮小，細如小指，入珠玉殿閣中，忽已不見。憲宗命左右大聲喚之，竟不復出；憲宗十分懊傷，便稱此三山為藏真島，每日朝罷，在島前焚鳳腦香，表示崇敬追念之意。只隔十餘日，便有青州司馬奏稱：「見玄解又跨黃馬過東海去矣！」

憲宗覽奏，心念玄解不能去懷，便命內給事張維則去青萊間尋訪神仙。

一日，張維則停船在東海島嶼間，時正夜深月朗，忽聞雞犬吠鳴聲，海面頓起煙霧，張維則出視，向煙霧中望去，隱約見樓臺重疊。張給事乘月色信步行去，約走一、二里，便見花木臺殿，金戶銀闕中，出公子數人，戴章甫冠，著紫霞衣，吟嘯自如；維則上去拜見，公子問：「汝從何來？」

張維則自稱是大唐天使。公子笑道：「唐皇帝原是吾友，汝回朝時，為吾傳語唐皇。」

便命一青衣，捧金龜印以授維則，即將此印置於寶盒。復對維則道：「以我致意唐皇帝。」維則攜之回舟中，回視樓臺人跡，都已消滅。那金龜印長有五寸，面方一寸八分，上負黃金玉印，有篆刻八字，為「鳳芝龍木受命無疆。」

維則送至京師，面呈與憲宗皇帝，皇帝大喜道：「此海上公子，當是玄解化身；朕前生當亦是仙人，但不解印上文意，」

命藏以紫泥玉鎖，懸在帳門，每夜有五色光發射，光長數尺。忽見寢殿前連理樹上生靈芝二株，形狀絕似龍鳳，憲宗大悟印文上「鳳芝龍木」四字之意。

自憲宗信神仙之術，四方常進奇異之物。八年，大軫國貢重明枕，神錦衾，綠色麥，紫色米。大軫國在海東南三萬里，是在軫星之下，所以稱為大軫國。重明枕，長一尺二寸，高六寸，潔白、過於水晶；中有樓臺之形，四方有道士十人，持香執簡，繞行不休，稱做行道真人。

其中樓臺瓦木丹青，以及真人衣服簪帔，無一不精細完美，裡外通澈，好似隔水視物；神錦衾，是用冰蠶的絲織成，方二丈，厚一寸，上有龍文鳳彩，精細非人工能成，在大軫國中，用五色石砌成一池塘，採大柘葉飼蠶在池中。初生時，細才如蚊蟻，游泳於水中，待長成，長有五六寸。池中種荷，荷葉茂盛。荷幹挺直，雖大風暴雨不能吹折。葉大有三四尺，蠶經十五日後，便跳入荷葉中，吐絲成繭，形如方斗，自成五色。大軫國人取其絲織成神錦，又稱靈泉絲。

憲宗初見此神錦衾，與妃嬪觀之，不禁大笑說道：「此區區不足以被嬰兒，豈能被朕體耶？」

大軫國使臣在一旁奏道：「此錦是織水繭所吐之絲而成，若噴以水，則能倍寬，遇火則縮。」

便命四太監各執一衾角，力拽之，又使人在衾面上噴以水，立刻寬至二丈，五色光彩，愈覺鮮明。憲宗嘆道：「本乎天者親上，本乎地者親下，此言信不虛也！」

便又令以火薰，立即縮小如舊時；綠色麥粒，粗於中國之麥子，裡外通明，顏色深綠，氣息芬芳如粳米。人食之，體量漸輕，可以乘風飛行；紫色米，則如巨藤，炊米一升，可得飯一斛，人食之鬚髮衰白的可變黑色，顏色不老，憲宗十分寶貴。在中元日祭祀玄元皇帝，煮碧麥、紫米以薦。祭畢，與宮中道人分食之。

接著，又有吳明國進貢常燃鼎、鸞蜂蜜二種。吳明國，離東海數萬里，須經過挹婁、沃沮等國才到。吳明國中土地，宜種五穀，出產珍珠、白玉最多。國中人民，最講禮樂仁義，沒有做盜賊的人。人壽可活至二百歲，國中人都解神仙法術，常常見有坐雲車、騎白鶴的仙子，在天空中來往。

吳明國王望見西方空中有黃氣如蓋，知道中國有聖人出世，便特遣使臣來進貢。所謂常燃鼎，可容三斗，鼎光潤如玉，顏色純紫，在鼎中煮食物，不用柴炭而能自熟。食物香潔，與平常釜中所煮的食物不同，久食此鼎中所煮之食物，可令人返老還童，疾病不生；所謂鸞蜂蜜，因吳明國所產之蜂，其鳴聲如鸞鳳，身有五色，大者重約十餘斤，築巢在高山岩谷之中。最大的窠巢，占地有二三畝大，每年產蜜甚多。但每次取蜜，每一巢中，只能取二三合；如採取過多，便有風雷的變異，倘誤被蜂螫，便生瘡毒。

只須採石上菖蒲根塗之，便能痊癒。蜂蜜作綠色，貯之白玉碗中，裡外明澈，有如碧琉璃一般。久食之，可令人長壽，顏色如童子，白髮便長成黑色。如有聾啞殘疾的，食此蜜都能痊癒。

憲宗得此二物，也十分愛惜，常將蜂蜜賜於后妃，又常與諸親貴大臣，用常燃鼎煮食；君臣之間，甚是和樂。

但憲宗皇帝因迷信神仙之術，常在空室中靜坐，摒去妃嬪，又欲絕食，修成仙體，戒食稻米，終日把藥餌瓜果充食，漸漸弄得身體瘦弱。郭皇后和鄭淑妃再三勸諫，又親自調弄食物進獻，憲宗皆拒絕不食。后妃二人退至私室，憂愁萬分。郭皇后說：「萬歲如此迷惑左道，必致妨礙聖體。為今之計，須以聲色改易萬歲心意。」

鄭淑妃亦深以皇后之言為是，但環過六宮粉黛，卻無一人有絕世容顏能怡情悅性的。郭皇后便私用財帛，令中官至四方去訪求有奇才絕色的女子；那中官至貝州清揚地方，訪得宋氏有姊妹五人，均有奇才絕色，俱在閨中，尚未字人。

宋氏父名庭芬，富於才華；膝下有女五人，不獨容顏長得個個美麗，且又聰明絕倫。庭芬家居無事，授五女以經藝，又教以詩賦，年未及笄，皆能文章又富於詞藻。長女名若莘，次名若昭，三女名若倫，四女名若憲，五女名若荀。若莘、若昭二女之文，尤淡麗，性亦貞靜閒雅，不喜紛華之飾，遠近聞其名，遣媒求聘者，甚眾。若莘姊妹五人，相約不嫁，願以學藝揚名顯親。

若莘在家，教誨四妹，有如嚴師，又著《女論語》十篇，其文氣都模仿《論語》體裁，以韋逞母宣文君宋氏代孔子，以曹大家等代顏閔。其間問答辭意，全是講究婦道。若昭又從而註解之，一時鄉黨傳誦，賢德之名四起，那中官亦聞名而至，與宋庭芬想見，多贈以金帛。宋庭芬說：「我女都立志不嫁，我不能以富貴屈之。」

中官該採若莘姊妹所著書進獻，庭芬便將若昭所寫本，交與中官攜至宮中，郭皇后問宋氏姊妹姿容，中官對稱姊妹五人，均豔絕人寰，而若昭尤美。

郭皇后又慮萬歲無情於女色，鄭淑妃思得一計，即將《女論語》薰以蘭麝，乘憲宗不留心時候，便悄悄地拿去陳列在寢宮御案上。憲宗在夜靜更深時候，閉目靜修；忽覺奇香觸鼻，從案頭度來，憲宗不覺心中一動，急近案尋覓，忽見一錦盒黃標，寫著《女論語》三字。憲宗便隨手開啟盒子來翻讀過幾頁，心中不覺起敬。次日即傳中官訊問，中官即奏稱為昭義節度使李抱真所獻。

憲宗又詳問宋氏家世，中官把宋氏姊妹五人的才色，詳細奏說了一番。憲宗大喜，立命中官齎詔至清陽，宣宋氏五女入宮。誰知那宋若莘姊妹，卻很有志氣，說皇帝如不以禮聘，我姊妹絕不入宮，如屈我姊妹在妃嬪之列，雖死亦不入宮！中官無法，只得拿此話轉奏皇上。憲宗此時欲見宋氏姊妹的心很切，便令昭義節度使李抱真，用厚幣齎著皇帝的聖旨，到宋家去聘請若莘姊妹五人，進宮教讀后妃。又拜若莘父宋庭芬為金華令。

昭莘姊妹五人進宮，憲宗命宮中后妃嬪嬙，俱以師禮事之。

又闢延秋宮，為講室，令后妃嬪嬙都從若莘姊妹誦讀《女論語》。

一時六宮嬪嬡，及諸王公主駙馬，俱拜若莘、若昭為師，女弟子百餘人，宮中成為女學堂。憲宗常至學堂中遊幸，只見粉黛雲髻，濟濟一室，各擁一卷，嬌聲吟誦著。憲宗看著，甚是歡樂。看若莘時，卻長得容光端麗，儀態萬方；若昭卻又是美麗在骨，顧盼動人；若倫嫵媚天成；若憲則嬌豔照人；若荀則嬌憨裊娜，令人神往。憲宗見她姊妹五人，俱生成麗質，便常召在左右，談笑為歡。偶問經史大義，試以詩賦，都能奏答稱善。

此中唯宋若莘最擅文才，憲宗便令掌管後宮記注簿籍，兼批答奏牘，文詞麗潔，中外傳誦。若昭則姊妹中為最美，又善於辭令，憲宗常召在內宮，縱談經史，又與她敲詩唱和甚樂，日久情意甚洽。憲宗便將若昭臨幸了，又臨幸了若莘，寵愛甚深。

憲宗欲將她姊妹二人，冊立為貴妃，若昭再三辭謝說：「進宮之初，原立意不作妃嬪，今因萬歲情意不可推卻，致成兒女之好，但妃嬪的封號，抵死不敢承受。」

憲宗無法，便下詔稱若昭為學士，稱若莘為先生；若昭情意深長，憲宗在若昭宮中臨幸的次數最多，若莘卻耽於翰墨，倒也不計較及此。只是若昭自得皇帝寵幸以後，那若倫、若憲、若荀姊妹三人，也常在內宮中行走，與憲宗皇帝起坐不避，談笑無忌。憲宗也愛她姊妹可憐，日子久了，她姊妹五人，都承受了皇帝的恩寵，卻都不願受妃嬪的封號。除若昭稱學士以外，姊妹四人，都稱先生，此四先生一學士，在內宮中權勢甚大。

憲宗皇帝每日與五位美人周旋著，心中十分得意，早把那班修道之士，丟在腦後。便是憲宗自己，也從不打坐修道了。

終日縱情酒色，荒棄朝事。從來色慾最大，這位憲宗皇帝，自從開了這色字的戒以後，在宋氏姊妹五人以外，便常常挑選後宮美女臨幸，一時寵愛的妃嬪甚多，共有二十餘人。有立為貴嬪的，有立為昭容的，個個都出落得美麗輕盈；在數年之中，各宮眷共生皇子二十人，公主三十二人。內中最得寵的宮眷，除宋氏姊妹五人以外，有紀美人和郭貴妃。紀美人生子最長，名寧，當時丞相李絳，奏請立儲，憲宗便立寧為皇太子。

郭貴妃原是郭子儀的孫女，她的父親名曖，母親便是昇平公主，與憲宗皇帝原是中表兄妹，以母家豪貴入宮，便立為貴妃。郭貴妃生一子一女，子名恆，後亦立為太子，女稱岐陽公主；公主生性，十分賢淑，憲宗甚是溺愛，曆命各宰相挑選選朝中各公卿子弟，如有才貌清秀的，便招為駙馬。

只因憲宗鍾愛公主甚深，選婿也甚是詳慎，雖有宰相薦舉了十餘個官家子弟，送進宮去，由憲宗召見，但都不能合適。足足選了一年，最後選到太子司議郎杜悰。果然才貌清秀，憲宗十分合意，又送入內宮，令郭貴妃與岐陽公主傳見。那岐陽公主見了杜悰這副秀美的面貌，不禁盈盈一笑；又見杜悰彬彬有禮，郭貴妃也大喜。

便把岐陽公主下嫁與杜悰為妻。

這杜悰的祖父，便是杜佑；因祖父有功勛於國家，便世襲太子司議郎官職。到成婚的一日，憲宗皇帝親御麟德殿，送公主下嫁。由西朝堂出發，再由憲宗御延喜門，送公主登輿，大賜賓從金錢，在昌化裡建立府第，鑿龍首池為恩沼。杜氏原是世代貴族，今又尚公主，遇此大典，自然竭力鋪張，服用十分豪華。但公主生性謙抑，並不自恃尊貴，下嫁至杜家，毫無驕傲的舉動。孝奉舅姑，敬事尊長。

杜家老少長幼不下數百人，公主一一以禮接待。成婚才數日，便和杜悰說道：「皇上所賜奴僕，恐未肯從命，倘有忤逆，轉難駕馭，不如奏請納還宮中，另買貧家子女，較為易制。」

杜悰依了公主的話，從此閨房靜好，不聞喧噪。第二年，杜悰升任殿中少監，駙馬都尉，又外放為澧州刺史。公主隨駙馬赴任所，只帶僕從十餘人，奴婢皆令乘驢，不准食肉。沿路州縣供張，概不領受。杜悰自持亦十分廉潔，不敢有驕侈之色。數日後，杜悰母抱病，公主晝夜侍奉，親嘗湯藥；杜母終至不起，公主泣哭盡哀。總計公主在杜家二十餘年，無一事不循法度；府中上下，人人稱揚。這原是郭貴妃平日能以禮教養兒女的好處。

郭貴妃生了這一位賢德的公主，又生了一位遂王恆，長得品貌端正，性情溫厚。當時原已立有太子名寧的，是宮中紀美人所生的，長子初封鄧王，元和四年，由李絳奏請，立為皇太子。但憲宗皇帝甚是寵愛遂王，遂王是第三皇子，又是郭貴妃所生；郭貴妃是郭子儀的孫女，又是昇平公主所生。在一班妃嬪中，再也沒有比她高貴的了。便是憲宗皇帝，也另眼相看，因此頗招妃嬪們的妒忌，大家在憲宗皇帝跟前，說了許多郭貴妃的不是，說她仗著母家的勢力，在宮中攬權植黨。恰巧皇太子寧又死了，憲宗便立遂王恆為太子。從來說的母以子貴，宮中一班妃嬪，見郭貴妃的兒子立為太子，深怕皇帝冊立郭貴妃為皇后，大家便齊心去傾軋郭貴妃。欲知後事如何，且聽下回分解。

法門寺迎佛骨　中和殿破私情

憲宗皇帝在後宮中，寵愛的妃嬪甚多，尤其是宋氏姊妹五人；那宋若昭生成慧美絕倫，最能得憲宗的寵愛。因若昭是一名女學士，連皇帝也十分敬重她，稱她為先生。若昭的長姊若莘，雖也一般美貌，只是生性端莊，憲宗皇帝命她掌管後宮記注簿籍的事體。不料在元和末年，若莘一病身亡，憲宗甚是哀痛，從此更加寵愛這個若昭，便令若昭亦掌管後宮記注簿籍的事。但若昭終日陪伴著憲宗皇帝，宴飲遊樂，不得閒暇；便把這管理簿籍的事體，交給她的妹妹若憲、若倫二人分別掌理。

那若憲得了大權，宮中上自妃嬪，下至諸媛，誰不趨奉孝敬她姊妹？憲宗又進封若昭為梁國夫人，一時她姊妹在宮中的威權很大，獨有那郭貴妃自己仗著門第清高，又是皇太子的生母，如何肯屈節來趨奉宋氏姊妹呢。因此宋氏姊妹，皆仇恨這郭貴妃，乘著憲宗皇帝臨幸的時候，便在枕蓆上詆毀郭貴妃，說她私結大臣，陰謀大權。那若倫、若憲、若荀姊妹三人，便裝盡妖媚，把個精明強幹的憲宗皇帝，竟深深陷入她們的迷魂陣中去。日子久了，便也聽信了她們的說話。

這一年，恰恰正宮皇后死了，群臣交章奏請立郭貴妃為後；這一來，越發動了憲宗的疑心。宋氏姊妹所說郭貴妃私結大臣的一句話，更是有了著落。憲宗這時，後宮得寵的妃嬪，不下二十餘人；只怕一立郭氏為皇后，便從此受她的鉗掣，因此愈不肯立郭氏為皇后了。所有宮中一切大權都交與若昭一人。

可惜美人福薄，若昭得寵了不多幾年，也是短命死了。憲宗這一回傷心，真是哀毀欲絕，無日無夜地在宮中淌眼抹淚。任你後宮三千美人，百般勸慰，百般獻媚，終不能止住他的悲哀。憲宗下詔，在若昭靈柩出殯這一天，京師全城市街居民，一齊懸帛誌哀，令有司盛供鹵簿，假用皇后鳳輦，憲宗親自執紼。百官交章勸阻，憲宗正在悲哀時候，如何肯聽。

那若憲見有機可乘，便終日追隨著萬歲，陪寢陪宴。憲宗看著若憲的面貌，竟與若昭相同，便又把一腔痴情用到若憲身上去，終日與若憲淫樂。又把掌管後宮的大權，交給若憲一人。

若憲和她姊姊若倫，妹妹若荀，都是年輕貌美的，不怕這位多情天子不入了她們的彀中。她姊妹一面迷惑皇帝，一面招弄權勢。外有神策中尉王守澄，與若憲暗通聲氣，招權納賄，聲勢甚大。王守澄手下有兩個死黨，一個是翼城醫人鄭注，一個是司空李訓。他們在朝中結合徒黨，欺壓良懦，所有朝中正直大臣，都被他們傾軋得不能安於職位。獨有宰相李宗閔、李德裕，剛正不阿，上殿奏參王守澄勾通宮禁，狼狽為奸。無奈這時憲宗正迷戀著若憲姊妹，又在若憲口中常常聽得說起王守澄是一個忠良的大臣。這個美人的說話，當然比外面大臣的話有力。

任你李宗閔如何一諫再諫，憲宗皇帝總是一個不信。那一切奏章公文，全由若憲一人掌管，見有臣工忠正勸諫的議論，若憲早已把這奏牘藏匿起來。從此憲宗左右，只聽得婦人小臣阿諛的話，愈加把個皇帝弄得昏昏沉沉。若憲姊妹，卻得了外間許多賄賂，不要說別的，便是駙馬都尉，議私送若憲的黃金，足足有十萬兩。

若憲卻暗暗地把所有的錢財，通通運至清陽家鄉，交給她父親庭芬收藏。若憲在宮中，只有學士先生的名義，原與一班妃嬪不同；若皇帝去世以後，一樣可以出宮回家去享受富貴。因此若憲在宮中，得了四方的賄賂，又因能得憲宗的歡心，常常受皇帝的賞賜，她一齊搬回家去，預備他日出宮享用。

若憲迷惑憲宗皇帝卻與各妃嬪打通一氣，二三十個美人，把個皇帝包圍起來，裝著千嬌百媚，不由這皇帝不動心，招引得憲宗連日連夜在宮中宴遊淫樂，把朝廷大事，丟在腦後。你想一人的精力能有多少，那二三十個妃嬪，天天用淫聲媚態去引誘著，弄得憲宗皇帝漸漸精力不濟起來。

那時在宮中養著的一班和尚道士，見皇帝迷於色慾，不把修佛學道的事體放在心上，冷落了這班方士道家。他們便在背地裡商量，如何把這萬歲爺的心恢復過來，依舊使他信奉仙佛之法。那時憲宗皇帝，因寵愛這班妃嬪，終日帶領這班妃嬪在御苑宮殿中遊玩，還恨玩得不暢快。便召度支使皇甫鎛，監鐵使程異，動用百萬國庫銀兩，大興土木。建造麟德殿，龍首池，承暉殿。龍首池上建一座龍宮，窮極美麗；憲宗把若憲搬在裡面住著。那若憲忽然得了身孕，一班諂佞的大臣，都奏說學士先生腹中的是龍種，便是憲宗，也是十分歡喜。待到十月滿足，生下地來果然是品貌不凡，啼聲宏亮。若憲說這是上天賜陛下的貴子，陛下宜為此子祝福。因若憲一句話，憲宗卻又想起那班和尚道士來了。

恰巧李道古薦入一個方士柳泌，和浮屠大通，說能為人祝福延壽；憲宗便命他在宮中建設道場，做三十三天法事，為新生的皇子祝福。那時憲宗後宮，寵幸既多，生子亦多，都有憲宗領導著柳泌、大通二人，到妃嬪床前去，一一替嬰兒摩頂祝福。柳泌出長生不老的藥，獻與皇帝。憲宗服下，果然精神倍長，眠食都足。憲宗恃著自己精神充足，便日夜與後宮各妃嬪周旋著。憲宗所寵愛的，除若憲以外，如章昭儀、吳左嬪、金良娣一班十餘人，個個都出落得月貌花容。

憲宗雨露遍施，恩愛倍濃，但一人的精力究屬有限，日夜剝削著，漸漸覺得精神不濟起來。那柳泌欲得皇帝的歡心，便暗進房中藥丸，憲宗服下，果然精神抖擻，百戰不疲。憲宗寵愛的妃嬪太多，有了這個，又丟下那個。他如今仗著藥丸之力，便每夜宣召了七八個妃嬪，伴著他尋歡取樂，居然哄得那班美人，個個歡喜，人人開懷。

憲宗見藥有奇驗，愈加把個柳泌看得和神靈一般；又替柳泌在華清宮中建一座煉丹室，每天憲宗陪著柳泌二人，在室中修道煉丹。柳泌拿著金塊石塊，向丹爐中去燒煉著，給憲宗服下。它的精力，十倍於藥丸，頓覺神氣清爽，精神健朗。

郭貴妃知道了，便去朝見皇帝極口勸諫，說金石不合於人體；從來服金石的人，都害及身體，請萬歲屏除金石，另求延年益壽之方。憲宗非但不肯聽貴妃的話，反把那丹爐中煉出來的金石，賞幾塊與貴妃服下。可笑郭貴妃當初勸諫皇上不可服用金石，如今自己卻也服用起來，果然覺得身體清健；從此不但不勸皇上，且和憲宗搶著服用金石。柳泌又奏稱天臺山多生靈草，須有道之士，方能尋得；服用靈草，更比服食金石有益，壽至千年。

憲宗聽了，甚是歡喜，便下諭命柳泌做臺州刺史，這宮中煉丹燒汞的事，便交託與大通。當時有許多諫議大夫，紛紛上奏章，說歷代從無有任方士為親民之官的；憲宗看了，心中十分不樂。便下諭道：「如今只煩勞一州的民力，能令人主長生，臣下何竟不樂從耶？」

這幾句話，嚇得人人不敢再開口。

這時宮中只有一個浮屠大通，他見柳泌在宮中的時候，十分得皇上的信用，自己卻毫無權勢。如今這柳泌不在皇上跟前，無人和他爭權的了。他便慢慢地把佛法去打動皇帝的心。這位憲宗，只知崇信仙佛，自己心中卻毫無主意。今見大通說佛法無邊，他也十分相信大通和尚。又說鳳翔法門寺塔上，有一節佛指骨留存著，勸憲宗派京師高僧去把佛骨迎進宮來供養著，便能得佛天保佑，萬壽無疆。

憲宗聽從了大通和尚的話，下旨京中各寺院主持僧，隨著欽使大臣，前往鳳翔恭迎佛骨。一時朝中大臣便如醉如狂一般，都隨著和尚去迎佛骨。佛骨到京師之日，真是萬人空巷，男女膜拜的，擁塞道路。

當時獨有一位刑部侍郎韓愈，他是一代大儒，文章泰斗，看了憲宗皇帝，只是迷信仙佛，把國家大事丟在腦後，心中便覺萬分難受，便借迎佛骨的事，上了一道奏章。說道：

「佛者，夷狄之一法耳！自後漢時始入中國，上古未嘗有也。昔黃帝在位百年，年百一十歲；少皞在位八十年，年百歲；顓頊在位七十九年，年九十歲；帝嚳在位七十年，年百五歲；堯在位九十八年，年百一十八歲；帝舜及禹，年皆百歲，其後湯亦年百歲，湯孫太戊，在位七十五年，武丁在位五十年，史不言其壽；推其年數，當不減百歲。周文王，年九十七，武王年九十三，穆王在位百年。當其時，佛法未至中國。非因事佛使然也。漢明帝時始有佛法，明帝在位才十八年，其後亂亡相繼，運祚不長。宋、齊、梁、陳、元、魏以下，事佛漸謹，年代尤促。唯梁武帝在位四十八年，前後三捨身施佛，宗廟祭不用牲宰，盡日一食，止於菜果；後為侯景所逼，餓死臺城，國亦浸滅。事佛來福，乃更得禍。由此觀之，佛不足信，亦可知矣！

高祖始受隋禪，則議除之；當時美臣識見不遠，不能深究先王之道，古今之宜，推闡聖明以救斯弊，其事遂止，臣常恨焉！今陛下令群僧迎佛骨於鳳翔，御樓以觀，舁入大內，又令諸寺遞加供養；臣雖至愚，必知陛下不惑於佛，作此崇奉以祈福祥也。但以豐年之樂，徇人之心，為京都士庶設詭異之觀，戲玩之具耳！安有聖明如陛下，而肯信此等事哉？然百姓愚冥，易惑難曉；苟見陛下如此將謂真心信佛，皆云天子大聖，猶一心信向，百姓微賤，豈宜更惜身命，遂至灼頂燔指，十百為群，解衣散錢，自朝至暮，轉相仿效，唯恐後時，老幼奔波，棄其生業。若不即加禁遏，更歷諸寺，必有斷臂臠身以為供養者。

傷風敗俗，傳笑四方，非細事也。佛本夷狄，與中國言語不通，衣服殊制，口不道先王之法言，身不服先王之法服；不知君臣之義，父子之情，假使其身尚在，來朝京師，陛下容而接之，不過宣政一見，禮賓一設，賜衣一襲，衛而出之於境，不令惑眾也。況其身死已久，枯朽之骨，豈宜以入宮禁？乞付有司，投諸水火，斷天下之疑，絕前代之惑，使天下之人知大聖人之所作為，固出於尋常萬萬也。佛如有靈，能作禍祟，凡有殃咎，悉加臣身！上天鑒臨，臣不怨悔！」

憲宗這時正迷信佛法，見了韓愈這一疏，不覺大怒，說他褻瀆神佛，當即發下丞相，欲定他死罪。幸得當時丞相裴度，還能主持公道，上書力言，韓愈語雖狂悖，心卻忠懇，宜寬容以開言路。憲宗還是怒不可遏。後經崔群一班大臣，再三求懇，便念在諸位大臣和宰相分上，把韓愈刑部侍郎的官革去，降為潮州刺史。從此憲宗在宮中，終日與僧道為伴，滿朝文武不但沒有人敢勸諫一句，反大家順著皇帝的意旨，從朝到晚，跟著皇帝東也求神，西也拜佛。

當時皇甫鎛是一個大奸臣，專一獻媚貢諛，他便領頭兒奉憲宗尊號，稱為元和聖文神武法天應道皇帝；令四方度支使，監鐵使，多多進奉賀禮。那左右軍中尉，亦各獻錢萬緡；那些錢財，卻個個剝削百姓得來的。弄得人民怨恨，少壯流亡。那柳泌自從奉了聖旨去做臺州刺史以後，便天天威逼著百姓，入山採藥。當時柳泌要討好皇帝，把百姓逼得走投無路；誰知他採了一年，卻不曾採得一株仙草。

那憲宗皇帝因日夜與妃嬪們尋歡作樂，身體漸漸有些支援不住，便很想天臺山的仙草，常常打發使臣到臺州去催取。柳泌怕犯了欺君之罪，便去躲在山中，不敢出來。憲宗大怒，便令浙東觀察使捉獲柳泌，送進京去。幸得那皇甫鎛和李道古一班人，都和柳泌通同一氣的，便竭力替柳泌求情，憲宗便免了柳泌的罪。那柳泌又在宮中合了金石酷烈的藥，獻與憲宗服下，憲宗一時貪戀女色，那藥力十分勇猛，果然添助精神不少。憲宗又重用柳泌，拜他為待詔翰林。

從此憲宗的親信大臣，各立黨派，互相傾軋。那柳泌一班人，結成一黨；吐突承璀一班人，結成一黨；又有那宮內太監王守澄、陳弘志一班人，結成一黨。這憲宗因沉迷在神仙色慾的路上，早把朝廷大事，置之度外，一聽那朝外大臣，和宮中太監互相爭奪。那憲宗皇帝，因服金石之藥太多，中了熱毒，性情十分躁烈。一時怒起，那左右太監，往往被殺，內侍們人人自危，便與王守澄、陳弘志、馬進潭、劉承、韋元素一班太監暗地裡結成一死黨，常常瞞著眾人的耳目，在宮中密謀大事。

那吐突承璀與二皇子澧王惲，交情甚厚。前太子寧病死的時候，承璀即進言宜立惲為太子；憲宗原也愛二皇子的，只因皇子的母親出身微賤，便改立遂王恆為太子。如今宮中各立私黨，每黨又各擁一皇子，大家陰謀廢太子恆；太子得了訊息，甚是恐慌，便密遣人去問計於司農卿郭釗。郭釗原是太子的母舅，便進宮來，面見太子，勸道：「殿下只須存孝謹之心，靜候天命，不必惶恐。」

不多幾天，便是元和十五年的元旦，群臣齊集麟德殿朝賀。

憲宗精神十分清健，便賜百官在明光殿筵宴。皇上與各丞相王公同席飲酒，甚是歡樂。席間君臣雅歌投壺，直至黃昏時候，才盡歡而散。不料到了第二天，宮中竟傳出訊息，說皇上聖駕已賓天了。那文武大臣，急入宮問候，走到中和殿前，那殿內便是御寢所在，只見殿門外已由中尉梁守謙帶兵執戟，環繞殿門，不放眾大臣進去。遙望門裡，那班管宮太監，如王守澄、陳弘志、馬進潭、劉承、韋元素等，各種執劍怒目。陳弘志高聲向門外諸大臣說道：「萬歲爺昨晚因誤服金丹，毒發暴崩。」

郭釗大聲問道：「大行皇帝可留有遺詔？」

那王守澄答道：「遺詔命太子恆嗣位，授司空兼中書令韓弘攝行塚宰。太子現在寢室，應即日正位，然後治喪。」

就中唯吐突承璀十分憤怒，便大聲說道：「昨夜萬歲爺好好的飲酒歡樂，何得今日就無病而崩？我們身為臣子，不能親奉湯藥於生前，亦欲一拜遺體！爾等何得在宮內掛劍攔住大臣！」

他說著，一手拉住澧王惲的袍袖，便欲闖進宮去。那班執戟武士，如何肯放他進去，便橫著戟攔住宮門。兩面爭鬧起來，那皇甫鎛和令狐楚一班人，原是怕事的，見他們愈鬧愈激烈了，便上前去竭力把吐突承璀和澧王惲二人勸出宮來。誰知那班太監的手段十分惡辣，見承璀、澧王二人退出宮去，便暗暗地派了兩個刺客去跟在他二人背後。第二天，滿京師人傳說那承璀和澧王二人在半途上被人刺死了。這時宮中被眾太監包圍住，誰也不敢去把這訊息去奏與新皇帝知道。承璀和澧王二人，也便白白地送了兩條性命。

事後有人傳說，那憲宗也是被宮內太監刺死的。只因那日黃昏時候，憲宗皇帝宴罷群臣回進宮來，行至中和殿門口，便回頭吩咐侍衛退去，只留兩個小太監掌著一對紗燈，慢慢地走進宮來。正走到正廊下，忽聽得屋中有男女的嬉笑之聲。憲宗因多服丹藥，性情原是十分急躁的了。如今聽了這種聲音，叫他如何不怒。正要喝問，忽見屋子裡奔出一男一女來，男的在前面逃，女的在後面追，口中戲笑著，不住地嬌聲喚著：「小乖乖！」

那男的一面假裝逃著，卻不住地回過臉兒去，向那女的笑著。憲宗皇帝迎面行去，他兩人都不曾看見，那男子竟與憲宗皇帝撞了一個滿懷。憲宗大喝一聲，這一對男女，方才站住。藉著廊下的燈光看去，認得那男子便是太監王守澄，那女子便是學士先生若憲。若憲是憲宗皇帝心中最寵愛的人，如今親眼見她做出這種事體來，真把個憲宗氣破了胸膛，當時也不說話，劈手去拔小太監腰上掛的劍來，向若憲的酥胸前刺去。

卻不防頭背地裡王守澄也揮過一劍來，深深刺在憲宗皇帝的腰眼上。只聽得皇帝啊喲喊了一聲，便倒地死了。若憲見惹了大禍，便十分慌張，要哭喊出來。王守澄搶上一步，把若憲的嘴按住。欲知後事如何，且聽下回分解。

春色微傳花障外　私情敗露掖庭中

太監王守澄，因與女學士若憲調戲，致犯了弒君的大罪，若憲在一旁，見萬歲爺死得甚慘，一時良心發現，正要叫喚。

那王守澄便上去，把若憲的嘴按住。他到此時，一不做，二不休，立刻把宮內一班有權勢的同黨，召集在密室裡，當時陳弘志、馬進潭、劉承、韋元素和那中尉梁守謙一班內侍，在密室中足足商議了一個更次；便決定假說是皇上誤服金丹，中毒暴崩的訊息，傳出宮去。一面把皇上的屍體，安放在龍床上，拭淨了血汙；又拿棉絮塞住腰間的傷口，外面罩上龍袍，停屍在寢宮裡，誰也不放他進宮來見皇上的屍體。便是太子恆，他們假著皇帝的遺詔，宣召進宮去，只把他留住在東偏殿裡，直待到皇帝棺斂已畢，那太子才御太極殿，接著皇帝位，稱為穆宗。

這時宮內外大權，都在王守澄一班太監手中。他們假著穆宗皇帝的命令，去把方士柳泌和浮屠大通二人捉來，活活的在當殿杖斃。又說丞相皇甫鏄是薦引方士，同謀藥死皇上的；便下詔把丞相收監，充軍到崖州去。這王守澄，原是和女學士若憲有私情的；但因那夜王守澄殺死憲宗皇帝，若憲一時慌張，叫喊起來。這行凶的情形，是若憲親眼目睹的。

王守澄只怕若憲日後宣揚他的罪惡，因此由愛反成仇，便也假用皇帝詔旨，把若憲幽囚在外第；又恐若憲怨恨，便賜若憲死。若憲母家的弟侄女婿一班人，共十三人，都被捕流配到嶺表去。一時滿朝全是王守澄的死黨，還有誰敢說一個不字。便是穆宗皇帝和皇太后郭氏母子二人，也見了王守澄一班黨羽，十分害怕。所有朝廷大權，全在那內侍手中，穆宗從不過問。當時穆宗迎生母郭太后移居興慶宮，每遇朔望，穆宗率領百宮，至宮門上壽。

每遇良辰令節，穆宗又率領六宮妃嬪，陪奉皇太后在御苑中遊覽宴飲。王守澄拿女色去引誘穆宗，便以陪奉太后遊玩為名，密令內外命婦，後宮親戚，各各華裝豔服進宮去。穆宗也夾在眾命婦隊裡，左顧右盼。看看那命婦個個都長成仙姿國色，顰笑宜人，便也忍不住和她們輕薄調笑起來了。那班命婦，誰不愛親近皇帝，因此在花前月下，鬧出許多風流故事來。

內中有一位金吾將軍的婦人曹氏，出落得最是美麗冶蕩；橫波流處，魂意也銷。她初次入宮，和穆宗想見，兩人便深情默契。當夜穆宗便假著宮中宴飲為由，把曹氏留住在興慶宮中。兩人酒至半酣，便偷偷地避出席來，走到花深月靜的地方，穆宗竟在一幅草茵上臨幸了曹氏。

第二天，曹氏辭別出宮，穆宗皇帝便賞她一箱珍寶，又封她為曹國夫人。從此，穆宗常常把曹國夫人宣召進宮去遊玩，一進宮去，總是十天八天不放她出來。這曹氏生性又是十分流動，她在御苑中，愛好騎馬；穆宗便替她在御堤上開一馬道，夾路種著桃柳，軟泥十丈，芳草如茵。

穆宗皇帝跨一頭栗色馬，曹國夫人跨一頭銀鬃馬；兩人並著馬頭，在馬道上往來馳驟，笑樂相親。一到春天，那道旁桃紅柳綠，萬花齊放。曹國夫人又打扮得十分嬌豔，在花下徘徊著，望去好似天上仙子。穆宗又怕曹國夫人一人在宮中太寂寞了，便把王公命婦，一齊召進宮來，陪曹國夫人飲宴遊玩。這御花園中，頓時繡帶招展，粉面掩映。穆宗插身在裡面，調情打趣，十分快活。

這日是七夕良辰，穆宗皇帝親御丹鳳門，宣詔大赦。因欲博曹國夫人的歡心，便召人教坊倡伎，令在殿前搬演雜戲。眾夫人夾在倡伎隊中，往來笑樂。當時京師地方，有一個名娼叫楊雪雪的，也入宮供奉，只見她容光煥發，轉側動人。穆宗便當夜召幸了她。那楊雪雪還有一種動人之處，她的一串珠喉，婉轉動人，且她唱的詞意豔雅，儘是新曲兒。穆宗常攜雪雪在花前月下，嬌聲歌唱，不多幾天，那宮中妃嬪，盡傳遍了她的歌詞。穆宗問：「這歌詞何人所作？」

雪雪奏對：「是江陵士人元稹制的歌曲。」

穆宗便把元稹召進宮來，拜為知制誥。卻終日陪侍在宮中，為雪雪制豔曲。

當時有一位中書舍人，名武懦衡的，瞧他不起。一天，正是大熱天氣，各文武朝罷，與同僚坐閣下食瓜。元稹亦在座，懦衡見瓜上有蠅飛集，便用扇揮去之，且斥道：「適從何來，遽集於此！」

同僚聞之失色，元稹也滿面羞慚，低頭退去。但那時元稹因雅擅詞曲，得皇帝的寵用。元稹又制一首《端陽競渡曲》，獻與穆宗，令後宮歌女五百人，齊聲歌唱起來，嬌媚動人。穆宗便命王守澄打造五十條龍舟，雕刻彩畫，十分生動華麗。令小太監扮做各種魚妖水怪，在水面上繞著龍舟，遊行往來。到了端陽佳節，穆宗皇帝便帶了六宮妃嬪，和各命婦夫人，駕臨魚藻宮，觀龍舟競渡。那五百名宮女，打扮得人人妖豔，個個嬌美；齊趁著珠喉，唱起《端陽竟渡曲》來，婉轉悠揚，從水面渡來。

這時穆宗皇帝正與諸宮妃嬪傳杯遞盞，談笑取樂；尤其和曹國夫人，十分關情。兩人在筵前眉來眼去，履舄交錯；說到情濃之處，便不覺忘形起來，拉住曹國夫人的手，徑向御苑中走去。那一群宮女，知道這位風流天子的性格，便忙忙各人捧著巾櫛盆盒，去跟在身後。看看萬歲爺倚住曹國夫人的肩頭，慢慢地走到花障子後面去；那宮女們也很知趣，忙齊齊的站住，屏氣靜息地候著。只聽得曹國夫人的一陣一陣嬌笑，和那萬歲爺低聲喚著愛卿的聲音，度出花障外來。那班宮女，個個羞得紅潮上頰，你看著我，我看著你，儘是抿著嘴笑。

隔了半晌，那萬歲爺才笑嘻嘻地拉著曹國夫人的手，從花障子後面轉出來。便有幾個宮女，上去擁著曹國夫人，走進更衣室去，梳洗沐浴。那萬歲爺，自然有一班宮女服侍他。

這位穆宗皇帝，專一歡喜玩弄外來的夫人命婦；那妃嬪宮女們，也看慣了。內中獨有與曹國夫人，最是情濃。這曹國夫人，又是放誕風流的，最愛圍獵的遊戲。穆宗皇帝也因寵愛曹國夫人，每到秋天，便親自帶領神策軍，到驪山去打獵。又因伴著曹國夫人，給臣民看了不雅，便推說奉郭太后遊幸華清宮。

待到了華清宮，便又撇下郭太后一人冷冷清清地住下，自己便和曹國夫人同坐著車兒，向驪山出發。兩人住在驪山行宮裡，整天整夜地遊玩著，也不想回宮去。

這一天，穆宗皇帝正帶著曹國夫人圍獵，那曹國夫人，柳腰粉臂，扎縛得和賣解兒似的，一匹銀鬃馬馱著。她要在萬歲跟前顯她的好手段，便往來馳驟，追兔逐鹿，十分快活。那位萬歲也拍馬跟在她後面，幫著曹國夫人追逐。忽有一神策軍人，翻身落馬。那匹馬吃了一驚，便在圍場中飛也似地亂跑。直衝到御駕跟前。那穆宗胯下的一頭栗色馬，也大吃一驚，擎著前蹄，和人一般地直立起來。穆宗兩腿失了勁，也從馬背上直撞下來。正在這個時候，那匹溜了韁的馬，竟向穆宗皇帝身上直奔過去。

這時穆宗皇帝跌閃了腰，倒在地下，一時動不得；那匹奔馬舉起前蹄，直向穆宗的面門上踏下去。左右大臣，個個嚇得臉上失色，齊發一聲喊。在這喊聲裡，忽然斜刺裡飛過一支箭來，不偏不倚地射中在那馬眼上。那馬也應聲倒地，接著那曹國夫人拍馬過來，輕舒玉臂，把萬歲爺扶起來。原來這一箭也是曹國夫人射的。曹國夫人本領高強，一箭救了御駕；穆宗皇帝心中更是說不出的歡喜，便攀住曹國夫人的肩頭，正要站起身來，忽然他手腳抽搐起來，頓時因受了驚嚇，成了風疾。

一團掃興，眾文武百官，保住皇帝的聖駕，回到華清宮中。郭太后看皇上只是四肢不停地抽搐，目瞪口呆，也不覺慌張起來，急急回至長安京城裡，一面傳御醫服藥調治，一面由郭太后召集大臣會議立嗣的事體。就中丞相李逢吉，一力奏請立景王湛為太子；那中書門下兩省，和翰林學士等官，都紛紛上奏。原來穆宗在位多年，還不曾冊立正宮。生有王子五人，長子湛，原是後宮王氏所生，當時封為景王。有許多臣子，紛紛請立長子為太子。穆宗便立景王湛為太子，冊王氏為妃。

這穆宗雖患了癱瘓之症，但依舊不忘記淫樂之事，每日坐在一小車上，用四個小太監前後推擁著，一群美人，繞住了這位風流皇帝，彈唱調笑。到十分動情的時候，便把這美人拉進小車去，四面窗幔放下，頓時笑停樂止，只聽得車中低低地喚聲，輕輕的笑聲，直到歡盡樂極，才放那美人出來。穆宗皇帝最不能忘懷的，是那曹國夫人；這時把夫人留住在宮中，穆宗每夜宿夫人宮中。

這樣夜以繼日地伐之不休，任你是鐵石人也要倒壞的，何況穆宗是多病之軀，早已支撐不住，神色敗壞起來。郭太后看了十分心痛；想起憲宗在日，服方士丹石，一時頗能見效。如今眼見這位穆宗爺精力不濟，死在眼前了，便沒奈何，令方士修煉丹藥，與穆宗服下。無奈穆宗此時真陽已涸，元氣愈虧。看著大變即在目前，郭太后便下諭命太子監國。

這時太子年只有十六歲，性情又十分痴呆，內侍們便請郭太后臨朝，郭太后大怒，斥退內侍，厲聲說道：「爾等欲我為武后耶？」

誰知那穆宗皇帝正在這時候，一病而崩，宮中頓時慌亂起來。國太舅郭釗，受穆宗顧命，欲扶太子湛為皇帝。誰知四處尋覓，卻不見這個太子，直尋到西偏殿下，那太子正與一個小太監在殿下踢球玩耍。眾大臣把太子簇擁著到太極殿東序，即了皇帝位，便是敬宗皇帝。尊帝母王氏為皇太后，封次弟涵為江王，三弟湊為漳王，四弟溶為安王，幼弟瀍為穎王。

這敬宗做了皇帝以後，自免不了有許多坐朝的儀式。敬宗因受不了這拘束，往往在朝會的時候，溜下座來，偷偷地跑到中和殿去，找幾個小太監和他打球玩耍。見有略具姿色的宮女，便不肯放手，當著眾太監的面前，便胡亂姦淫著。此時穆宗的靈柩，尚供奉在太極殿上；敬宗每過梓宮，毫無敬意。常帶著一群小太監，在穆宗靈柩前，打著大鑼大鼓，大聲歌唱。這時李逢吉為丞相，見皇上荒淫無道，他屢次勸諫，敬宗不肯聽從。

李丞相無法，只得捉住幾個小太監斬首，說他犯了大不敬的罪。

敬宗見殺了小太監，從此他也不坐朝了，也不出宮來遊玩；終日在宮中，只與那班妃嬪宮女們嬉戲淫樂。

一天正追著一個小宮女，那小宮女卻長得十分美麗，只因年紀尚幼，害怕皇帝的淫暴；見皇帝追著她，知道乾的不是好事，她也顧不得了，只向那宮門外跑去。這敬宗見了美麗的女孩子，如何肯舍，便也追出宮門來。頂頭撞見了那左拾遺官劉棲楚。這劉棲楚是著名的忠直之臣，見了這樣子，不覺大怒，隨舉手中牙笏，向那宮女面門上打去，只聽得啊喲一聲，那宮女被打破了腦門，倒地死了。慌得劉棲楚跪倒在地，連連叩頭，口稱：「臣罪萬死！」

可憐劉棲楚額上直碰出血來，響聲直聞殿角。只聽他一面叩著頭，口中奏道：「陛下年富力強，今在嗣位之初，正當宵旰勤勞，以問政事。今陛下迷於聲色，日晏方起，梓宮在殯，鼓吹不休，陛下之令聞未彰，而惡聲已遠布。

如此荒淫，福祚不長。今臣請碎首階前，以謝曠職之罪！」說著，又叩頭不已。敬宗厭聽劉棲楚的話，便令左右太監扶劉拾遺出宮去。

當時又有大臣德裕，獻玉屏六幅，屏上寫著六箴：一日，宵衣，是譏諷敬宗坐朝稀晚；二日，正服，是譏諷敬宗服裝怪異；三日，罷獻，是譏諷敬宗貪得物玩；四日，納誨，是譏諷敬宗不聽忠言；五日，辨邪，是譏諷敬宗信任奸臣；六日，防微，是譏諷敬宗輕於出遊。

敬宗如何肯聽這些話，他把玉屏圍著眾妃嬪，令眾美女脫去衣裙，裸著身體，在屏中跳舞。德裕和劉棲楚二人，探聽得皇帝如此荒淫，便一齊推脫有病，辭去冠帶，回家去了。

那敬宗又欲率領六宮至驪山溫湯沐浴，右拾遺張權輿，手捧勸諫表文，跪在紫宸殿下，口呼萬歲。那敬宗久不坐朝，紫宸殿上，也無人接受他的表文，可憐這張權輿，不住地叩頭號泣，從辰牌時分，直跪到申牌時候，那值殿太監，看他哭得可憐，便替他把表文送進宮去。

敬宗見表文上滿紙都是勸諫不可巡幸的話，又說昔周幽王幸驪山，為犬戎所殺；秦始皇幸驪山，卒至亡國；唐玄宗幸驪山，安祿山作亂；先帝幸驪山，而享年不久。敬宗讀罷奏文，仰天大笑道：「驪山有如此的凶殘嗎？朕更宜一巡幸！」

便大舉巡幸驪州，驪山上行宮，因荒廢日久，成了野獸狐狸的巢穴；敬宗住在行宮中，狐狸作祟，不得安寧。

敬宗大怒，便鞭殺管宮太監十餘人，又親自拿著燈籠，隱身殿角，捉射狐狸。妃嬪一齊勸諫，敬宗不聽。

當時宮中妃嬪，有很多與太監們通姦的。內中有一劉克明，長得性情伶俐，皮膚白淨。原是太監劉光的養子，因善踢球，敬宗在東宮的時候，劉克明便伴著太子踢球玩耍。到年紀長大，也不曾閹割。此時他在宮中，便暗暗地與美貌宮女通姦；漸漸地膽大起來，又與董淑妃結識上私情。不料事有湊巧，這一夜，敬宗皇帝又在半夜時分，躲身在東偏殿角上，守候著擒捉狐狸。

一個小太監懷中藏著燈籠，正在暗地裡靜悄悄地守著。忽聽得那東廊盡頭，有悉索悉索爬抓之聲，接著一團黑影，著地滾著，漸漸地走近身來；敬宗皇帝在暗地裡覷得親切，便抽弓搭箭，颼的一矢飛去，接著那邊啊唷一聲，一個人倒下地來。

敬宗皇帝十分詫異，忙搶步上去看時，見倒在地下的，不是別人，正是宦官劉克明。小太監擎起燈籠，照住他的臉，大聲喝問著；那宦官一時慌張，答不出話來。敬宗皇帝見他支吾著，愈加動了疑心，那劉克明才哼著說道：「奴婢打聽得萬歲爺深夜出宮來，特在暗地裡保護著萬歲爺的。」

那敬宗皇帝原是毫無心計的人，聽了劉克明的話，便信以為真，便哈哈大笑。這一笑，把那宿殿的太監，一齊驚起。那敬宗便吩咐眾太監，扶著劉克明回房養傷去。

這劉克明自從中了萬歲爺這一箭，足足睡在床上，養傷二十多天，不得下床。他和董淑妃打夥得正在熱烈的時候，如今因受著傷，兩地裡不能暗去明來，心中萬分焦急；他這一把無名火，全中在萬歲身上。在敬宗皇帝，早已不把這事放在心上了；但從來做賊的心虛，劉克明卻總疑心萬歲爺已經窺破了他的祕密，從此啣恨在心，把個敬宗皇帝當做眼中釘看待。

這劉克明在宮中多年，威權很大。宮中大小太監，全是他的黨羽。他病在床上二十多天，那班太監，天天在他榻前開會，祕密商議，舉行大逆不道的事體。這時到了嚴冬，敬宗皇帝，也覺興倦，迴鑾長安宮中。兵部尚書餘應龍奏稱：「有征西大將軍蘇佐明，班師回京。」

敬宗皇帝忽然高興起來，便傳旨當晚在正儀殿賜宴。當時與宴的，除蘇佐明、餘應龍二人以外，共有二十八個文武大臣；君臣對酌，倍覺開懷。這敬宗皇帝，原是酷好杯中之物的；如今君臣同座，毫無拘束的，便不覺酩酊大醉，頓時嘔吐起來，狼藉衣袖。小太監扶著，退回隔室去，更換衣服，眾大臣齊坐在筵前守候著。

正在這時候，忽聽得隔室中一聲慘呼，聽去好似皇帝的呼聲，嚇得眾大臣一齊變了臉色；那蘇佐明便忍不住了，推案而起。正慌張的時候，忽見殿上的燈火，一齊熄滅了；眼前一片漆黑，眾大臣一步也行走不得。隔了半晌，才有小太監把燈火重明起來；回頭看時，只見殿屋四周，站滿了兵士，肩上掮著雪亮的刀槍。眾大臣知道是中了計，大家面面相覷，開口不得。

又隔了半晌，只見那太監劉克明帶劍上殿，滿臉露著殺氣，身後隨著一隊鐵甲軍士。欲知後事如何，且聽下回分解。

叔戀侄文宗急色　女負男太子殉情

太監劉克明，對眾大臣厲聲說道：「萬歲爺已駕崩了！」一句話，嚇得眾大臣目瞪口呆。那蘇佐明止不住撲簌簌滾下淚來。餘應龍只問得一句：「萬歲爺好好的，如何忽然崩了駕？」

那劉克明便瞪著雙眼，一手按住劍柄，大有拔劍出鞘之勢；嚇得餘應龍忙低下頭去，不敢作聲兒。這時學士路隋，坐在餘應龍左首肩下；劉克明右手仗著劍，騰出左手來，上去一把把路隋揪下席來，喝令小太監叫捧過筆硯來，逼著路學士草遺詔，命傳位給絳王悟。絳王年幼，便令劉克明攝政，尊為尚父。遺詔發出宮去，人人詫異。這明知是劉克明一人鬧的鬼，但滿朝中儘是宦官的勢力，大家也奈何他不得。眾文武二十八人入宮赴宴，一齊被劉克明監禁在宮中，不放出來。大家再三向劉克明哀求著，直到敬宗皇帝的屍體收殮完畢，那絳王悟人宮來，在柩前即位，諸事停妥，才把眾大臣放去。

這二十八人在宮中，足足關了三天三夜，待放出宮來，獨蘇佐明一人，十分悲憤，他扮作農人模樣，混出了京城；又悄悄地召集樞密大臣王守澄、楊承和中尉魏從簡、梁守謙一班忠義之臣，祕密商議。由蘇佐明率領兵士往涪州迎江王涵，乘城中不備，攻入京師，直至宮中。這時宦官劉克明，竟與董淑妃成雙作對，也不把絳王放在眼中；聽得宮門外喊殺連天，忙命小太監打聽，知道是蘇佐明兵士已把宮禁團團圍住，水洩不通。

他便指揮眾太監，出至宮門外抵敵。蘇佐明出死力攻打。這時宮中有左右神策飛龍兵幫助守住宮門，實是不易攻打。餘應龍扶住江王，令兵士高聲齊呼：「有真天子在此！快開宮門！」

那宮中神策兵聽得了，忽然自相殘殺起來。蘇佐明兵士，乘勢殺入；那神策飛龍兵見了江王，便齊呼萬歲。轉過身來，便幫著殺太監死黨。蘇佐明眼快，在人叢中看見劉克明抱著一位小王，東西亂竄。蘇佐明站在高處，覷的親切，便在冷地裡發過一箭去，那劉克明應弦而倒。眾人一擁上去，舉刀亂砍，頓時剁成肉泥，可憐那絳王悟，也和劉克明陳屍在一處。眾太監見劉克明已死，便和鳥獸一般，四散奔逃。江王入宮，見了絳王的屍首，兄弟之情，免不了撫屍一哭。

眾大臣奉著江王，在凝禧殿即皇帝位，稱作文宗。文宗是穆宗皇帝的次子，母后蕭氏，尊為皇太后。第二天，宮中發出一道聖旨來，命宮女非有職事者，一律放出宮去，共有三千多宮女，又放去五坊的鷹犬，罷田獵之事，更裁去教坊總監，閒職太監，共有一千二百餘人。這一年大熟，文宗命司農收藏五穀，以備荒年。文宗天性儉樸，在宮中布衣麥飯，見有文繡雕鏤的器物，便命撤去，藏入府庫。此時太極殿久不坐朝，兩墀下草長，幾及人肩，文宗命剷除。從此每逢單日，便坐朝聽政。

眾大臣奏事，至日午，還不退朝；因為從前敬宗皇帝在日，每月坐朝只一二日，百官公事壓積日多，文宗一一查問，不覺日長。

此時劉克明的死黨，都已搜殺盡絕。只有中監仇士良，原是文宗最親信的人。他在江王藩府中，已服侍文宗多年，如今奉文宗入宮，因當時保護聖駕的功勞，文宗便另眼看覷著他。

誰知小人得志，便頓時跋扈起來。仇士良在宮中，暗結黨羽，把持朝政，凡有朝命出入，都是仇士良一人從中操縱著。如加一官晉一爵，仇士良都要向那官員索取孝敬，千金萬金不等。

這位文宗皇帝，卻又出奇地信任仇太監，每日坐朝，遇有疑難不決的事，便問士良。這仇太監，原也很有口才，他便當殿代萬歲爺宣布旨意。日子漸久，滿朝政事，都聽仇士良一人的號令；慢慢的太阿倒持，每天朝堂上，只聽得仇士良一人說話的聲音。遇有臣下奏請，仇士良便代皇帝下旨，處斷國家大事。

那文宗高坐在龍椅上，好似木偶一般，心中甚是氣憤。但仇士良黨羽已成。文宗在宮中，一舉一動，都被太監鉗掣住了，舉動不得自由。文宗到此時，也便心灰意懶，無志於國事，漸漸地也不坐朝了，所有的內外大事，都操在仇士良一人手中，頓時招權納賄，大弄起來。文宗終日在宮中閒著無事，便和一班妃嬪們廝纏著，漸漸地沉迷色慾。

那時文宗最寵愛的是紀昭容，長得容貌端麗，性情賢淑，文宗常去臨幸。但這紀昭容房屋中，忽然有一對姊妹花發現，講她的姿色，比芙蓉還豔，講她的肌膚，比霜雪還白，行動婉轉，腰肢裊娜，他姊妹每見文宗駕到，便和驚鴻一瞥般轉身遁去。天下的美人，最好是不得細看；模模糊糊，好似霧裡看花，越是看不清楚，越是愛看，越是愛又越是想。這時文宗眼花撩亂，心旌動搖，越是心中想得厲害，越是口中不敢問得。只因紀昭容妒念甚重，文宗寵愛著紀昭容，也不願兜這閒氣。但美色誰人不愛，文宗越是口中不說，越是心中奇想。

從來說的，天從人願。這一天，文宗獨自在御園中閒走，慢慢地走到萬花深處，一瞥眼從葉底露出一雙美麗的容貌來。

文宗認得，便是在紀昭容屋中遇到的一雙姊妹花，如今不怕她飛上天去了。文宗到了這時，也忘了自己是天子之尊，便滿臉著笑容，迎上前去。那姊妹二人見避無可避，只得拜倒在地，嬌呼萬歲。這和出谷新鶯似的嬌聲，聽在文宗耳中，萬分歡喜，當時也不暇問話，便伸過手去，一手拉住一個，慢慢地踱出來。

就近轉入延暉宮，一夜臨幸了她姊妹二人。初入溫柔，深憐熱愛，一連十多天不出宮來。那紀昭容打聽得萬歲爺有了新寵，心中雖萬分悲怨，但卻也不敢去驚動聖駕。

直到第二十天上，還不見萬歲爺出延暉宮來，紀昭容滿肚子醋氣，再也挨不住了，便藉著叩問聖安為由，闖進宮去，打算看看萬歲爺的新寵，究竟是怎麼一個美人兒。誰知不看時便也糊裡糊塗地過去，待到一見面，卻把個紀昭容急得忙跪下地去，連連叩頭說道：「萬歲爺錯了！萬歲爺錯了！」

文宗聽了，也便怔怔的。那姊妹二人聽了紀昭容的話，也一齊羞得粉面紅暈，低垂雙頸。紀昭容又說道：「萬歲可知這兩個新寵是萬歲爺的什麼人？她姊妹二人，原是萬歲爺的侄女呢！」

文宗聽了，不覺直跳起來。忙問：「是什麼人的女兒，卻是朕的女侄？」

紀昭容奏道：「她姊妹二人，原來是李孝本的女兒。」

文宗聽說是他哥哥湘王李孝本的女兒，便急得在屋子裡亂轉，嘴裡連說：「糟了！糟了！」

紀昭容又接著說道：「她姊妹二人，是新出閣的，嫁與段右軍為妻室。只因平日和賤妾最是性情相投，因此常常進宮來起坐，不想給萬歲爺看上了眼，如今這事卻如何打發她姊妹二人？」

文宗一眼見她姊妹二人，嬌啼婉轉倍覺嬌豔，他心中萬分愛憐。當時心中一橫，便把雙腳一頓，說道：「這事木已成舟，如今一不作二不休，朕也顧不得什麼侄女不侄女！她姊妹二人，朕如今愛定了，明日朕便當下旨冊立她姊妹為昭儀，拼在宮中另選兩個美貌的賞給段右軍罷了。」

紀昭容聽說萬歲爺欲冊立自己的侄女做昭儀，這亂倫的事如何使得，忙磕頭苦勸。無奈這時文宗被美色迷住了，如何省得這倫常的大義。第二天，竟發下諭旨去，立她姊妹為昭儀。滿朝大臣，不覺大嘩，有拾遺魏謩上疏道：「數月以來，教坊選試以百數，莊宅收市猶未已；又召李孝本女，不避宗姓，大興物議，臣竊惜之！」

文宗讀此奏章，不覺自慚，便親筆批在表文後面道：「朕廣選女子，原欲以賜諸王；只憐孝本孤露，收養其女於宮中，並無冊立之事。」

把這亂倫的穢德，輕輕抹去，那魏謩卻也無話可說了。文宗又怕這勸諫之事一開了端，大臣們紛紛都要上奏章勸諫，便又假裝做有道德的模樣。當時有起居舍人，專記皇帝平日起居；文宗便向舍人要那起居注檢視。舍人奏道：「起居注專記人主善惡，是儆戒人主的意思；陛下只須力行善政；不必觀注。帝王若自讀註記，則從此舍人不敢直書帝王之善惡，他日不能取信於後人。」

魏謩又請早立太子，文宗每日遊玩，必令長子永隨侍左右。

那王子永，已是二十歲年紀，長得長身玉立，自幼便愛踢球騎馬；待年紀慢慢長大，自有一班大臣子弟，陪著他在外面鬥雞走狗，漸漸地在娼家出入，行動十分放浪。他又仗著自己容貌長得漂亮，每遇王公大臣家中私宴，他便闖席進去；見有內室美眷，他便施展手段，百般勾引，竟有許多閨秀命婦，因貪他富貴，又愛他年少貌美，私地裡和王子永偷香送暖，給她丈夫暗暗地戴上綠頭巾的。他這性情，便合上了他父皇的脾胃；因此文宗在宮中，每有宴樂，便召王子永隨侍在左右。王子永當著父皇跟前，與宮女們調笑無忌。

那時有一位楊賢妃，原是文宗最近在教坊中挑選進宮去臨幸的；只因這女子生成美麗的容顏，活潑的性情，文宗得了她，又是出奇的寵愛她。誰知事有湊巧，從前王子永在教坊出入，原和楊賢妃結下一段深情。兩人海誓山盟，只因王子永是當今的長王子，將來有做太子的希望，若娶了一個妓女去做妃子，只怕招惹物議，因此兩邊延宕著。卻不知哪裡一個大臣，要討皇帝的好兒，把這楊賢妃長得如何美貌，傳在天子耳中。

這文宗正在愛好色慾的時候，如何肯輕輕放過，便立刻打發宮監去把楊賢妃娶進宮來。居然一見鍾情，一宵雨露，便冊立為楊賢妃。滿朝大臣，迎合萬歲爺的心意，紛紛上表進賀。四方官員，又進獻脂粉珠玉。文宗要得楊賢妃的歡心，便在熙春殿上，大排筵宴，賜群臣飲酒。酒罷，退至後宮，又傳各王子各公主拜見賢妃，尊以母禮。第一個是王子永，他不行禮也還罷了，待進宮去行禮，一抬頭見坐在上面的新妃子，不是別人，正是和他在枕上花開並蒂海誓山盟的意中人。他心中一酸，如何能不氣？但當著父皇跟前，卻不得不拜倒在他意中人的石榴裙下。

拜罷起來，一肚子骯髒氣，便覺按納不住，便立刻退出宮。回至府中，一時無處發洩，便把自己書室中陳列著的文具珍寶，打成雪片模樣，把闔府中上下的人，驚得個個目瞪口呆。

正在不可開交的時候，忽報說父皇冊旨下來；王子永納住氣憤，忙排香案接旨。中官宣讀詔旨，原來是冊立長子永為皇太子。一班趨炎附勢的大臣，得了這個訊息，忙又紛紛齊集在太子府中賀喜。三日三夜的笙歌宴飲，險些不曾把這一座府第鬧翻。舉行過慶賀以後，照例太子遷入東宮去居住；又派了一群東宮的官員，天天陪著太子飲酒遊樂。這太子雖天天和一班近臣太監們遊玩著，但他每一念起那意中人，不覺心中如搗。

這時東宮離楊賢妃的凝暉宮，近在咫尺。他每日清早在樓頭眺望，只見煙樹迷濛，封住了凝暉宮的屋頂。太子見屋懷人，常常嘆息。

有一天，這太子覷人不留意的時候，便一個人悄悄地溜進凝暉宮去。這時正值黃昏月上，那宮廷廊下，映著紅綠的燈光照在院子裡，十分黯淡。太子隱身在燈光後面候著，半晌半晌，果然見楊賢妃扶著一個小宮侍，慢慢地步出廊下來，倚定欄杆，望著月兒。太子因心中想念多時，意中人驟然想見，他心中如何忍耐得住？便也顧不得避宮侍的耳目，急聳身出去，伸著兩手，攀住楊賢妃的肩頭，只說得一句：「害我想得好苦呀！」

那楊賢妃大吃一驚，立時玉容失色，不覺雙眉緊蹙，嬌聲吒道：「有賊！」

那太子見不是路，怕驚動宮中侍衛出來，不好意思，便急急轉身遁回東宮去。此時楊賢妃攀上高枝兒，早已不拿這太子放在心眼中了。如今太子當著宮侍面前，做出這輕薄樣兒來，這楊賢妃心中又氣又羞，她又怕，落在宮侍眼中，口沒遮攔，把太子的輕薄樣兒，在人前說出來，傳給萬歲爺知道了，疑心自己和太子有什麼曖昧事體，保不住失去了皇帝的寵愛。

因此楊賢妃便打了一個狠毒的主意，索性先發制人，在文宗皇帝跟前，日夜說著太子的壞話。這文宗皇帝正寵愛楊賢妃頭裡，聽說太子膽敢調戲賢妃，便立刻要傳旨，廢去太子名位，發交刑部看管。這訊息傳在太子的耳中，知道大禍即在目前；他心中又悲傷，又恐慌，一個人閉上屋子，在室中繞行著，躑躅通宵，他愈想愈害怕，便悄悄地在室中自刎而死。

第二天東宮侍臣奏與萬歲知道，萬歲爺勃然大怒，把所有東宮近臣，一齊收了監。這訊息傳至楊賢妃耳中，這時楊賢妃正伴著一位少年王爺在密室中談心。這王爺便是文宗皇帝的弟弟溶，現封為安王；在諸位王爺中，面貌長得最美，因此楊賢妃入宮之初，一眼便看中了，他二人早晚祕密來往著。如今楊賢妃聽說太子已死，她乘萬歲爺夜間臨幸的時候，便在枕蓆之間，替安王進言，請萬歲爺立安王為太子。

那安王原也神通廣大，他用黃金買通了宮中太監，第二天那宦官仇士良為首，率領一班總管太監，一起有二十多個人，去見萬歲爺，奏稱願請立安王為太子。說話的時候，其勢洶洶，聲色俱厲。文宗是一向害怕宦官的威權，如今見他們眾口一辭，欲立安王為太子；心中明知道安王與他們結了同黨，他當面也不敢說破，只推說立儲是國家大事，須與宰相商量。

次日，文宗皇帝召左丞相李玨至密室中，告以宦官欲立安王之事；李玨力言不可。文宗嘆著氣說道：「朕如今身心受制於宦官，豈有朕的說話嗎？」

說著，不覺流下淚來。李玨也伏地流涕，奏道：「老臣必有以報陛下！」

他匆匆退出宮來，便在相府中，召集了眾文武大臣，祕密商議。眾意欲立敬宗少子成美為太子，只怕宮中宦官不願意，便聯合眾文武大臣，在奏本上具名，共有五百多人，一體入奏，請立成美為太子。這成美卻是一位循規蹈矩的少年，文宗見有許多大臣具著名，便也膽大起來，便是仇士良一班太監，見有許多外臣扶助成美，便也不敢有什麼反抗的話。文宗才得大膽下著聖旨，冊立成美為皇太子。

文宗在宮中，時時受宦官的氣惱，心中鬱鬱不樂；從來說的，憂能傷人，文宗心中鬱積日久，便一病不起。文宗在病中，欲傳命太子監國。這時宮中密布仇士良的心腹，見皇帝寢宮中傳出密旨來，早被仇士良派心腹侍衛，在半途中劫去。仇士良一人的主意，便私改詔書，立皇弟瀍為太弟，命太弟監國。次日，文宗駕崩，那太子成美，得了訊息，便欲至寢宮哭送；走到寢宮門外，忽然跳出四個方士來，不由分說，擒住太子，送至密室中，活活的被太弟用麻繩縊死。這太弟見太子已死，便膽大放心地自立為皇帝，坐朝聽政，稱為武宗皇帝。

這武宗皇帝，卻是精明強幹的；他是用陰謀強力把這皇位霸占過來，只怕內外人心不服，便用威力整頓朝綱。所有從前文宗時候墮落的大權，在武宗手中，一朝通通收復過來。那中尉仇士良，自己仗有扶立之功，每值朝會，便高視闊步，叱吒百官。武宗心中含怒已久，當時因宮中太監，俱是仇士良的同黨，不便下手。武宗便多與內侍金帛，使他叛離士良，都歸心於皇帝。

仇士良漸漸地覺得勢孤，便告老回家。當時便有許多太監，在士良府中飲酒餞別，士良對眾內官說道：「諸位皆欲在宮中立權威，第不可令天子過於精察；常宜引導奢靡，娛其耳目，使日新月盛，無暇更及他事。然後吾輩可以得志，慎勿使天子親近儒生，彼知讀書，即知前代興亡，且知憂懼，則吾輩無所用其權矣！」

幾句話，說得眾人點頭嘆服。因此仇士良去後，宮中太監，又朋比為奸起來。

那時武宗明察內外，眾內侍無所用其技，武宗皇帝又別無嗜好，眾太監又無法使天子昏惰。武宗平日，唯愛杯中物，常常飲酒至醉。欲知後事如何，且聽下回分解。

奪美妾武宗下辣手　報宿恨鄭後行殘心

眾太監聽了仇士良的話，便又結合私黨，背著武宗皇帝，在暗地裡做招權納賄的勾當。但武宗卻是一位英明之主，朝廷政事，不論大小，都是親自管理。那太監便是要在暗地裡舞弊，也是無可下手。因此太監們在背地裡商議，欲探聽萬歲爺有什麼嗜好，便設法投其所好，使萬歲爺昏迷在這嗜好之中，便也無暇顧及國家的政事了。後來打聽得萬歲爺酷好杯中之物，眾太監便設法去蒐羅各處的名酒。武宗愛酒的名兒，傳至四方，便有那幽州刺史官蘇允中來湊趣兒。他獻上十二壇名酒，又獻一個勸酒的美人兒，一齊送進宮去。

那勸酒美人，原是揚州的娼妓，名小翠的。她不但容貌美麗，更是善於勸酒。每當華筵初張，小翠兒便頓著嬌喉，唱《酒中八仙歌》。每唱一闋，便勸酒一巡。座中的賓客，既貪她的美色，又愛她的嬌喉，便不覺舉杯痛飲。那小翠又藏著滿肚子的新奇酒令兒，屋中十景架上，又滿排列著片籌玉筒。每一筒便是一種酒令，又風雅，又香豔。牙籌上雕著豔雅的詞句，人見了便是不能飲酒的，也由不得鼓動興趣，強飲幾杯，湊湊趣兒。因此一班文人雅士，達官富商，都擁擠在小翠兒的妝閣中，盤桓不忍去。那小翠兒的名氣，一天大似一天。便有那官府大員，常常把她喚進府去，陪伴飲酒。十天八天，不放她出來。

從此小翠兒也不把那班文人商賈，放在眼中，專一巴結達官貴人。每一次坐著香車出行，前呼後擁，招搖過市。如今她索性巴結上了皇帝。武宗雖是一個英明之主，但見了這個如花一般的美人兒，又能歌唱，又能說笑，不由得把這萬歲爺的神魂兒迷住了。當時宮中太監，見把這一位英明的萬歲也捉弄倒了，便大家趁萬歲他昏迷的時候，在暗地裡招權納賄。那武宗得了這個小翠兒，每日伴著在絳雲軒飲酒聽歌，猜拳行令。把個英明天子，灌得酒醉如泥。

當時有一位節度使杜悰，看萬歲如此沉迷不醒，便上了一道奏章，力勸皇上須勵精圖治。此時武宗皇帝因飲酒過量，傷害肺腑，臥病不起，心中深自悔恨，不該好色貪酒。如今讀了杜悰這本奏章，心中萬分悲傷！依著床頭，不住地流淚！無奈肺病一天沉重一天，掙扎到冬天時候，便晏了駕。這時宮中太監的威權，一天大似一天，在武宗皇帝病勢危急的時候，便在宮中祕密會議，欲立太叔光王忱為太子。

說起這光王忱，當初也有一段風流故事，留傳在宮廷間。這光王忱是武宗皇帝的弟弟，憲宗皇帝的少子。光王的母親鄭氏，原是當初丞相李錡的姬人。李錡和憲宗，自幼在東宮，原打夥得很是相投的。有時憲宗還在李錡家中遊玩，自朝至暮，十分快樂！

也忘了回東宮去，便留住在李錡府中。那李錡的內眷，妻妾子女們，也都和憲宗談笑無忌。內中唯有愛姬鄭氏，長得更是美豔出眾，尤其是善於烹調。恰巧這位憲宗皇帝，又是講究飲食的。如今在李錡家中，嘗了美味的酒菜。那李錡也要討好憲宗，便令這愛妾鄭氏，出堂拜見。誰知他二人真是前世的冤孽，一見了面，便各自生了心。憲宗從此更是在李錡家中走得勤。但此後的來往，與從前大不相同了。從前憲宗到李錡家去，總是覷著李錡在家的時候，兩人吃喝遊玩著，大說大笑，十分親熱。

自從憲宗心中有了鄭氏以後，便覷著李錡不在家的時候，偷偷地走去，和鄭氏私會。他是一位東宮太子，又是將來的皇帝，有誰敢去管他的閒事。每次憲宗到李錡家中去，便和鄭氏在花園中，盡情旖旎，徹膽風流。後來也被李錡親自衝破過幾次，李錡心中雖覺得酸溜溜兒似的，萬分難受。但總不肯因兒女之好，壞了君臣的義氣；因此李錡便忍了心頭的痛，索性向憲宗說明，把這個愛姬奉贈與憲宗。

憲宗大喜，把這鄭氏娶進宮去，不上半年工夫，便生下這光王忱。待憲宗即位以後，因寵愛鄭氏，也便寵愛這位光王。

無奈這光王，因他母親在驚恐羞恥時所生的，自幼便有幾分呆氣。又是生性十分殘刻，宮中諸王子，都不和光王親愛，在背地裡說他是私生子。憲宗見他不理於眾口，只得立文宗為太子。

這光王見自己不能得勢便也在宮中安分靜守。直守了十多年，忽然又得時起來。原來光王平日在宮中，與一班太監甚是聯繫。

宮中太監，都稱他作太叔。在武宗時候，太叔的權勢很大。在宮中人人尊敬他；因此一班太監，都要仗著太叔的勢力，植黨營私。那太叔也漸漸地起了野心。更有他母親鄭太妃，在一旁竭力攛掇著各太監，擁戴光王。又許各太監將來事成以後，給他許多好處。那太監們在宮中密議，聯合外面大臣，矯皇帝詔旨，說皇子年幼，立光王為皇太叔，權當軍國政事。待武宗晏駕以後，太叔居然高坐朝堂，裁決庶事。所理國事，都井井有條，文武百官十分信服！

當時宰相李德裕，便奏請皇太叔自為天子，號稱宣宗。誰知宣宗一朝登位，卻甚是精明，處事又苛刻少恩，所有舊日用事的幾個太監，都被宣宗假著事故，一齊裁撤。待外臣也頗少恩德。因此弄得內外怨恨！當時宣宗因自身貴為天子，便尊生母鄭氏為皇太后。又怕李錡在朝，把憲宗舊日的私情，漏洩出來，有關他母子的顏面，便硬說李錡有大逆之罪，拿他家族盡行斬首。

武宗在日，原有一位得寵的王才人，長得美秀玲瓏。武宗生平最是鍾愛。這王才人原是穆宗時代選進宮去的，那時年只十三歲，已是擅長歌舞。十四歲時，模樣兒長得愈是苗條。武宗為太子時，見了已十分愛悅！穆宗便拿她賞與太子。武宗登位，原欲冊王氏為皇后，只因她出身微賤，又是不生子息，丞相李德裕，竭力勸諫，說怕貽天下人譏笑。但是這王才人，卻實在長得令人可愛。

你道是怎樣一個可愛的模樣？原來她不但眉眼俊美，卻又體格苗條，肌膚白膩，姿態翩躚。最可愛的，她和武宗一般地披著甲冑，戎裝跨馬，在西山下圍獵，和武宗立刻並肩，遠望去好似一對璧人，剛健婀裊，十分動人。原來武宗也長得白皙肌膚，頎長身材。如今武宗欲冊立她為皇后，被大臣諫阻，沒奈何只得暫屈王氏為才人，宮中均呼為王才人。

這王才人在宮中，直至武宗崩駕，寵幸不曾稍衰。王才人不但容貌美麗，卻又心性靈敏，凡是皇帝的嗜好，王才人無不先意承志。武宗看了，愛也愛不過來。從來愛美人的，總不免在床第之間，多用些工夫。因此武宗的身體，漸漸的淘虛了。

當時武宗最通道教，卻又痛惡佛法，令京師東都，只許留佛寺兩所。每寺留僧三十人，各道亦只許留寺院一所，餘皆毀廢，僧尼勒令還俗，田產沒入官中，寺院木材，改造作公廨驛舍，所有銅像鐘磬，一律熔化，改鑄制錢；共計毀去寺院四千六百餘區，閒庵冷廟，四餘座；勒令還俗的尼僧，共有二十六萬五百人，收沒良田數千萬頃，奴婢十五萬人。從來排佛的帝王，共有三人；一是魏太武，二是周武帝，三是唐武宗，佛家稱為三武之禍。武宗既力排佛教，便專通道教。在即位的初年，便宣召方士趙歸真入宮，傳授符篆之術，拜為道門教授先生。

便在西安宮外，建一座望仙觀，供養教授先生。武宗每日朝罷，便至觀中聽講法典，十分地誠敬。那歸真趁此廣引徒黨，又迎合意旨，為皇帝修合快樂仙丹，不老神藥。武宗服下，陡覺精神倍長，春興甚濃，自暮達旦，採戰不休。武宗只顧得王才人歡心，便也不念傷害身體，漸漸的容顏憔悴，形體枯瘦。

這王才人也曾幾次勸諫萬歲爺，以少服丹藥為是。無奈武宗只圖眼前的快樂，也不暇念及將來的慘痛。果然捱到會昌六年，武宗竟一病不起，在彌留的時候，只有王才人一人侍立榻旁。此時武宗已不能說話，便用手指著王才人，兩目瞪著，注視不瞬。

王才人知道萬歲爺舍她不下的意思，便忙拜倒在御榻下，一面拭著淚奏道：「陛下千秋萬歲後，妾願相從地下。」

一句話才說完，那武宗便嚥了氣。

那時宣宗即位，久已打聽得王才人的美貌。那王才人正哭倒在龍床前，宣宗已傳旨下來，宣召王才人晉見。那王才人知道新皇帝不懷好意，便推說入室更衣去。她退入寢室，緊閉雙扉，急急解下衣帶，自縊而死。宣宗十分悼惜！便下旨追封王才人為賢妃，出殯之日，宮中妃嬪，念她在日時待人的好處，又可惜她的美貌，便一齊哭送。尤其是宣宗，見死了一個美人兒，便終日長吁短嘆，悶悶不樂！那皇太后鄭氏，原是疼愛皇帝的，見萬歲爺因想念美人，鬧得廢寢忘餐，便替他在後宮中，挑選了十個美貌的嬌娃，一任宣宗臨幸。那宣宗眼前有了美人，便也解了心中煩悶。

這時宮中大權，全操在皇太后鄭氏一人手中。但鄭太后入宮之初，便和太皇太后郭氏，結下了生死之仇。你道為什麼？

原來那太皇太后郭氏，安居興慶宮，頤養多年，歷穆宗、敬宗、文宗、武宗四朝，都十分尊重這位太皇太后。直到宣宗即位，他與太皇太后原有母子之義。但只因宣宗是鄭氏所出，鄭氏在當初和郭氏，一個是母后，一個卻是偷偷摸摸來的。婦人的妒念，是有生俱來的。

那鄭氏得了皇帝寵幸，自不免恃寵而驕，在郭皇后跟前，常有失禮的去處。這郭皇后是郭子儀的孫女，詩禮之家，最重名節。她見了鄭氏輕狂的樣兒，如何容得。從來母后有統率六宮之權，郭氏便瞞著憲宗的耳目，把一腔怨恨，盡發洩在鄭氏身上。鄭氏也自知來路不正，便也只得捱打受罵，過著日子。此次母以子貴，鄭氏得為太后，所有從前對於郭氏的宿怨，便要乘機報復。

宣宗此時，也欲為生母吐氣，對著這太皇太后郭氏，便十分失禮。鄭氏又唆使宮中太監，造作謠言，說憲宗的暴崩，是太皇太后在暗中下的毒藥。頓時沸沸揚揚，把這個話傳遍了宮廷。傳在宣宗耳朵裡，怎的不悲憤；他便指使興慶宮監，斷絕太皇太后的飲食。

那郭氏是六七十歲的老婦人了，一身養尊處優，從未遭人欺凌，如今忽遭此變，叫她如何禁受得起。她悲愁交集，終日以淚洗面。當時那宮中的太監宮女，都走盡了，只留下太皇太后，孤苦零丁，一人悶坐在宮中。有一個老侍女，原是服侍太皇太后二十多年了，為人甚是忠心，宮中宮女都走盡了，獨有這老宮女忍著飢餓，不肯離開。太皇太后幾次令她出宮去，那宮女說：「奴婢願侍奉太皇太后至死。」

太皇太后一夜睡至三更時分，心中萬分悲涼，見窗外明月如晝，便悄悄地起來，登著勤政樓眺望一會，不覺悲從中來，心中一陣辛酸！

她也顧不得了，便一聳身，向樓下跳去。那上身正探出窗外，後面老宮女，早已伸手上去，攔腰抱住。太皇太后回進屋子去，便抱頭痛哭，到天色將明，忽然暴崩。因此宮中謠說：「太皇太后是服毒自盡的。」

宣宗餘怒未息，不願使太皇太后祔葬憲宗，竟葬之景陵外園。有太常官王皞上奏，請合葬祔廟，宣宗不許。王皞再上疏說道：「太皇太后系汾陽王孫女，事憲宗為婦，身歷五朝，母儀天下，萬不可廢正嫡大禮。」

宣宗不理，貶王皞為句容令。

宣宗除對太皇太后失德以外，對於朝政，卻能勵精圖治，教訓子女，又能守禮。宣宗雖孝養鄭氏太后，但太后之弟光，因出身低賤，舉動粗陋，原出鎮河中。宣宗常得到諫議大夫彈劾他的奏本，便把他召回京師，拜為右羽林統軍，不再令他治理百姓。鄭太后屢在宣宗跟前，說光家貧。

宣宗便賜他黃金千兩，又常常賜他珍寶玉帛，但始終不給他好官做。又有宣宗長女萬壽公主，下嫁起居郎鄭顥。天子嫁女，向例用銀葉裝點車輛，宣宗命易銀為銅，以示天子的儉德。公主臨嫁的時候，宣宗面訓她要謹守婦道，不得輕視夫族，干預朝事。鄭顥忽得了危險的症候，宣宗特派中使，到駙馬府中去探視。中使回宮，宣宗問我家公主何在？中使答稱在慈恩寺中觀戲。宣宗大怒道：「朕家女兒，何得如此驕放，怪道士大夫家，每不欲與朕家聯婚。」

立刻令中使至慈恩寺，召公主回宮，面責道：「小郎有病，汝應不離左右，侍奉湯藥，何得自去觀戲。且入寺觀戲，亦非婦道。」

公主謝罪而出。從此貴族都不敢放肆，謹守禮法。宣宗次女永福公主，面貌美麗，原擬下嫁於琮。一日永福公主伴宣宗食，適不合意，公主便嬌聲叱吒，把匕箸一齊折斷。

宣宗艴然大怒道：「如此情性，尚可為士大夫妻耶？」

便改以四女廣德公主，下嫁為琮妻。當時公主縣主，甚是不守婦道，在婿家任意出遊。間有駙馬身死，公主便入宮另嫁。宣宗便下詔道：「國家教化，始於夫婦，凡公主縣主之有知者，已寡不得再嫁。」

即此數端，已是難能可貴，當時史官，稱宣宗為小太宗。因太宗為唐朝極盛之時，如今宣宗在位，也在太宗時候一般的太平。可惜太平不久，宣宗年至五十，便覺精力衰弱，不知不覺，又犯了從前文宗、武宗的大病，愛服金石丹藥。初服尚稱有效，延至大中十三年秋季，藥性猝發，背上生疽，那精神日見衰敗，不久便崩了駕。

宣宗在日，並未立有太子。幸有右軍中尉王宗實，竭力主持，立鄆王溫為嗣皇帝，史稱懿宗。誰知這懿宗，因自幼兒在外居住，遊蕩成性，如今一旦住在宮中，便覺十分拘束。他漸漸地也行為放蕩起來，驕奢無度，淫樂不悟，且十分信佛。時時出幸安國寺，賜沉檀講座二，各高二丈，費錢十數萬。又設萬人齋，令人民不論男女，入寺飲食。傳聞法門寺供養佛骨，便打發中使，香車寶馬，往法門寺迎接佛骨。群臣交章勸諫，日有數起，王宗實一奏，最是沉痛，說憲宗因迎佛骨而晏駕，願陛下謹慎。欲知後事如何，且聽下回分解。

競豪華公主下嫁　貪荒淫天子蒙塵

懿宗皇帝卻是一位昏庸之主，他自即位以來，不及三年，在宮中窮極奢侈。內宮又寵愛許多妃嬪，平日起居服用，十分豪華。一衣一飾，動輒千金萬金，漸漸弄得國庫空虛。此時關東連年水災旱災，百姓傷亡，日以千計；懿宗還要窮兵黷武，藉著征剿各處盜匪為名，調集軍隊，徵收軍糧。那百姓因懼怕軍糧，流亡在四方，變而為盜。因此盜匪愈聚愈多，到處打家劫舍。那良民也不得安居，天下騷亂。懿宗在宮中整日和一班妃嬪尋著快樂，外面變亂得不堪收拾，那朝中大臣，也相約不去奏報皇帝。

懿宗生平最寵愛的，便是那郭淑妃。這郭淑妃，原是出身微賤。懿宗在王府中的時候，那郭氏的母親，在府中充當裁縫媽媽；郭氏也隨著她母親在府中遊玩。講到郭氏的面貌，原也不十分美麗，因她搔首弄姿，善於修飾，看在穆宗眼中，便覺得萬分可愛。當時背著人，便在私地裡和她勾搭上了。

郭氏雖說年紀小，卻很知道攀高；她在穆宗跟前，卻撒痴撒嬌的，甚得穆宗寵愛。後來穆宗做了皇帝，只因偏愛這位郭妃，在位十年之久，還不曾把皇后立定。屢次要把郭氏立為皇后，那臣下都說郭氏出身微賤，不能母儀天下。懿宗無法，只得封郭氏為淑妃。郭淑妃生有一女，在嬰兒的時候，便封她為同昌公主。

這同昌公主面貌長得平庸，且又是一個啞子。但懿宗因她是郭氏所生，便也出奇的寵愛她。平日千依百順，養成驕惰的習性。

一衣一食，十分奢華。到十二歲上，這同昌公主忽然說起話來，她一開口便說道：「今日始得活了。」

郭氏和懿宗皇帝聽了十分詫異，連連追問她，卻只是搖頭不說，從此以後這位公主卻是嬌聲說笑歌唱著，引得懿宗更是歡喜，拿各種奇珍異寶哄她快活。當時有一個韋保衡，原是諫議大夫韋誠的兒子；只因面貌長得俊美，翩翩如玉樹臨風，年紀比同昌公主長三歲。郭淑妃見了，卻是出奇的歡喜。常常把他傳喚進宮去，隨著郭妃遊玩著。

這時韋保衡年紀只十八歲，小孩子心性，只知道遊玩，原不知道什麼男女私情的事體。無奈這郭妃每見了韋保衡，便把左右宮女支使出去，把韋保衡抱在懷中，百般地挑逗著；任你是鐵石的心腸，也不由得勾動了春情。一個是中年婦人，一個是少年男子，一個是皇妃，一個是臣子，竟輕輕地犯了一個「奸」字。日子久了，外面沸沸揚揚地傳說；郭淑妃要遮掩外人的耳目，便和懿宗皇帝商議，願將同昌公主下嫁與韋保衡為妻。

懿宗皇帝寵愛郭妃，郭妃說的話，無有不聽從。誰知同昌公主知道她母親和韋保衡是有私情的，便不願意下嫁，這一下，把個郭淑妃急死了。在郭淑妃滿心希望把同昌公主嫁與韋保衡，從此韋保衡是她的駙馬，她是韋保衡的岳母，從此可以光明正大地來往了，她二人覷便可以偷續舊歡。

不料如今同昌公主竟是不願，郭淑妃再三勸說著，同昌公主總是不願。郭淑妃無法可思，便願把自己所有的珠寶首飾珍奇玩好，一齊給同昌公主作妝奩。又與懿宗皇帝商量，出內帑五百萬緡，賜以公主為嫁產；又在仁壽宮旁，造一座第宅，飛簷畫棟，倍極崇宏。屋中窗牖欄榭，俱鑲嵌珠玉；平常動用器具，均用金銀鑄成。那朝中文武官員，見懿宗如此寵愛公主，便大家爭獻妝奩。內中有一位司空李從仁，便異想天開，用金銀鑄成一井欄，進贈公主。

又有一個吏部官，用金質鑄成一藥臼，進贈駙馬。同昌公主下嫁之日，賜與京師人民，各得綵緞一方，又制線一貫。京師大街，都紮著彩幔；所有公主府中大小器皿，用四萬人夫扛抬著，在大街上游行一週；京師人民，萬頭攢動，把一條大街擁擠的水洩不通。這種豪奢情形，便是從前太平公主安樂公主下嫁時，也不及她的。

那韋保衡得了這樣一位貴婦人，又有許多錢財，早不覺樂得骨軟筋酥。每日除入朝站班以外，便終日陪伴這同昌公主在閨房中說笑遊玩，如膠似漆，寸步不離。那郭淑妃也藉著探望女兒為名，時時移駕駙馬府中，留戀宴飲，深夜不歸。母女共一夫婿，京師臣民傳為笑話。懿宗也因愛女寵妃，任她自由出入，無法禁止。韋保衡又得岳母妻子吹噓之力，得遷授翰林學士。咸通十一年，曹確罷相，韋保衡竟得與兵部侍郎於悰，戶部侍郎劉瞻，同時入相，掌握機要。

從此朝中文武大臣，都與韋駙馬交歡，打成一氣，內外為奸，一般蠅營狗苟的臣僚，爭著趨承伺候。當時人稱他為牛頭阿旁，是說他陰惡可怕，與鬼相類。誰知這韋保衡正在得意的時候，忽然同昌公主害起病來了。這病也害得甚是古怪，只見她兩目向上，四肢拳屈，口中不住地怪聲叫喚著。

懿宗立時傳喚禁中醫官二十餘人，入府診脈。大家都說不知是何症候，束手無策。奄奄數日，這同昌公主便長辭人世了。懿見失了愛女，心中萬分痛悼！那郭淑妃也是悲念不休！懿宗皇帝自制輓歌，交群臣屬和。駙馬府中供著靈座，懿宗皇帝親自哭臨，令宰相以下，盡往祭弔。又下旨追封同昌公主為衛國公主，令禮部定諡法為文諡二字。

郭淑妃失去了愛女，悲痛之餘，便把一口怨氣，出在那醫官身上。她竟私用皇帝玉璽，矯詔盡捕當時為公主診脈的醫官二十餘人，硬說他們誤用方藥，屈死了公主。那承審的官員，竟不分皂白，把二十餘位醫官，一律斬首。又搜醫官親族三百餘人，盡系之獄中，直至次年正月葬同昌公主，郭妃命從獄中提出醫官的親族三百餘人來，一齊用鐵索牽住，在公主的柩後匍匐行走，一邊鞭打著。那一鞭下去，一條血痕，呼號之聲，慘不忍聞。

懿宗與郭淑妃並坐延興門上，公主靈柩從延興門下經過，皇帝不禁掩面悲啼！郭妃更是哽咽難言！那護喪的儀仗，遠遠數十里，拿黃金鑄成開路神，高有三丈，用二百人抬著，在前面引導。此外所有公主的珍寶服玩，分裝成一百二十車，香車寶馬，輝煌蔽日。

當時有樂工名李可及的，作《嘆百年曲》，招民間歌女五百人，各人手執香花，隨著喪車，且行且歌。又招舞女五百人，為地衣舞，用雜寶為首飾，綵綢八百匹，系在腰間，且行且舞。舞女經過之處，珠璣滿地，任民拾取。貧家拾得一珠，可作三年之糧。所有公主生前服玩等件，悉埋入墓中。

同昌公主死後，韋保衡的寵幸依舊不衰。郭淑妃卻不便再至駙馬府中住宿，便常常祕密召韋保衡進宮，陪伴著郭淑妃遊玩，兩人任意調笑，不避耳目。郭淑妃常對懿宗皇帝說道：「妾想念亡女，十分痛心！欲常見女婿之面，見吾婿如見吾女也。」

懿宗信以為真。郭妃若不見韋保衡，便愁眉淚眼，鬱鬱不樂！懿宗見妃子不快，便使中官去駙馬府中，把韋保衡宣召進宮來。郭妃一見駙馬，便笑逐顏開。那懿宗見郭淑妃快樂，他也快樂了。從此韋保衡的權力，更比往日強大。

當時有於悰與韋保衡同在相位，韋保衡有意排擠他，便常常在皇帝跟前，毀謗於悰。懿宗聽信了韋保衡的話，便把於悰貶為韶州刺史，韋保衡欲取於悰的性命，便募刺客，在半途相候，欲得便下手。這訊息傳在廣德公主耳中，十分驚惶起來！

原來這於悰便是廣德公主的丈夫，那廣德公主又是懿宗的同胞妹妹，如今聽說韋保衡欲謀死她的丈夫，豈有不驚惶之理！當時心生一計，廣德公主穿著男子衣冠，扮作於悰模樣，端坐在肩輿之中。卻令於悰坐在自己的香車中，夫婦二人，沿途謹慎小心地行著。每到一客店，公主便與於悰換榻兒眠。那刺客幾次要下手，卻找尋不到於悰的所在，於悰才能保全性命，平安到了韶州。

但這韋保衡卻為什麼要與於悰結下如此的深仇呢？這一半固由於同僚爭權，兩不相容。一半卻因廣德公主，撞破了他的祕密。那天廣德公主入宮去，朝見懿宗皇帝，退出宮來，經過御園，瞥眼見郭淑妃，正在和那韋保衡，做不端的事體，把個廣德公主嚇得掩面而走。但郭妃眼快，已看見了她，怕廣德公主在懿宗皇帝跟前，多嘴多舌，便唆使韋保衡為先發制人之計，下這個毒手，把於悰夫婦二人，遠遠地趕到韶州去。從此拔去了眼中之釘。韋保衡和郭妃二人在宮中，撒膽幹著風流事體。這時懿宗已抱病在床，韋保衡更是毫無禁忌。

但一對痴男怨女，只知貪戀色慾，誰知宮中的太監，早已在背地裡結黨營私。為頭的便是左神策中尉劉行深，右神策中尉韓文約，他二人俱是太監出身。所有宮中大小的太監，都聽他二人的號令。那懿宗只因寵愛郭淑妃，直到如今，不曾立得皇后，也不曾立得太子。

講到懿宗親生的兒子卻有八人。長子魏王佾，次子涼王健，三子蜀王佶，四子威王侃，五子普王儼，六子吉王保，七子壽王傑，八子睦王倚。全是後宮妃嬪所出，原不分什麼嫡庶。若照立嗣以長的理說來，那魏王佾卻是懿宗的長子，更該立為太子。只以劉行深、韓文約二人，欲利用幼君，便於專權起見，竟乘懿宗病勢昏饋的時候，擁立懿宗第五子普王儼為太子。

那普王的母親王氏，出身也甚是微賤。當時她母子二人，勾結著這兩個閹豎。所有禁衛軍的兵權，全握在劉、韓二人手中。那郭淑妃一生不曾生得兒子，平日只知道迷戀著一個韋保衡。那王氏在背地裡謀劃的大事，她卻睡在夢中，一點兒也不知道。直至懿宗崩了駕，劉、韓二人，便矯著遺詔，傳位普王，在柩前即位，稱為僖宗。

這僖宗登位之初，便把郭淑妃幽禁起來。一面貶韋保衡為賀州刺史。從來說的人情反覆，所有從前趨奉韋保衡的一班官員，如今見韋保衡失了勢，便又搶著上奏章彈劾他。那僖宗看了眾人的奏章，又降韋保衡為澄邁令，接著又下諭賜他自盡。好好的一個風流俊美的少年，只因貪戀女色，把自己的前程也毀了，性命也送了。這時朝廷大權，全在劉行深、韓文約二人之手。

又有田令孜，卻是僖宗皇帝最親密的人。僖宗即位之初，年紀只十二歲，童心未除，終日在宮中，只和一班小太監遊玩追逐，遇有大臣奏議，均交與樞密田令孜處決。令孜原是一個小馬坊使，平日讀書識字，頗有領悟。僖宗在王府時候，已與令孜朝夕相親，呼令孜為阿父。待僖宗即位以後，便使令孜入主樞密，平日倚如股肱。那令孜也能取得僖宗的歡心，挑選那僖宗愛吃的果實，常親自入宮進獻。把各種奇珍異果，陳列榻前，君臣二人，對坐暢飲。又引宮中小兒數百人，侍奉僖宗，高興的時候，便與諸兒擊鞠拋球，賞賜萬錢。皇帝平日服用，十分豪華。再加劉、韓二人，暗中的剝削，早不覺庫藏空虛。

那田令孜又代為計劃，勸僖宗下旨，沒收兩市商貨，通通輸入內庫，任皇帝使用。那田令孜和劉行深、韓文約三人打通一氣，在外面招權納賄，照銀錢的多少，定官位的大小，少主童昏，權奸驕恣，人怨沸騰，天變交作，水旱頻仍，餓殍載道，盜賊到處橫行。那時有兩個大盜，最是猖獗，劫奪州縣，官軍不能控御。

一個是濮州盜王仙芝；一個是冤句盜黃巢。仙芝與黃巢，都是販賣私鹽為生，出沒江湖，橫行無忌。黃巢又有一種防身的絕技，他袖藏彈弓，百發百中。性愛豪俠，粗讀詩書，屢試進士，不得一第，便與仙芝往來，結成生死之交。仙芝在乾符元年，聚眾數千人，揭竿起事。次年得眾數萬，攻陷濮州、曹州等處，聲勢十分浩大。那黃巢聞仙芝得利，也糾眾響應，剽掠州縣，聲勢更是洶湧。不及一年，黃巢有眾數十萬人，東西馳突，銳不可當，轉眼半壁江山，已入黃巢之手。那黃巢竟殺入潼關，攻破華州，留黨目喬鈐居守，自率眾兵，直趨長安。

僖宗連得警報，十分驚慌！便至南郊求天，默乞神佑。求神畢，回至朝中，再與眾大臣會議退賊之計。誰知宣召的詔書，接二連三地發出宮去，卻不見有一個大臣進宮來議事。僖宗愈覺慌張！正在焦急的時候，忽見田令孜慌慌張張，三步並一步地搶進宮來，報說道：「萬歲爺，不好了！賊眾已殺進長安來了。萬歲爺速速準備出巡吧。」

僖宗聽了這句話，頓時嚇得目瞪口呆，連聲問道：「這這叫朕到什麼地方去安身呢？」

田令孜大聲說道：「陛下還不如幸蜀吧。臣已召集神策兵五百人，準備護駕，請萬歲爺趕速啟行。」

僖宗慌忙回至後宮，只帶得平日所最愛幸的妃嬪三、四人，和福、穆、潭、壽四王，踉蹌出宮。田令孜在前面領路，五百神策兵，在後面保駕，奔出長安城，向西行去。

京城中失了主腦，軍士及坊士人民，一齊擁入府庫，盜取金帛，到午後，百官始知車駕西行。有幾個稍有良心的，便出城追蹤而去。其餘多手足無措，不知所為。原來這時黃巢還未入城，進城來的原是鳳翔、博野的救兵。如今救兵成了反兵，在京城中燒殺劫奪，橫行不法。只因當時田令孜，在外招募新兵，所穿的服裝，儘是裘馬鮮明。恰巧有鳳翔、博野的救兵到來，走到渭橋，他見新軍如此華麗，眾兵士心中十分不服！大聲鼓譟道：「此輩有甚功勞，卻得如此享用，反叫俺們在外面，挨凍受餓。」

大家一擁而上，剝奪新軍的衣服，反身出城，為賊兵嚮導。直至靠晚，黃巢前鋒將柴存入都，金吾將軍張直方，與群臣迎賊灞上。黃巢乘著黃金輿，戎服兜鍪，昂然入宮。徒黨全是華幘繡袍，乘著銅輿，隨後護衛，騎士數十萬，多半是披髮執兵，沿途掠奪得輜重財帛，自東京至京師，千里相屬。

都民夾道聚觀。賊眾見人民衣衫襤褸，便分給金帛，人民歡呼，稱為黃王。黃巢進入春明門，升太極殿，有宮女數千人迎謁。

黃巢見有這許多美女，不覺大喜！口中連稱天意。欲知後事如何，且聽下回分解。

遭大劫黃巢造反　忌明主季述逼宮

黃巢入宮霸占了僖宗的數千宮女，在他眼中看去，個個是西施王嬙，終日終夜，尋著歡樂！那班趨奉勢力的大臣，便今天上一表，明天上一奏，勸黃巢登位稱帝。黃巢原也早有這個心，便擇了吉日，坐朝稱帝，誰知黃巢一坐上龍位，經文武大臣，呼了三聲萬歲，頓時覺得頭暈眼花，手足無措起來。慌得黃巢急急跳下龍位來，不敢再坐。一面派心腹人守住宮廷，自己卻出居田令孜宅中，改稱將軍，申明軍律，約束兵士。

過了數日，賊黨漸漸放肆，四出騷亂，焚毀都市，殺人滿街。見有富貴人家，便逞情搜掠，任意淫戮，黃巢亦不去禁止他。那文武大臣，見黃巢不敢稱帝，辜負了他們一片攀龍附鳳之心，如何肯甘休。便又大家約著，不斷地上勸進表文。

便是那黃巢，自從那日坐了一次龍位以後，雖覺心驚膽顫，但過後思量，還覺津津有味。他每睡到夜半的時候，便跳起身來，在庭心裡走著，心中打著主意。後來他主意決定了，便令手下兵士，捕殺唐家宗族，便是三尺孩提，也不能避免。重複挈眷入宮，受百官朝賀，自稱大齊皇帝，即位含元殿，畫皂繒為袞衣，擊戰鼓數百權代音樂，列長劍大刀為衛，大赦天下，改元金統，改年號為「廣明」二字，是寓「唐」去「醜口」二字易一「黃」字，當「代唐」之意，立妻曹氏為皇后。從此黃巢專一與唐家官吏為難，凡有不肯降順他的官員，他便四處搜捕，殺人遍地，便是京師人民，也有大半慘遭殺戮的，弄得人民怨恨不堪。

當時僖宗皇帝，避難在蜀，一面調遣大將程宗楚、唐弘夫二人，統兵直攻京師。京師人民，在城內暗地響應。黃巢聞知官軍大至，便也無心守城，即率眾向東，出城而去。程、唐二軍，自延秋門殺入。誰知官兵一入京師，見街市繁華，便一齊起了異心，到黃昏時候，人民還未安枕，一聲叫喊，大家掠取金帛婦女，恣意享樂；市中無賴少年，也混入劫奪。

黃巢兵離城不遠，打聽得官軍有變，便又引兵還擊，掩入都門。程、唐二將，未曾防備，手下兵士，又四散尋樂去了，一時無法調集，可憐兩人相繼陣亡。黃巢再入長安，那班附逆的奸臣，齊上黃巢的尊號，稱為承天應運啟聖睿文宣武皇帝。黃巢自稱帝以後，前後共歷十年，攻城略地，所向無敵。

後遇陳州刺史趙犨，用強兵守住要路，四面埋伏，專待賊兵到來廝殺。果然賊將孟楷，移兵進攻。趙犨伏兵四起，立斬孟楷。黃巢得了敗報，十分憤怒，便合兵十萬，圍攻陳州，掘壕五重，百道攻撲。犨涕泣勸諭兵士，誓死固守，覷賊稍懈，即引銳卒，開城襲擊，殺賊甚多。巢愈憤怒。幸得朱全忠引救兵到來，李克用又引漢蕃兵五萬，合攻黃巢。

克用追賊至中牟，乘賊渡河之時，逆擊中流，殺賊萬餘人。黃巢渡過汴河，向北遁走。克用窮追不捨，至封邱，殺賊數千；至兗州，又殺賊數千。黃巢手下，只有千人，走保泰山。他自知難免，便對他甥兒林言說道：「我本欲入清君側，洗濯朝廷。如今事敗，我亦無顏見天下人，汝可取我首級，獻與天子，保得一生富貴。」

林言不忍下手，黃巢急拔佩刀自刎，一時頸子不斷，氣已垂絕。黃巢只把兩眼，望著他甥兒。林言無奈，便把黃巢首級割下，又斬黃巢兄弟妻子首級，並自己首級也割下來。

唐將時溥，送各人首級至行在。僖宗聞報大喜。即御大玄樓受俘，命將黃巢首級，懸在都門。黃巢姬妾數百人，一齊跪在樓下。僖宗在樓上望去，只見個個花容黯淡，玉貌淒惶，不覺動了憐香之念，便傳為首幾個女子上樓來，當面問話道：「汝等皆勛貴女子，世受國恩，如何甘心從賊，如有委屈之意，可從實奏聞，朕當恕汝已往之過。」

在僖宗見那些女子，個個都長得花容月貌，故意說這幾句話，原望她們叩首乞憐，便可以藉此開恩，收沒在後宮，可以慢慢地召幸。誰知那幾個女子，卻毫無乞憐之態，反侃侃地說道：「狂賊凶悖，國家動數十萬眾，尚不能立時消滅，竟至宗廟失棄，遠遷巴蜀。陛下君臨宇宙，撫有萬眾，尚不能拒一強賊，吾輩弱女子，有何能力抵抗。

今吾輩有罪當誅，試問滿朝從賊將相，將如何處置？」

僖宗聽了，不覺老羞成怒，便喝令處斬。可憐數百花容月貌的好女子，到頭來難免身首異處。臨刑時，那劊子手反覺不忍，先與藥酒使之昏迷。那女子且泣且飲，形狀十分悽慘！只為首那女子，不飲亦不泣，毅然就刑。

僖宗退入內宮，細思滿朝從賊將相，如何處置的話，便立刻下旨，密令神策軍監，在京師地方，搜捉從前從賊諸將相，所有親族，一齊處斬。但那時田令孜自居功高，在朝愈見驕橫，每遇朝會，只有令孜一人的說話，卻不許天子有所主張。僖宗心中敢怒而不敢言，只對著左右流涕。那將士們見令孜如此驕橫，人人怨恨。秦宗權便率兵反出長安，劫略外府州縣。朱全忠、李克用也紛紛逞兵，國內幾無寧日，人人以清君側為言，擾攘數年，才得大局粗定。

僖宗啟駕回宮，沿途蒼涼滿目，觸景生悲；及入都城，更覺得銅駝荊棘，狐兔縱橫。趨至大內，只有幾個老年太監，出來拜謁，所有前時宮女，都失散不知去向。便是懿宗在日最寵愛的郭淑妃，此時也杳無下落了。僖宗十分傷感。那田令孜又處處逼迫著僖宗，連行動也不得自由。

京兆尹王徽，僱用人夫五萬人，修治宮廷，整葺城垣，才得粗定。

忽報李克用叛兵又逼近京師，田令孜大驚，也不由分說，立刻要挾僖宗出走鳳翔。長安宮室，復為亂兵所毀，蕩然無存。

李克用見僖宗已出走，便還軍河中，上表請皇上還宮，仍乞誅殺令孜。僖宗見表，亦有還宮之意。那田令孜偏又在夜間，引兵入行宮，脅迫著僖宗，轉幸興元，黃門衛士，衛眾只數百人。

太子少保孔緯，奉太廟神主出京，在中途遇盜，神主盡行拋棄。

那宰相蕭遘，見令孜劫奪車駕，便令朱玫率兵五千，欲追還聖駕。令孜見後有追兵，又劫僖宗西走，命神策軍使王建為清道斬斫使；沿途多系盜賊，王建率長劍手五百人，前驅奮擊，才得殺退眾賊、開出一條道路來，迤邐前進。看看走至大散嶺下，車馬不能通行，僖宗便取傳國璽，交與王建負著，君臣二人手拉住手，登大散嶺。一行人走著山中崎嶇小道，甚是遲緩。行到傍晚，忽見朱玫兵馬追至，放火焚燒閣道，頓時煙焰薰天，迷住去路；那棧道已焚去丈餘，勢將摧折。王建肩負僖宗，向煙焰中一躍而過，幸得脫險。夜宿板下，君臣二人摟抱而眠。

僖宗頭枕著王建膝上，略得休息一夜。至天色微明，王建扶著僖宗，從草際起身，僖宗不覺大哭。哭罷，僖宗即解御袍，賜與王建道：「上有淚痕，留為他日紀念。」

至日午，一行人進了大散關，閉關拒住追兵。

朱玫攻城，數日不下，只得退兵。路過遵塗驛，見肅宗玄孫襄王煴，病臥在驛舍中，朱玫即扶之上馬，同回鳳翔，召集鳳翔百官會議。朱玫厲聲說道：「我今立李氏一王，敢有異議的，立即斬首。」百官面面相覷，不敢發言。朱玫便奉襄王煴，權監軍國事。李玫自任左右神策十軍使，次年改立襄王為帝，改元建貞，獨攬大權。他部將王行瑜，朱玫原令他帶兵五萬，進攻大散關的，至此時，行瑜忽然回至長安。朱玫見他擅自回師，不覺大怒！召行瑜入內，朱玫怒目相視，大聲喝道：「汝擅自回京，欲造反耶？」

行瑜亦厲聲答道：「我不造反，特來捕殺反賊。」說至此，便舉手一揮，門外擁進一群武士，擒住朱玫，立刻斬首。又殺朱玫同黨數百人，又殺死襄王煴。

王行瑜一面迎僖宗返蹕鳳陽，一面奏請奪田令孜官爵，流為端州令。次年，僖宗又從鳳陽回京，人民流亡，城郭已墟。

進得宮來，更是滿目荒涼，井敗垣頹。僖宗連年奔波，受盡恐嚇，吃盡辛苦，如今眼見到這淒涼景象，便終日悲傷。從來說的憂能傷人，僖宗入宮的第二日，便已抱病，勉強趨謁太廟，次日疾病大作，臥床不起，不上一個月，竟致不起，群臣入宮商議大事。因僖宗子年幼，便欲立皇弟吉王保為嗣皇帝。獨楊復恭請立皇弟壽王傑，傑原是懿宗的第七子，為懿宗後宮王氏所出。僖宗一再出奔，傑隨從左右，常得倚重，至是由楊復恭寫了壽王名字，趨至僖宗榻前。此時僖宗口已不能言語，只略點首。僖宗當晚駕崩，遺詔命皇太弟傑嗣位。百官率禁軍從壽王邸中，迎新皇帝入宮，在柩前即位，稱為昭宗。

昭宗體貌雄偉，時露英氣，又喜文學，常與文學大臣親近。每與丞相孔緯說起僖宗威令不行，朝綱日落，有恢復前烈的意思。立淑妃何氏為皇后，立戒不得寵任宦官。但宦官專權，已曆數代，一時積重難返。當時宮中有一宦官劉季述，最是奸險陰惡，數千太監，都是他的同黨。如今見昭宗的行為，處處與宦官為難，心中十分憤恨！便與王仲仙，樞密王彥範、薛齊偓等，陰謀推倒昭宗，立太子為嗣皇帝。恰巧昭宗在苑中圍獵，多飲了幾杯酒，醉意甚濃，回至宮中，天色已是昏暗。一小太監與二三宮女，在殿頭捉迷藏，不提防萬歲駕到，一個小太監箭也似地跑過來，與昭宗撞個滿懷。昭宗大喝一聲，那小太監慌得忙爬在地下，不住地叩頭。昭宗便拔下佩劍，親自去砍下太監和宮女的腦袋來，血染袍袖，怒沖沖地跑到皇后宮中，責何皇后約束不嚴。何皇后也伏地請罪！

誰知昭宗殺死一個小太監，竟惹起宮中數千太監的公怒，到了第二天一清早，那宮中太監，相約不開宮門，盡把六宮鎖匙收藏起來。劉季述在外面帶領禁兵千人，把兩扇宮門，打得應天價響。劉季述親拔佩刀，劈門而入。那宮中太監，一齊圍住劉季述，訴說皇帝殺死小太監的情形。劉季述大怒！立時把在朝的文武大臣喚進宮去，對著眾大臣說道：「主上所為如此，豈可復理天下事，廢去昏君，另立明主，為社稷計，理之當然！」

眾大臣均諾諾連聲，不敢贊一詞。季述又召禁中將士，在殿前列成陣勢。樞密王彥範起草立表章，請太子監國，逼著百官皆署名在表章上。將士們大聲呼喚，一擁入思政殿。昭宗正在書房，覽群臣奏狀，見眾將士紛紛奪門而入，不覺大驚！劉季述亦佩刀入宮，手持表章，擲與昭宗觀看。大聲說道：「此非臣等所為，皆南司主張，眾情不可遏也。」

昭宗見此情形，不覺長嘆起立，繞室而行。劉季述到此時，其勢不能罷休，便上去扶住昭宗。昭宗怒憤填胸，大聲喝罵。季述不作一語，扶皇帝走出書房來，瞥眼見眾太監，亦扶著何皇后，從內宮出來。

可憐這何皇后，早嚇得玉容失色，珠淚交流，當階推過一輛御輦來。季玉手持佩刀，逼著昭宗皇帝，與皇后同上御輦，後面妃嬪十餘人，涕泣相隨，直入少陽院中來。季述餘怒未息，用刀尖畫地，曆數皇帝罪惡，親手鎖閉少陽院門；又熔鐵灌入鎖眼，使不能開，在牆上開一洞，以通飲食。季述轉身出外，矯天子詔，迎太子入宮，立為嗣皇帝，奉昭宗為太上皇，何氏為皇太后，加百官爵秩，優賞士卒。

季述自為大將軍，凡宮人左右，前為昭宗寵信者，一律榜死。可憐昭宗與何皇后二人，被幽禁在少陽院中，寫詔與劉季述，欲得錢帛使用，書籍誦讀，一概不與。其時天適大寒，嬪御公主，俱無衣衾，號哭之聲，直達戶外。司天監胡秀林，私取衣被，從牆穴中送入。便有人去報與季述知道，季述命捕胡秀林，用繩子捆綁，送入大將軍府中。胡秀林見了季述，大聲說道：「中尉幽囚君父，尚欲多殺無辜耶？」

季述卻也無話可說，令鬆綁聽秀林自去。

劉季述又密遣養子希度至汴中說朱全忠，把唐室江山作為贈品；那崔胤卻又致書全忠，使興兵救駕。朱全忠得了兩面書信便躊躇莫決。那副使李振便在一旁進言道：「王室有難，便是助公成就霸業。今公為唐室桓文，安危所繫，在公一舉。季述閹宦，勇於囚廢天子，今不能討，他日何以號令諸將。如今幼主定位，則他日天下之權，真屬劉宦了。」

全忠聽了這一番話，也恍然大悟，立刻囚住希度。一面特遣心腹人蔣玄暉偷入京師，與崔胤約定。又結合右軍都將董彥弼、周承誨一班忠勇將軍，說定除夕舉事，伏兵安福門外，掩捕逆黨。其時天色熹微，雞聲初唱，一賊將王仲先，馳馬入朝，至安福門外。當有神策指揮使孫德昭，從暗中突出，麾動將士，一擁上去擒住，趁手一刀，砍作兩段。德昭提著人頭，徑至少陽院門外，叩門大呼道：「逆賊已服誅，請陛下出勞將士。」

何皇后在院中，正與昭宗皇帝對坐而泣，驟聞門外呼聲，尚不敢信，令小太監隔門問道：「逆賊果誅，首級何在？」

德昭令將首級從牆穴中送入。何後與昭宗視之，見果是仲先首級，不覺大喜！其時德昭已破門而入，崔胤從東殿趕來，奉昭宗御長樂門樓，自率百官稱賀。同時周承誨亦擒住劉季述、王彥範一班賊首，押至樓下。昭宗見了，不覺眼中冒火，正欲詰問，已被各軍士一擁而上，用白梃亂擊，打成肉堆。又有薛齊偓，也是季述同黨，此時便也投井而死。德昭分兵到四人家宅中去搜捉親族同黨六百餘人，一齊斬首。這時宦官奉太子匿在左軍，獻還傳國璽。欲知後事如何，且聽下回分解。

殺宦官全忠立威　弒昭帝史太行凶

昭宗既得復位，便賜孫德昭、承誨、彥弼三人姓李，德昭充靜海節度使，承誨充嶺南西道節度使，彥弼充寧遠節度使，留住在宮中，賜宴十日，始放還家，盡國庫所有，賜與他三人平分，時人稱為三使相。德昭請定太子的罪，昭宗說：「吾兒年幼無知，被奸人所陷，不足言罪，可仍還居東宮，降為德王。」

德昭辭朝回鎮，昭宗令兵三千人，充作宿衛，暗地裡監督宦官。當時昭宗最親信的，要算丞相崔胤。崔胤每日在宮中劃策，外削藩鎮之權，內除宦官之黨，弄得內外怨恨。崔胤卻暗地結合朱全忠，抵抗德昭。昭宗每日留崔胤在宮議論朝事，至晚不休。昭宗意欲盡誅宦官，崔胤亦在一旁慫恿。那宦官黨羽甚眾，耳目甚長，便在背地裡結成死黨，預備抵抗。崔胤先令官人掌管內事，陰奪宦官事權。宦官中韓全誨，對昭宗哭訴崔胤陰謀大逆，又唆使禁軍對皇帝喧噪起來，只說崔胤剋扣冬衣。

昭宗是一個驚弓之鳥，見崔胤威權一天大似一天，深怕養成第二個劉季述，再鬧出逼宮的大事來，便撤崔胤為鹽鐵使。崔胤心懷怨恨，便打發心腹人，祕密送信給朱全忠，令他入清君側。全忠此時，正取河中晉絳等州，擒斬王珂，復攻下河東沁、澤、潞、遼等州，威振四方。奉皇帝詔，兼任宣武宣義天平護國節度使。既得崔胤私書，便自河中還大梁，刻日發兵。

韓全誨亦有人在外面，探得朱全忠欲入清君側的訊息，便急與三使相陰謀劫駕，先奔鳳翔行宮。會議時候，獨德昭不肯。

全誨見話已說出，勢在必行，無論德昭允否，他卻決計先劫車駕，便立刻調動禁兵，分別把守宮禁諸門，所有文書來往，諸人出入，都令禁兵搜查盤詰，當有人去密報與昭宗知道。昭宗聽說禁兵已把守宮門，心中頓時慌張起來，忙召諫議大夫韓偓。

那韓偓行至彰儀門口，便被守兵攔住，不得通行。當日午時，全誨竟令承誨、彥弼二人，勒兵登殿，請車駕西幸鳳翔。昭宗支吾對付，說是待晚再商，承誨暫退。昭宗密書手札，賜與崔胤，札上有數語道：「朕為宗社大計，不得不西幸鳳翔，卿等但東行可矣，惆悵！惆悵！」

當晚便開延英殿，召全誨等議事。

三更時候，德昭留下的三千兵士，已直人內庫，劫奪寶物，全誨見了昭宗，厲聲說「速幸鳳翔」四字，昭宗不答。全誨轉身出屋去，竟招呼禁兵，迫送諸王宮人，先往鳳翔。昭宗一人坐在殿上，遣中使宣召百官，久待不至。只見全誨復帶兵登殿，厲聲說道：「朱全忠欲入京劫天子，幸洛陽，求禪位，臣等願奉陛下幸鳳翔，一面下詔令諸將勤王。」

昭宗見全誨說話，聲色俱變，急拔佩劍在手，避登乞巧樓。全誨如何肯休，便也追至樓上，硬逼著昭宗下樓。昭宗才走至壽春殿，李彥弼便在內院縱火，煙焰四騰。昭宗不得已與后妃諸王百餘人，出殿上馬，且泣且行，沿途飽受飢寒，不得食宿，奔波一日夜，始到田家磑。李茂貞來迎，始得薄粥一盂，上馬再行，同至鳳翔城中安息。

朱全忠聞天子已蒙塵在外，便領兵入長安，自充大將軍，發號施令。朝中文武，俱皆畏服；一面派康懷貞領兵數千，作為前驅。全忠自統大軍，向鳳翔出發。兩路兵馬，直抵鳳翔城下，耀武揚威。昭宗令茂貞登城傳話，說天子系避災而來，並非宦官所劫，公勿輕信讒言。全忠在城下應聲道：「韓全誨勒逼乘輿，我今特來問罪，迎駕回宮。」

全誨見全忠如此說，便又逼著天子，親自登城去曉諭全忠，令他退兵。全忠暫不攻城，先去略取那州，奪得邠寧節度使李繼徽的妻子，還至河中，淫樂享用。全忠手下兵馬，四處攻城略地，所向無敵。昭宗困守在鳳翔城中，天天受著全誨的逼勒。那時全誨和崔胤同在一城，彼此漸漸水火不容。昭宗受全誨逼迫，罷崔胤相位。崔胤夤夜奔至河中，泣求全忠發兵。全忠又發兵五萬，直至鳳翔城下，分設五寨，日夜圍攻。

城中李茂貞出兵應敵，每次敗進城去，看看困守過了數十天，鳳翔城中食物已盡，時在隆冬，連朝雨雪，不知餓死凍死了幾多士兵，城中殺賣人肉犬肉。人肉每斤值錢百文，犬肉值錢五百文。昭宗也每天吃著人肉，又脫賣御衣，及後宮諸王服飾，聊充日用。

看看一天難支援一天，城中兵士，多有縋城偷降全忠的。茂貞無法可施，便密謀誅殺宦官，贖自己的罪惡。在半夜人靜的時候，寫就書信，縛在箭桿頭兒上，射出城外去。書上把劫駕的事體，全歸罪在全誨身上，請全忠保駕回都。全忠把回信射進城來，信上說道：「舉兵至此，原為保護聖駕，公能協力誅奸，尚有何言。」

茂貞便獨入行宮，謁見昭宗，請殺韓全誨等，與全忠議和。昭宗也甚是歡喜！便密遣殿中侍御使崔構，供奉官郭遵訓，齎詔書出城，撫慰全忠，私訂和議，約以明年正月為期，盡殺全誨私黨。到天復三年正月，李茂貞內變起來，闔住宮門，搜捕韓全誨，及繼昭、彥弼等十六人，一併斬首。昭宗遣後宮趙國夫人，翰林學士韓偓，囊全誨等首級出城，前赴全忠營中；且傳語道：「向來逼脅車駕，不欲議和，均出若輩所為，今朕已一體加以誅戮，卿可將朕意曉諭眾軍士，俾中公憤。」

全忠拜受詔旨，遣判官李振，奉表入謝。但兵圍依然不撤。茂貞疑崔胤從中作梗，請昭宗飛詔召崔胤，令率百官赴行在，崔胤竟遷延不至。詔書連下至六七通，仍不見崔胤到來，再令全忠作書戲崔胤道：「我未識天子，請公速來辨明是非。」

崔胤始入城謁見昭宗，請立刻迴鑾。茂貞無法挽留，只求著何皇后願將平原公主賜為子婦，何後不願。昭宗嘆道：「但使朕得生還長安，何惜一女。」

便將平原公主下嫁與茂貞之子侃為婦，一面啟蹕出城，幸全忠營。崔胤搜殺扈從宦官七十二人，全忠又密令京兆尹捕殺退休諸閹人，乃留居京中各內侍九十餘人。全忠迎聖駕入營，素服謝罪，頓首流涕。昭宗命韓偓扶起全忠，且語且泣道：「宗廟社稷，賴卿再安，朕與宗族賴卿再生，卿真功臣也。」

說著，解下自己的玉帶來賜與全忠。全忠拜謝，便命兄子朱友倫，統兵保駕先行，自留部兵隨後，焚棄諸寨。駕至興平，崔胤召集百官，迎謁昭宗。

及昭宗回宮，全忠亦至，當即上殿面奏，說宦官興兵干政，危害社稷，此根不除，禍害未已，請悉罷諸內司事務，統歸省寺諸道，監軍均召還闕下，昭宗當殿答應。全忠、崔胤二人，退朝出來，即麾動兵士，大索宦官，捕得左右中尉及樞密使等以下數百人，驅至內侍省，悉數斬首，呼號之聲，達於內外。

又命遠方賓客諸中使，不問有罪無罪，概由地方長官，就近捕殺，只留幼弱黃衣三十人，司宮廷灑掃。從此詔命出入，均由宮女齎送，命崔胤總管六軍十二衛事。從此崔胤愈加專權自恣，忌害同僚，請令皇子祚為諸道兵馬元帥，朱全忠為副元帥。

那皇子祚年幼無知，兵權全在全忠掌中。次年加封崔胤為司徒，兼侍中。全忠進爵為梁王，賜號迴天再造竭忠守正功臣。全忠留部騎萬人，拱衛京師。這年冬日，朱全忠辭行歸鎮。昭宗親御廷喜樓，賜宴餞別。全忠謝宴啟行，百官送至長樂驛，崔胤更遠送至灞橋。從此全忠心腹，滿布宮禁，他身雖在河中，卻無時無刻，不想篡奪唐朝的天下，常常與崔胤祕密通著訊息。

崔胤見全忠漸露反跡，便不覺良心發現，外面雖與親厚，暗中卻徐圖抵制。但崔胤手下，兵馬甚少，便假說防備茂貞，欲招募兵士。這計策被全忠窺破，佯為不知，暗中卻令部下的心腹壯士入京，投在崔胤部下，藉便偵察隱情。可笑崔胤卻全未知道，每日繕治兵甲，興高彩烈。恰值宿衛使朱友倫，因擊球墜馬，重傷身死。全忠疑是崔胤所謀害，便暗使刺客，把友倫擊球時的伴侶殺死十餘人，又奏請令兄子友諒，代掌宿衛。

一面密表昭宗，說崔胤專權亂國，須加嚴懲。昭宗畏懼全忠威勢，不得已罷免崔胤職司，只令他為太子太傅，留住京師。不料友諒竟受全忠唆使，帶領長安留守軍士，突入崔胤宅第，將崔胤用亂刀砍斃。

昭宗在宮中得了這個訊息，便登延喜樓，宣召友諒問話。忽接到全忠表章，請昭宗速速遷都洛陽，免得受制於邠岐。昭宗覽罷奏章，正徬徨無主見，那同平章事裴樞，也昂然直入，後面跟隨一隊禁兵。他見了昭宗，也不行禮，也不說話，隻立逼著皇帝下樓，又逼著百官一齊東行，又令軍士們驅趕著長安士民，搬向洛陽城去。可憐都中人士，沿途號哭，叫罵不絕。

車駕才離得長安城，那張廷範已奉了全忠命令，任為御營使，督率兵役，拆毀宮闕和官宦民房，取得造屋木料，命拋在渭河裡，浮水而下。好好一座長安城，頓時成為荒墟。

在洛陽地方，又大興土木，建造起宮殿來。全忠發兩河諸鎮丁匠數萬人，令張全義治東都，日夜趕造，此時昭宗正行至華州，那夾道人民，齊呼萬歲。昭宗在輿中不覺流淚，向道旁人民，淒聲說道：「勿呼萬歲，朕恐不能再為汝等之主矣。」

當晚宿興德宮，眼前只有后妃王子數人，景狀十分淒寂。昭宗顧語侍臣道：「朕久聞都中俚言道：『紇幹山頭凍雜雀，何不飛去生處樂。』朕今漂泊，不知竟落何所。」說著不覺淚溼襟袖，左右侍臣亦唏噓不能仰視。至二月初旬，才到陝中，因東都新宮未成，暫作勾留。全忠帶領兵馬，從河中來朝。昭宗延見，又令何皇后出見。那何後見了全忠，不覺掩袖悲啼，嗚咽著說道：「自今大家夫妻，委身全忠了。」

全忠談笑領宴，出居陜州私宅。昭宗命全忠兼掌左右神策軍，及六軍諸衛事。次日全忠置酒私第中，請皇上臨幸。昭宗懼全忠勢力，不敢不往。

在飲酒之間，全忠請皇上先赴洛陽，督造宮殿，昭宗亦不敢不從。又次日，昭宗大宴群臣，並替全忠餞行。酒過數巡，群臣辭出，獨留全忠一人在座，又有忠武節度使韓建一人陪坐。何皇后從內室出來，親捧玉卮，勸全忠飲。正在這時候，偏偏那後宮晉國夫人，從後屋出來，行至昭宗身旁，向昭宗耳邊低低地說了幾句，全忠看了，未免動疑。韓建原是全忠的同黨，見此情形，疑是宮中有了埋伏，要殺他二人，便伸過一隻腳去，暗暗地踢著全忠的靴尖，全忠託醉起去。昭宗再三挽留，全忠頭也不回地去了。昭宗見全忠如此倔強樣子，更是憂急！

次日，全忠已赴東都，臨行時，上書請改長安為佑國軍，以韓建為佑國節度使。昭宗雖然准奏，心中時時懷著鬼胎，乘夜深人靜的時候，昭宗扯下袖上白絹，悄悄地把詔書寫在上面，次日遞與心腹內侍，至西川河東淮南分投告急。他詔書上說道：「朕被朱全忠逼遣洛陽，跡同幽閉，詔敕皆出彼手，朕意不得復通，卿等可糾合各鎮，速圖匡復。」

這一番話頭。那內侍尚未回宮，昭宗又接全忠表文，說洛陽宮室已經構成，請車駕從速啟行。適有司天監王墀奏言星氣有變，今秋不利東行。昭宗聽了王墀之言，便差宮人往諭全忠，推說是皇后新產，不便就道，欲遲至十月東行。又把醫官關佑之診皇后的藥方，送至東都作證。全忠更是疑惑昭宗有意推延，徘徊觀變，便打發牙官寇彥卿，帶兵直赴陝中，囑語速催官家發來。彥卿到了行宮，便狐假虎威，更是逼迫得凶。

昭宗拗他不過，只得隨寇彥卿啟蹕。全忠來至新安迎駕，陰使醫官許昭遠，告訐關佑之、王墀及晉國夫人謀害元帥，一併收捕處死。自從崔胤被殺，六軍散亡俱盡，所餘擊球供奉內園小兒二百餘人，悉隨駕東來。全忠設食帳中，誘令赴飲，帳中預先埋伏下甲士五百人，待小兒飲啖時，甲士齊起，悉數縊死，另選二百餘人，大小相類的代充此役，昭宗尚不覺察。從此御駕左右，儘是全忠私人，所以帝后一舉一動，全忠無不預先聞知。昭宗進全忠為護國宣武宣義忠武四鎮節度使。皇帝幽居宮中，毫無主權。此時只越王錢鏐，鄴王羅紹威，以及李茂貞、李繼徽、李克用、劉仁恭、王建、楊行密，一班是唐室忠臣。他們都移檄往來，聲討全忠。

那全忠見事機已迫，便與他的心腹李振、蔣玄暉、朱友恭、氏叔琮一班人，祕密議行大逆之事。一晚，昭宗正夜宿內宮，玄暉率領牙官史太等百餘人，直扣宮門，託言有緊急軍事，當面奏皇上。宮人裴貞一前往開門，史太等一擁而進。貞一嬌聲叱道：「何得帶兵直入內宮門。」言未了，那頸子上早已著了一刀，倒地而死。玄暉在宮廷中，四面找尋，口中大呼道：「至尊何在！」

昭儀李漸榮，披衣急起，推窗一望，只見刀光四閃，知是有變，不覺顫聲道：「寧殺我曹，勿傷大家。」

昭宗亦驚起，單衣跣足，跑出寢門來。正值史太，手持利刃，對面昭宗，急避入西殿，繞柱而走。史太大喝站住，卻追趕不捨。

李昭儀大哭，急搶去以身蔽帝。史太竟舉刀直刺李昭儀乳間，只聽得一聲慘號，李昭儀便倒地而死。史太逼緊一步，直撲昭宗。昭宗這時，被史太逼住在牆角間，欲走無路，用手抱住頸子，渾身打戰，只覺得眼前刀光一閃，這位可憐的皇帝，便也斷頸而死。何皇后聞變，披髮嚎哭而出。恰巧遇到玄暉，何後急跪地哀求。玄暉一時也不忍下手，喝令快避入後宮去。一面矯詔說：「李昭儀，裴宮人弒逆，立輝王祚為太子，在柩前即位。」

那輝王是何後所生，年只十三歲，一切事權，全無主意。

次日御殿受朝，稱為昭宣帝。全忠上朝，假作驚惶之狀，自投地上道：「奴輩負我，使我受萬代惡名。」

又奏稱友恭不能救駕，應加貶死。這友恭原是全忠養子，此時貶為崖州司戶，又矯旨賜自盡，友恭臨死時，向人大呼道：「賣我塞天下謗，但能欺人，不能欺鬼。」

昭宣帝每見全忠，但覺股慄無措，何皇后稱全忠為相父。那全忠見孤寡可欺，便決意行篡奪大事。欲知後事如何，且聽下回分解。

縊太后歸東唐室　戀妻嬙斷送晉朝

全忠大權在握，便決意舉行大事。唆使蔣玄暉邀集昭宗諸子，共宴九曲池畔。一時德王裕，棣王祤，虔王禊，沂王禋，遂王禕，景王祕，祁王祺，雅王禛，瓊王祥等九人，齊來赴宴。

全忠在座，殷勤款待，灌得諸王酩酊大醉，便舉箸在碗上扣一下，闖進一隊武士來，把諸王一一扼死，投屍池中。那昭宣帝和何皇后，明明知道，卻也不敢查問。全忠又恐朝廷將相不服，便挑選那平素與自己疏遠的如裴樞等三十餘人，盡行殺死，投屍河中。笑對他同黨的人說道：「此輩自稱清流，今便投之於濁流。」

一面令私黨玄暉等，在宮中矯皇帝詔命，晉封全忠為魏王，寵加九錫。全忠一心要做皇帝，如何肯受此虛名。接著玄暉又矯造禪位詔書，迫令何皇后用璽印。何皇后見大局已去，自與昭宣帝退居積善宮中，終日以淚洗面。又懼子母性命不保，暗遣宮人阿秋、阿虔，出告玄暉，只求傳禪以後，保全母子性命。

這時王殷與玄暉爭權，探得了此項訊息，便誣稱玄暉在積善宮與何太后夜宴焚香，立誓興復唐室。全忠正疑惑玄暉，聽得了此話，不覺大怒！便令王殷捕殺玄暉一行十餘人，積屍都門外，焚骨揚灰。王殷又誣告玄暉私通何太后，由宮人阿虔、阿秋，從中牽合。全忠原也看中了何太后，今聽此話，不覺醋意勃發，密令王殷入積善宮，縊死何太后，又矯詔廢太后為庶人，阿秋、阿虔二人活活地杖死。

昭宣帝此時孤苦零丁，幽居深宮，自知不久，便決計下詔禪位，令張文蔚為冊禮使，禮部尚書蘇循為副使，楊涉為押傳國寶使，翰林學士張策為副使，薛貽矩為押金寶使，尚書左丞趙光達為副使，六個唐室大臣，帶領百官，把唐朝二百八十九年相傳的天下贈與朱全忠。全忠接了冊寶，居然被服袞冕，稱為大梁皇帝。昭宣帝被廢為濟陰王，徙居曹州，由全忠派兵監守著。次年又將濟陰王鴆死，年只十七歲。

全忠下了這個毒手，惹得各路節度使，有所藉口，一齊反抗起來，不受全忠的號令，紛紛自立為王，把唐朝的天下，弄成四分五裂。最大的是全忠的大梁，以下便是李克用的晉，李茂貞的岐，楊渥的吳，王建的蜀，共成王國。此外尚有吳越王錢鏐，湖南王馬殷，荊南王高季昌，福建王王審知，嶺南王劉隱，當時稱為五大鎮。

從此天下擾攘，強弱相爭，數年以後，便成了五代的天下，稱為梁、唐、晉、漢、週五國。那梁太祖便是朱全忠；唐莊宗是李存勖，原是李克用的兒子；唐朝末年，李克用封為晉王，存勖自稱唐帝；晉高祖原是北京留守石敬瑭；漢高祖是劉智遠，原是沙陀部人；周太祖是鄴都留守郭威。他們這五位開國皇帝，成立了五個短期的國家，原也從汗馬血戰得來的，待到一旦天下在手，安享富貴，各國皇帝不覺都露出風流本色來。

第一個大梁太祖皇帝，他登位之初，立張氏為皇后。那張氏莊嚴多智，太祖見了也不覺畏懼三分。

誰知稱後未久，張皇后便已去世，當時只有一個淑妃吳氏，但太祖因她是娼妓出身，不十分寵愛她。吳氏生有一子，名友珪，封為郢王，為控鶴指揮使。太祖因賤視他母親，便也不寵愛這郢王。郢王心中甚懷怨恨。太祖有長子友裕早死；次是假子友文，留守東都；幼子友貞為東都指揮使。說也奇怪，這四個子婦，個個都長成花容月貌。太祖自張皇后死後，內宮頗少得寵的人，往日見友文的婦人王氏，長得最是嫵媚動人，如今隨著丈夫留守東京，太祖便藉著入侍翁父的名義，把四個媳婦，一齊召喚進宮去，卻暗地裡與王氏勾搭上了。

那王氏得寵於太祖，居然與父翁雙宿雙飛。王氏趁枕蓆上歡愛的時候，便替丈夫友文謀立為太子，太祖滿口答應。過了一年光陰，太祖因房勞過度，便病倒在床，命王氏密召友文進宮，欲傳以太子之位。那友珪的媳婦張氏，同在宮中，打聽得了此事，便暗地裡通一個訊息給她丈夫；友珪便把牙兵扮作控鶴軍士模樣，乘夜斬關直入。太祖驚而起，只罵得一聲賊子，那友珪也回罵一聲老賊，當有僕夫馮延諤，舉刀直刺入太祖腹中。友珪命以破氈裹屍，埋於寢殿階下。一面命友貞殺友文。友珪便在宮中即位。

那友貞出至東都，見友珪大逆無道，心內憤怒；便與姊丈駙馬都尉趙巖，表兄龍虎統軍袁象先，密謀誅殺友珪。象先領禁兵數千人，在午夜突撲入禁宮。友珪驚起，見宮外已圍得水洩不通，知不可逃死。便令手下僕夫馮延諤，先殺死妻子張氏，後殺自己，馮延諤也自刎而死。友貞便在大梁即位，便是梁末帝，在位十一年，為唐帝李存勖所滅。

那存勖見梁末帝昏庸無道，國內又自相殘殺，便帶領本部人馬，直攻大梁，兵勢十分強盛，梁國滅在旦夕。那梁國左右大臣，在末帝臥內，偷得傳國寶璽，出城去迎接唐軍。忽見宮中大亂，宮女太監，被唐兵四處追殺，號哭之聲，慘不忍聞。

末帝知不可保，便在寢宮中與近臣皇甫麟，雙雙縊死。存勖命梁末帝首領，裝入木匣，藏在太社。從此存勖也稱起帝來，便是唐莊宗。莊宗生平最寵愛劉夫人，那劉夫人貌美善怒。莊宗欲使劉夫人歡笑，便自敷粉墨，與優人在庭前歌舞，劉夫人果作媚笑。莊宗原很懂得音樂，常常自譜新聲，登臺演唱，取優名為李天下，平日自呼亦稱為李天下。李天下一日與優人敬新磨在臺上對唱，莊宗又自稱李天下。優人直批帝頰，厲聲喝道：「理天下者，只有一人，汝是優人，可理天下耶？」

莊宗更喜其敏慧，賞賜金帛無數。從此伶人出入宮禁，欺壓大臣，調弄妃嬪，群臣憤恨，敢怒而不敢言。宮廷如此穢亂，獨有皇太后曹氏，素惡劉夫人，常勸莊宗，不可寵愛太甚。但莊宗正偏愛劉夫人，如何肯聽太后的話，便欲立劉夫人為皇后，只因尚有正妃韓夫人在，不便越禮。那時朝中最有大權的便是郭崇韜，他位兼將相，權傾中外，欲迎合皇上的意志，便率百官共奏請立劉夫人為皇后，反廢正妃韓氏為庶人。

那郭崇韜素與宦官為難，宦官便聯合伶人，諂事劉皇后。劉皇后因在莊宗跟前譭謗郭丞相，莊宗設計召崇韜入內，令僕夫李環，出其不備，用大錘撾碎其頭，並殺其子廷誨、廷信。在外諸軍，知大將軍被害，便四起叛變，圍攻京師。莊宗聞之，不覺神色沮喪，嘆曰：「吾不濟矣！」

當晚兵攻興教門，莊宗正就食，聞變，便自率衛兵御亂。亂兵放火燒興教門，攀城而進，近臣宿將，盡棄甲而逃。莊宗在忙亂的時候，中亂箭而死，左右驚散。莊宗屍身，被鷹坊人用火葬之。

當時有李克用養子李嗣源，素得將士心，便入洛陽，禁兵焚掠，拾莊宗骸骨埋葬。百官環請嗣源即位，稱為明宗。明宗立妃子曹氏為皇后，封子從榮為秦王，從厚為宋王。秦王生性陰刻，驕縱不法。此時石敬塘兼六軍諸衛副使，敬塘妻永寧公主，與從榮義屬姊弟，只因同父異母，姊弟二人素不相容。

敬塘不願與從榮同列朝廷，欲外調以避從榮之鋒。恰巧有契丹入寇，明宗調敬塘坐鎮河東。從此石敬塘在外，聲勢一天強盛一天。那明宗原是胡人，本名邈佶烈，是李克用養子，賜名李嗣源。他即位的時候，年已六十，每夜在宮中焚香禱天，默祝道：「某胡人，因亂為眾所推，願天早生聖人，為萬民之主。」

因明帝生性廉和，愛人如己，在位年穀屢豐，兵革不用。獨有秦王見石敬塘已外調，好似拔去了眼中之釘，便在京中勾結徒黨，稱兵作亂，幸有樞密使范延光、趙延壽，早事防範，生擒秦王，明帝下詔斬首。不久明帝亦逝世，三子從厚即位，稱為閔帝。

閔帝年幼無知，一切朝廷大事，盡付之胥吏小人。明宗在時，有一養子名從珂，封為潞王。至此時，潞王見閔帝幼弱，便統兵謀反，直入長安，閔帝驚走，急幸魏州。朝中百官，齊上表勸進。從珂入宮謁見太后、太妃，由太后下令，廢閔帝，以潞王即皇帝位。這時閔帝逃在衛州刺史王私贄的州廨中，從珂密令私贄之子王巒，進毒酒與閔帝。閔帝不肯飲，王巒便親自動手，縊死閔帝。潞王在宮中享受富貴美人，十分快樂！

此時適值千春節，潞王在宮中置酒高會，召各王公大臣及公主命婦，入宮飲宴。石敬塘妻晉國長公主入宮上壽畢，即欲辭歸晉陽。潞王此時已大醉，即大聲曰：「何不且留，豈欲急歸與石郎謀反耶？」

此語傳入敬瑭耳中，不覺大恐！盡收在洛陽之貨寶，藏入晉陽。因之外面沸沸揚揚，都說石敬瑭有謀反之意。潞王得了這個訊息，刻刻提防，問端明殿學士李崧。李崧勸潞王與契丹和親，結為外援。獨薛文遇以謂不可，說道：「陛下以天子之尊，屈身夷狄，不亦大辱國體乎？且契丹若循故事，求尚公主，將何以拒之。」

潞王左右無所適從。敬瑭欲試潞王之意，屢次上表，自請解除兵柄。那潞王聽信了左右的話，便下詔徙敬瑭鎮太平，解除兵柄。石敬瑭得詔大怒道：「吾之坐鎮河東，主上面許終身不除不代，今昏主亂命，是欲殺吾，吾安能束手死於道路。」

謀士劉知遠進言曰：「明公久將兵，得士卒心，今據形勝之地，士馬精強，若稱兵傳檄，帝業可成。」

書記桑維翰亦勸敬瑭力謀自全；又說：「契丹主，素與明宗約為兄弟，公誠能推心屈節事之，朝呼夕至，何患大事不成。」

石敬瑭聽了這一番話，主意便決，上表稱潞王是光帝之養子，不能承受天下，請傳位許王。潞王讀表大怒！手裂表文，擲於地下，盡奪石敬瑭官爵，令張敬達、楊光遠，將兵討之。敬瑭一面調兵抵敵，一面遣發使臣，赴契丹求救，上表稱臣，又請以父事契丹之主。契丹主得表大喜！立發五萬騎兵入中國境，與唐將高行周、符彥卿合戰，唐兵大敗。石敬瑭出兵與契丹兵合圍晉安寨，潞王大恐，逃至懷州，日夕酣飲悲歌，左右勸其北行，便搖首道：「卿等勿言石郎，使我心膽懼碎。」

石敬瑭具臣子禮，進謁契丹主。契丹主諭之曰：「吾三千里來赴難，必有成功；今觀汝器貌識量，真中原之主也！吾欲立汝為天子。」

敬瑭辭謝再四，左右將吏，又竭力勸進，敬瑭才許之。由契丹主作策書，命敬瑭為大晉皇帝，登壇即位，割中國十六州以獻與契丹，又許每歲獻帛三十萬匹，改國號稱晉。

晉帝驅兵直入洛陽，洛陽將校，飛狀往迎。潞王聞晉帝入城，便與曹太后、劉皇后、雍王重美，一行人手捧國寶，登玄妙樓，縱火自焚而死。後唐立國十三年，共易四帝，至此亡於石敬瑭之手。石敬瑭雖得了唐帝天下，但因帝位是契丹冊立的，那契丹主時時誅求無厭；又以新得天下，各路藩鎮多未服從，內又府庫殫竭，人民困窮。敬瑭便勵精圖治：推心置腹，以撫藩鎮；卑辭厚禮，以奉契丹；訓練兵卒，以修武備；務農課桑，以實倉廩；通商行賈，以豐貨財。數年之間，幸得稍安。

但不久四海又騷動起來，契丹兵又時時入寇。當時石敬瑭因年老力衰，便把軍國大事，委託於劉知遠一人，又重用馮道。

一日，馮道進宮獨對，晉帝喚幼子重睿出拜。重睿拜罷，便令宦官抱重睿坐馮道懷中，原是希望馮道，他日輔立幼主之意。

六月，晉帝去世，稱為高祖。那馮道見重睿年幼無知，便與侍衛馬步都虞侯景延廣議，國家多難，宜立長君，便立齊王重貴為嗣皇帝，便是出帝。重貴原是石敬瑭兄敬儒之子。石敬瑭在位，重用劉知遠。今出帝即位，即罷撤知遠，知遠由是痛恨出帝。那出帝又是一個不爭氣的皇帝，他一旦得居內宮，見宮中三千粉黛，早把他樂得神魂顛倒，終日迷戀裙帶，佚蕩荒行，凡宮女略有姿色的，莫不受皇帝召幸。

出帝原有正妃孫氏，在齊王府中，夫婦十分恩愛，後登皇位，遍幸後宮女子，便厭惡孫氏，說她不解行幸，帝后二人，常因閨房齟事反目。孫後有一叔母馮氏，雖在中年，姿色未衰，又因體態風騷，在家中招惹得一班遊蜂浪蝶，背地裡作出許多偷香竊玉的事體來。嗣因帝后常在宮反目，馮氏便入宮去解勸，這也是前生的孽緣，誰知那出帝一見了馮氏，便好似蚊蚋吸住人血一般，迷戀不捨。

那馮氏也企慕富貴，故意對這風流天子，放出許多豔聲浪態來。他二人眉來眼去，在無人之處，便已成了心願。出帝把馮氏留在宮中，朝夕歡娛，從此愈加不拿這孫氏放在眼中了。第二年索性廢了孫氏，立叔岳母馮氏為皇后。這一件背逆倫常的事，傳遍天下，天下大嘩，大臣紛紛上奏，勸出帝速黜馮氏。而這出帝自從得了馮氏，晝夜淫樂，把六宮粉黛，俱丟在腦後，便是朝廷大事，他也不理，漸漸地奸臣弄權，人心盡失。那契丹便又大舉入寇，直驅至滹沱河邊。朝中大臣以國家危在旦夕，入朝求見出帝。

那出帝方在深宮，擁馮氏高臥，不得見。此時契丹令張彥澤，領二千騎兵，倍道疾馳，襲取京師，自封丘門斬關而入。京城中頓時大亂，宮廷被圍，出帝沒奈何，只得與太后及妻馮氏，面縛出降，彥澤送出帝至開封府。此時有河東節度使北平王劉知遠，部下兵精糧足。但因出帝平時甚是厭恨他，到此時聞契丹兵已破京師，他便分兵把守四境，河東將士，勸知遠自上尊號，皆曰：「天下無主，天下者非我王而誰？」

一時軍士齊呼萬歲，知遠便在軍中稱帝，一時中外大悅。

契丹主大掠晉宮室，掠文武軍吏數千人，宦官宮女數百人，金銀玉帛數百車，滿載而歸，相望於道。契丹主行至臨城得病，行至殺狐林病死，部下剖其腹，實鹽數斗，載之北去，時人稱為帝羓，因其似乾肉也。劉知遠行至大梁，舊時晉室藩鎮，相繼來降。知遠復以汴州為東京，改國號曰漢，稱後漢高祖。高祖在位十二年，得一重病，自知不起，便召蘇逢吉入宮，託以輔佐幼主承祐，又說須慎防重威。

欲知後事如何，且聽下回分解。

長安禍起郭威稱帝　陳橋兵變趙宋受禪

後漢高祖逝世以後，逢吉一班大臣，便商議處置重威的方法。先把高祖的屍身移入後宮藏起，祕不發喪。一面矯天子詔，稱重威父子，因朕小疾，便造謠惑眾，應即棄市。當有禁軍，把重威家宅，團團圍住，擒住重威父子二人，棄屍於市，市人爭食其肉。然後發喪，立皇子承祐為周王。時周王年只十八歲，史稱後漢隱帝，尊李氏為皇太后，朝廷大事，一切託與郭威。

那郭威的威權，一天強盛似一天，朝廷官吏，以及外州節度，都怨恨郭威一人。同時河中、永興、鳳翔三鎮節度使，抗不奉命，各起作亂。郭威代隱帝領兵討伐，一一征服。郭威班師入朝，隱帝在延壽殿設下筵宴，替郭大將軍洗塵。飲酒中間，忽大風四起，推屋拔木，吹去殿門前窗，遠擲十餘步以外。隱帝認作怪異，便召司天監趙延義問以吉凶。趙延義奏稱王者欲免災害，莫如修德。但承祐一旦登了帝位，享盡富貴，有粉白黛綠的美女子，終日在身帝獻盡妖媚，早把國家的正事，拋在腦後，日夜與宮女們玩笑著，荒淫日甚。

說也奇怪，這漢宮中自從那日大風以後，常見怪異，有時聽得空室中大哭大笑；有時在庭院中，見人影幢幢。嚇得那班妃嬪，人人不敢居在室中。一群女子，一到天晚，便大家擠在一處，不敢歸寢。隱帝是一個好色之徒，便以一身在眾妃嬪前，周旋歡樂，日夜淫縱著，把個身體淘得枯瘦支離，把朝廷大事，付於左右嬖臣。

此時太后之弟李業，權勢最大。那蘇逢吉、楊邠、史弘肇一班自命為託孤大臣，遇事便要干涉。李業怨恨日甚，與手下私黨約定，率甲士埋伏在殿頭，俟弘肇、楊邠一班人入朝，甲士齊起，亂刀殺死。蘇逢吉在家，也被亂軍闖入，割去首級。

一面矯皇帝詔旨，至郭威營中，欲收除郭威兵權。部下將士大憤道：「天子年幼，此必左右群小所為。」

郭威大悟，便留其養子榮鎮守鄴都，令部將崇威前驅，自將大兵，長驅來京師，聲稱入清君側。那隱帝得了奏報，便遣慕容彥超等自將兵抵禦。

軍屯七里居，隱帝坐小車，自出勞軍。當夜彥超引輕兵襲郭威行營；郭威早已有了埋伏，用鐵騎直衝慕容陣地。一時軍士紛亂，死傷枕藉，彥超部下四散奔逃。那郭軍大隊追殺，隱帝匹馬奔逃，行至趙村，追兵已近，左右扶隱帝上馬，避入民家馬廐中，被亂兵搜出殺死。此時郭威大軍，已至長安城下。

郭威的軍士在城外駐紮，獨自入迎春門，先歸私宅。便有丞相馮道，領朝廷百官入見。郭威以禮拜見各官員，便帶領百官入宮，想見太后，奏請早立嗣君。太后面諭道：「如今河東節度使崇，忠武節度使信，皆高祖之弟。又有武寧節度使贇，開封尹承勛，都是高祖之子，令百官議立。」

郭威欲立贇，太后令郭威至徐州接新皇帝。那郭威原也服從太后命令，誰知他回至營中，將士數萬，忽然大嘩起來。郭威正坐在中軍帳中讀兵書，聽得帳外一片喧譁之聲，正欲派人出去查問。只見十數個為首的大將，匆匆進帳來說道：「天子須侍中自為之，將士已與劉氏為仇，不可立也。」

就中一位黃將軍，也不待郭威說話，即扯裂帳前黃旗，披在郭威身上，不由分說，十幾位將士，把郭威一擁，擁出帳外去。帳外已搭起一座高臺，眾將官把郭威擁在臺上，臺下數萬將士環立，齊呼萬歲，喊聲震地；立刻拔寨齊起，向南行去。在半途上，郭威修表上漢太后，請奉漢室宗廟，事太后為母。又下詔遍貼大梁城廂，曉諭人民，勿有憂疑。軍行至七里居，竇真固統領百官，出郊外十里迎接，又齊上勸進表文。

太后下詔，廢贇為湘陰公。那四方節度使，也齊上表文，勸郭威上尊號稱帝。郭威見臣下都歸向自己，便自立為帝，改國號為後周，史稱周太祖。

周太祖入居漢宮室，力求節儉，凡四方有貢獻珍美寶物的，命一律罷去；蒐集漢宮中舊有珍寶玉器，便一齊擲碎在庭前。

諭群臣道：「凡為帝王，安用此物？」

又發放宮女萬人，一一使歸父母。上下安寧，人民大悅！郭威少不讀書，及至身為帝王，頗喜詩書，常就丞相李谷問字。這一年冬月，太祖拜謁孔子祠廟，欲下拜。左右大臣勸道：「孔子陪臣也，天子不當拜之。」

太祖道：「孔子為百世帝王之師，豈可不敬？」

便行跪拜禮。又謁孔子墓，禁在墓旁樵採。又親訪顏淵、孔子的子孫，拜為曲阜令。

周太祖年輕的時候，出身甚是微賤，只在堯山腳下，替人看守牛羊，又上山去砍柴，在街市上叫賣。那和他早晚在一處街同伴，大家每人在臂兒頸兒上，刺一個魚兒或是鳥兒玩耍。

周太祖便在頸兒上，刺了一個飛的雀兒，用墨塗上，當時同伴們，都喚他為郭雀兒。待郭雀兒長大成人，有一個柴姓老人，見他體格魁梧，性情忠厚，便把女兒柴氏配給他做妻子。這柴氏天性靈敏，治家有條。後來周太祖官至樞密使，柴夫人內權甚重。待太祖稱帝，立柴氏為皇后。後性格十分嚴厲，妒念甚深，太祖愛幸後宮，不能隨時宣召，凡有舉動，必先在皇后處告明。太祖因敬畏皇后，便也無可如何。

太祖登位時，年已五十，後年不相上下。但夫婦三十年尚無子息，太祖與皇后都深抱憂慮。同時有妃子金氏、董氏，都生有皇子，皇后不願繼嗣妃嬪之子，只欲在皇室子弟中，立為養子。柴皇后常對太祖說道：「從來母以子貴，今日吾若以他妃之子承接嗣統，則他日太皇太后之權，將讓與他人矣。」

柴皇后有一兄子，名榮，深得皇后歡心，皇后欲收為養子，屢與太祖言及。太祖不忍違後意，便令榮改姓郭氏，封為晉王；朝廷百官皆知晉王，將立為太子。次年，太祖忽大病，群臣都不得進見，人心惶惶。深宮傳出詔書，令晉王聽政。不久太祖逝世，榮立為世宗皇帝。

此時忽有北漢後代子孫劉鈞，自立為王，舉兵直犯周朝京城。世宗大怒！自統大軍，至高平迎敵。兩方兵士大戰，未數合，那周朝右軍將樊受能先領騎兵逃亡，右軍兵一齊潰散，紛紛投降劉鈞。世宗看了，更是憤恨！便躍馬當先，親冒矢石，領兵血戰。世宗身旁有宿衛將趙匡胤，見皇帝如此奮勇，便回顧同伴道：「主危如此，吾等豈可坐視！」

便自統二千人前進，奮勇殺敵，士卒亦喊殺助威，立敗敵將，殺敵兵萬人，劉鈞乘夜逃去。當夜世宗與趙匡胤露宿營中，君臣甚是歡樂！皇后符氏，聞天子陳兵在外，便帶領宮中女兵數百人，出至郊外，迎皇帝回宮。

那符皇后原是符彥卿之女，初嫁與李守貞之子李崇訓為婦，有一相士，見符氏面貌，嘆為天神，說當為天下之母。李守貞大喜，便自言道：「吾婦尚能母儀天下，況吾一堂堂男子乎？」

便稱兵反亂。終被周太祖攻破城池，李守貞夫婦自焚而死。守貞子崇訓，先持刀殺死弟妹，又欲殺符氏。符氏躲在夾幔中，崇訓四處尋覓不得，外面兵已破門而入，崇訓也自刎而死。亂兵闖入內堂，符氏持劍危坐，大聲叱退亂兵道：「吾父與汝主為兄弟，何得無禮！」

太祖聞之，便令人送回母家。後柴後收世宗為養子，太祖便娶符氏為世宗婦。世宗為帝，符氏亦立為皇后，那相士的話，果然大驗。這符皇后生成剛強性格，在宮中每日教練女兵，教成個個精熟勇敢。世宗甚是看重她，遇有國家大事，必與符皇后商議，帝后愛情極深。今聞知皇帝露宿在外，便親自去把皇帝接進宮來。皇后每日幫助皇帝，在宮中管理國家大政，國勢便日漸興盛。獨有北漢劉鈞，固守晉陽，自稱漢王，不肯降服。

當時戰將中唯趙匡胤，最是有勇有謀。世宗便命趙將軍帶領六萬人馬，出清流關，倍道進攻，直攻至滁州城下，守將皇甫暉斷橋死守。趙匡胤躍馬過河，猛力攻城。皇甫暉在城上高聲道：「人各為其主，請退三舍，俟我兵飽食而戰。」

匡胤笑而許之，待城中兵士開城出戰，匡胤兵齊進，生擒守將，奪得滁州城池。世宗慮匡胤獨力難支，便令匡胤之父趙弘殷，統領一萬人馬，在後策應。當夜弘殷兵至滁州城下，傳呼開門。匡胤在城中傳話道：「父子雖至親，城門則王事，不敢亂啟。」

命至天明，始放他父親入城。趙匡胤這次立了大功，世宗拜為大將軍。趙將軍得勝回朝，世宗常郊迎十里勞軍。趙將軍與世宗，並轡入城。

當時朝廷中，唯一柴守禮十分跋扈，官為光祿卿，而權壓百官。這柴守禮原是世宗的生父，子為人君，父為人臣，已是大失倫常之禮。守禮也自恃為皇帝生父，與當時將相王溥、王晏，在各處遊樂，依勢凌人，京師地方，人人側目，呼之為十阿父。十阿父嘗至京師酒家，酒醉，殺死店中夥伴，地方官不敢按向。獨趙匡胤直言敢諫，在世宗前奏稱光祿卿柴守禮，在外依勢凌人，殺戮無辜。世宗明知守禮有罪，但因彼此是父子之親，便也不忍過由殊求，只暗地令人勸守禮辭官回家。世宗為守禮建深院大宅，又為廣置姬妾，使守禮安居享受，亦略盡人子之孝意。

當時世宗因北方契丹，常入寇中國，因道路阻塞，無法追擊，便先命親軍都虞侯韓通，將水陸軍先行；從滄州開掘河道，直通入契丹地界，開遊口三十六道，四通八達，隨處可以攻契丹境地。那契丹主，卻還睡在夢中，以滄州地處荒僻，平日無人留意。河成之日，世宗隨統步騎兵數萬，直入契丹境地。

那契丹寧州刺史王洪，便舉城投降。世宗下詔，以韓通為陸路都部署，趙匡胤為水路都部署。世宗自坐龍舟，沿流北進，舳艫相接，蔓延數十里。水軍至獨流口，益津關，契丹守將獻城納降。趙匡胤統陸路軍馬，攻擊瓦橋關，契丹守將姚內斌，莫州刺史劉楚信，齊獻納城池。世宗軍行四十二日，盡得燕南之地，便在行宮中大宴功臣，當然是趙匡胤居首功。世宗又欲再振兵威，攻取契丹幽州的地方。諸將皆勸道：「契丹重兵，均聚幽州，不當深入。」

世宗心中不樂！當時迴鑾至大梁行宮，世宗病甚，不能行動。各路軍馬，均駐在大梁城外。在五代之世，只周世宗為最英明之主，他在即位之初，便能留心農事，令匠人刻木為農夫蠶婦，置之殿廷，早晚敬禮之。又欲均定天下賦稅，先以唐元稹均田圖賜諸道，詔散騎常侍艾穎等三十四人，分行諸州，均散田租。平日在宮中，敬禮符皇后，夫妻甚是恩愛，不肯輕易召幸妃嬪，六宮粉黛備而無用。但符皇后顏色漸衰，又無子息，常暗令別宮妃嬪，為皇帝薦枕，均被世宗斥退。

符皇后自慚形穢，每伴睡至夜午，乘世宗熟睡，便換一少年妃嬪。世宗醒覺，亦一笑置之。因此漸生王子四人，此番北征回來，因路上感受風寒，病倒在行宮中，承相奏請速立太子。世宗下詔，立長子宗訓為梁王。梁王奉父皇回京。看看世宗的病勢，一天沉重似一天，竟至神態昏迷。

世宗也自知不久於人世，便召親信大臣范質等，入宮託孤，立梁王為太子。便對太子道：「汝父辛苦一生，以馬上治天下。當高平一戰，攻城死戰，矢石落汝父左右，汝父略不動容。平日應機定策，出入意表；在朝又於政治發奸摘伏，明察如神。有暇便召儒者課讀經史，商略大義。汝父性不好絲竹珍玩之物，平日不因喜賞人，因怒刑人，群臣有過，則面質責之，服則赦之，有功則厚賞之，文武參用，各盡其能。人無不畏汝父之明，而感汝父之惠。汝今後須處處效法汝父，親賢人，遠佞人，是治國的要道。」

世宗說罷，便瞑目長逝。梁王崇訓，便在柩前即位，稱為恭帝。

恭帝年幼無知，一切軍國大權，都在殿前都檢點趙匡胤之手。此時加匡胤為檢校太尉，除歸德節度使。匡胤勇略勝人，處事明決，天下兵馬，大半都出於趙將軍部下。只因主上幼弱，大權旁落，各路藩鎮，暗地都和趙將軍通聲氣，四方都有擁戴趙將軍之意。

匡胤原是涿州人，父親殷弘，娶妻杜氏，父為周檢校司徒、岳州防禦使；在夾馬營中，生子匡胤，當時只見紅光室寶，異香撲鼻。幼年便覺容貌宏偉，器度豁達。二十歲便在周朝補東西班行首，累官至殿前都指揮使，管理軍政。前後六年，從世宗皇帝，經大小戰陣，百數十次，無不建立大功，部下甚是愛戴。世宗嘗讀書，於文書囊中，得一木尺，長三尺餘，上面題著一行字道：「點檢作天子。」

世宗心中不樂！此時張永德為殿前都點檢，便疑張有異心，即命匡胤代張為都點檢。

恭帝初立，人心浮動，趙匡胤聲望日隆，各軍都有擁戴之意。此時北漢又會合契丹人馬，入寇中國。恭帝令趙匡胤，統兵抵敵。當時有殿前副都點檢慕容延釗，與部下各將士，祕密定計，欲以出軍之由，擁立趙點檢為天子。那內廷官員，卻還都睡在夢裡。癸卯日，大軍出發，軍校苗訓，深知天文，見日下又生一日，黑光摩蕩，歷久不滅。便指示部下諸將道：「此天意也。」

當夜大軍駐紮陳橋驛，將士相聚談天上二日之變。

有都押衙李處耘，大聲說道：「主上幼弱，我輩出死力破敵，誰則知之，不如先冊立趙點檢為天子，然後北征未晚也。」

眾將士聽了，便齊聲歡呼，當去把匡胤之弟匡義，書記趙普，邀至帳中商議。又打發牙隊軍使郭延贇，飛騎潛入京師，報殿前指揮使石守信，都虞侯王審騎，二人皆素歸心趙點檢。

甲辰日，天色黎明，匡義、趙普二人，與部將進逼匡胤帳中。匡胤此時，醉臥帳中，起視，見諸將已拔劍圍立，齊聲說道：「諸將無主，願擁太尉為皇帝。」

匡胤不及答言，當有李處耘奉黃袍，加諸匡胤之身，眾將羅拜帳下，齊呼萬歲；擁匡胤出帳上馬，回軍至汴中。匡胤停轡回顧眾將道：「汝等貪富貴，能從我命則可，不然我不能為若輩之主矣。」

眾將皆下馬齊聲說道：「願受命。」

匡胤即與諸將約日：「太后主上，我北面事者，不得驚犯。公卿皆我比肩，不得侵害。朝市府庫，不得劫掠。聽命者有重賞，不聽命者斬首。」

眾軍士齊聲應諾，即排隊徐行。乙巳日，入汴中。匡胤先遣楚昭輔往私宅，安慰家中細小。匡胤進明德門，命甲士各歸營伍，自亦退居公署。

忽見將士擁丞相范質至階下，匡胤見之，流涕日：「吾受世宗皇帝厚恩，今為六軍所迫，一旦行此大逆，慚負天地，丞相將何以教我。」

質未及答言，眾將皆拔劍厲聲道：「我輩無主，今日必得天子。」

范質與文武各官，均倉皇下拜，口稱萬歲。

便請匡胤登崇元殿，行受禪禮。百官分列殿下，候至日暮，有翰林陶谷，從袖中出詔書宣讀。范丞相引匡胤就殿庭北面拜受之，又扶之升殿，服袞冕，即皇帝位，冊周恭帝為鄭王，符太后為周太后，遷居西宮，大赦天下。因匡胤所領歸德軍在宋州，改國號稱宋。當時有華山隱士陳搏，騎驢過陳橋，聞宋主代周之事，便仰天大笑道：「天下自此定矣。」

自唐室亡後，梁太祖代立，歷後唐、後晉、後漢、後周，共五代，五十五年，至此而天下一統，為趙宋所有。

唐宮二十朝演義（從李輔國專權至趙匡胤受禪）

作　　者：許嘯天
發 行 人：黃振庭
出 版 者：複刻文化事業有限公司
發 行 者：複刻文化事業有限公司
E-mail：sonbookservice@gmail.com
粉 絲 頁：https://www.facebook.com/sonbookss/
網　　址：https://sonbook.net/
地　　址：台北市中正區重慶南路一段六十一號八樓 815 室
Rm. 815, 8F., No.61, Sec. 1, Chongqing S. Rd., Zhongzheng Dist., Taipei City 100, Taiwan
電　　話：(02)2370-3310
傳　　真：(02)2388-1990
印　　刷：京峯數位服務有限公司
律師顧問：廣華律師事務所 張珮琦律師
定　　價：350 元
發行日期：2023 年 12 月第一版
◎本書以 POD 印製

國家圖書館出版品預行編目資料

唐宮二十朝演義（從李輔國專權至趙匡胤受禪）/ 許嘯天 著 . -- 第一版 . -- 臺北市：複刻文化事業有限公司, 2023.12
面；　公分
POD 版
ISBN 978-626-7403-66-2(平裝)
857.454　112020046

電子書購買

臉書

爽讀 APP